古典文獻研究輯刊

二六編
曾永義 主編

第**14**冊

大禹治水傳說研究

夏 楠 著

國家圖書館出版品預行編目資料

大禹治水傳說研究／夏楠 著 -- 初版 -- 新北市：花木蘭文化
事業有限公司，2022〔民 111〕
目 4+186 面；19×26 公分
（古典文學研究輯刊 二六編；第 14 冊）
ISBN 978-626-344-004-3（精裝）
1.CST：中國神話 2.CST：傳說
820.8   111009920

ISBN-978-626-344-004-3

9 786263 440043

古典文學研究輯刊
二六編 第十四冊   ISBN：978-626-344-004-3

大禹治水傳說研究

作 者 夏楠
主 編 曾永義
總 編 輯 杜潔祥
副總編輯 楊嘉樂
編輯主任 許郁翎
編 輯 張雅淋、潘玟靜、劉子瑄 美術編輯 陳逸婷
出 版 花木蘭文化事業有限公司
發 行 人 高小娟
聯絡地址 235 新北市中和區中安街七二號十三樓
        電話：02-2923-1455／傳真：02-2923-1452
網 址 http://www.huamulan.tw 信箱 service@huamulans.com
印 刷 普羅文化出版廣告事業
初 版 2022 年 9 月
定 價 二六編 23 冊（精裝）新台幣 62,000 元

大禹治水傳說研究

夏楠 著

作者簡介

夏楠，1987 年出生，山東濰坊人，文學博士，現任職於太原理工大學。主要從事民間敘事、文學遺產等相關研究，承擔教育部人文社科基金、博士後面上項目等多項課題，先後發表學術論文十餘篇。

提　　要

本書在傳說學視野下，對大禹治水傳說進行歷時與共時相結合的研究。研究過程中秉持大文學觀，通過整合傳世文獻、出土文獻、通俗文學、宗教文學等資料，梳理大禹治水傳說的生命史。主要論述其從創世到治世的話語轉變及由分散到定型的經典化過程，在這一過程中，宗禹為社神成為華夏認同的主要標識；在讖緯學說影響下，大禹治水傳說發展為神異傳說，並在儒釋道合流的背景下，生發出新的意義，讓我們得以看見大禹傳說的發展是人、神及歷史共謀的結果；本書也通過田野調查，以河南登封地區、浙江德清地區地方化大禹治水傳說為個案，對當代大禹治水傳說的種種面相做共時性探討，並立足在非物質文化遺產保護的語境，對傳說的遺產化與資源化實踐路徑進行歸納和總結。此外，本書涉及當代民眾的現代性隱憂問題，以當代大禹治水傳說中的尋根意識為切入點，探析傳說與心靈世界的關聯，呈現在尋根思潮的推動下，大禹傳說成為部分民眾個體生命感延伸的依託。

目次

第一章　緒　論

第一節　本書的緣起、研究構想與資料說明

一、本書的緣起

　　當我們的目光凝聚在「傳說」二字時，似乎告訴了凝視者一段或隱或顯的生活史或者生命史。人們訴諸於傳說的，不僅有對過往的解釋，也有對當下情境的釋讀和未知歷史的期待。即是說，在傳說的延長線上，我們得以看見人、歷史、文化的總體呈現。

　　人文學術研究終歸是人的研究，是面向當下的關於人的學問。「現代性與自我認同」是當代社會的一個隱憂，特別是從上世紀八十年代開始，全球化已經逐漸滲入每個普通人的生活，幾乎每個地域都直接或者間接地受到全球化語境的影響。面向錯綜複雜的圖景，時代和個人的價值觀念正發生著變化，這一全球化過程也帶來了諸多社會問題，如政治意識形態轉化所造成的焦慮及對國族認同的質疑，越來越多的人從歷史時間鏈條的前端尋求身份或者文化上的認同。特別是針對考古類文化遺產，這些遺產從物質和物象化的載體走向文化記憶，成為國族文化的一部分。大禹作為早期文明國家夏代的建立者，自然成為當代人尋求認同的一個標誌。由此，將大禹與現代性的隱憂這一當下語境聯繫起來，更可以窺見為何作為古史的傳說會在當代仍如火如荼地被演繹。

　　選擇以大禹治水傳說為研究對象，主要是基於該傳說自身在中國文化

體系中的地位，以及其承載和擔負的功能。從有文字記錄開始，大禹已開始恒定地出現在諸多文字世界中，提及上古歷史，「自盤古開天闢地，堯舜禹三聖傳心」都是躲避不了的話題。同時，縱覽地方志，與大禹相關的祭祀、景觀、遺跡、傳說風物等各種傳說載體持續而旺盛地存在於不同文化空間內部，並在不同地域文化、思潮中碰撞和擴散，甚至在日本、韓國等東亞共同體內都有大禹傳說的影子，這些皆讓我們窺見一個帶有共享性與多元性的大禹及大禹傳說。從長時段歷史看，線性歷史上大禹傳說始終處於一個不斷發酵的狀態，在最早的記載中，大禹只是嵌在眾多敘述之中，並沒有後世文獻中的對其事蹟及功勞的稱讚及其他相關情節單元的堆砌。由此，諸多與之相關的問題慢慢湧現：為何同一傳說會有如此多的傳說形態？這個傳說最初是怎樣的模樣？何以居於如此重要的位置？更要追問，傳說為何能發展為具有全國共享性的傳說？人們又為何會建構如此多的禹跡景觀等等。懷著上述疑問，下面的研究方得以進行。

最後，從筆者自身來說，在日常生活的遭遇中，的確體驗和感受到了大禹傳說的雙重面相。大禹治水傳說自然眾所周知，但是在歷史文獻中所記載的大禹同口頭講述中的大禹有千差萬別，一方面是少時某個夏夜拎著板凳兒，正巧趕上大禹制水怪的開始，口頭講述中的大禹充滿人情倫理，他既能斬妖除魔，也偶而爆發出嫉妒、衝動等情感。另一方面是文獻中的大禹，充滿權威感與道德感，能做的事遠遠少於不能做的事，一個莫名的「幽靈」立在大禹的身後。這兩種話語體系並非相互隔絕或者相互對立的，常在在交流互動中生發出新的意義。筆者最為好奇的也正是這一點，在傳說中，民眾的觀念到底是怎麼樣的？從中國思想史來看，思想史不僅包含先哲的思想，民眾的思想也是其中重要的一部分，儘管有學者從民間文獻中解讀過中國民眾的思想史，〔註 1〕但仍不多見，正是基於對中國民眾思想史的重視，從而將民間納入了大禹傳說研究的視野。

二、本書的研究構想

本書無意重新考證上古史的諸多歷史狀況，只是希望在前人研究的基礎上，立足民間文學和民俗學研究的本位，呈現傳說對生活世界的整體觀照。

〔註 1〕（美）歐達偉著，董曉萍譯：中國民眾思想史論〔M〕，北京：中央民族大學出版社，1995。

　　本書希冀在兩個方面有所貢獻：一方面，對大禹傳說的生命史做整體梳理，這也是本文的總體脈絡。其中一以貫之的問題在於，在斷裂與延續之間的文明體系中，大禹治水傳說發揮了何種功能，創造了何種意義與價值，為何在今日之中國，治水社會已經走向了水利社會，大禹同黃帝、堯、舜等仍然活躍在國家和地方社會之間。從現有的研究來說，顧頡剛的孟姜女研究、陳泳超的堯舜傳說研究，在最初都是對傳說的生命史的建構，但是，生命是由時間和空間共同組成，顧、陳的研究梳理清楚了時間與傳說形態的不斷變化，卻迴避了傳說所依存的文化空間。筆者認為文化空間之線是時間線的伏筆，常常埋伏在傳說的影子之中，因此在生命史研究中也會加以觀照；另一方面，傳說研究已經從文本逐漸朝向「實踐」研究，本文希望借助大禹治水傳說，對傳說中「古史傳說」這一傳說類型的屬性、傳說的文化實踐，以及在非遺語境下古史傳說資源的再分配進行闡釋，以迄為該傳說類型形成體系性的探討。

　　因為是古史傳說，時間線條仍然是分析梳理的主邏輯之一。但是，一個傳說的萌芽、開始、轉變或者重新的書寫等，也脫不開文化空間的介入。本書的落腳點放在大禹傳說的文本上，因此也採用了文本細讀的方法。文本細讀是對文本進行解讀的重要方法，同時解讀不僅僅是具體的，也涵蓋了社會學、文化學、人類學等多學科理念意識，為大禹治水傳說的深入探析提供了論述的參考性和闡釋的可能性。

三、本書研究資料說明

　　由於大禹治水傳說記載廣泛，民間口頭傳播的豐衍以及傳說自身的重要性，使得其擁有的材料汗牛充棟，材料的來源亦具有多元化，怎麼運用材料闡釋問題很大程度上取決於對材料的定性、分類，有效而合理的使用材料是論文的關鍵之一。傳說的材料並非完整，實際都是斷章殘片。正如陳寅恪言「吾人今日可依據之材料，僅為當時所遺存的最下之一部，欲藉此殘餘斷片，以窺測其全部結構，必須借藝術家欣賞古代繪畫雕刻之眼光及精神，然後古人立說之用意與對象，始可以真瞭解，」我們所能做的，僅僅是借助材料提出合理合為的解釋與適當的闡釋。

　　對資料的分類，是空間格與時間鏈的結合。既然是以大禹治水傳說為研究對象，毫無疑問，大禹及相關事蹟的記載成為最主要的資料，這些資料分為兩類：

　　第一類為考古史料。因傳說的初始期或者萌芽期為傳說時代，只能從考古出土文物中積累材料，同時，中國早期文明呈現滿天星斗的格局，從考古遺址之間的相互關聯，發現早期文化的流動、變遷、區隔，成為傳說中考古材料的重點，戰國秦漢出土簡帛以及眾多鎮墓文對瞭解大禹傳說意義重大。

　　第二類材料為傳世文獻的記載。筆者無意對大禹身份譜系的源頭進行追溯，更偏向以問題的眼光來審視材料，換句話說，即「以傳說的眼光看待這些記載」。但是，文獻材料具有不同的價值層次，進行材料解讀時，擇同觀異，對表述相似處和互相矛盾之處，投入更多思考。同時，將方志的碑刻也納入文獻材料之中。很多問題的解決，需要將出土文獻和傳世文獻的多層壁壘打破，若是圍框在單純的某一記載中，很難瞭解和意識到傳說在中國思想史與文化史的真正意義及價值。對史料的解讀，特別是在解構主義重估一切的價值的影響下，很容易陷入由殘片的拼湊而導致對零碎材料的過度闡釋之中。

　　有一部分資料來自搜集而來的口頭材料。其一為三套集成，截止到 2010年，對三套集成中涉及大禹的傳說按照省市地區進行摘錄；其二來自於在對地方文化的保護興起之後，以當地知識分子和民俗精英為主，搜集而來的地方性傳說；其三取自於筆者自身的田野調查，對這一方面材料將做詳細說明。依照學術規範和學術要求，每一位田野參與者和調查者，要詳細說明其田野過程及田野活動。儘管我們有詳盡而科學的田野調查方法與圖表，但是田野具有不可複製性，每位調查者，由於不同的視野、不同的田野境遇，可能遭遇了不同的田野生活，調查者始終與田野保持了一種雙向互動，因而，在論述田野資料時，將會把「我」作為論述的出發點。由於論文所依據的材料及探討的問題，主要圍繞公開性的文本材料，田野調查中，筆者也有意選取了與研究問題相關事項與相關對象進行調查和訪談，因而，在此書中，無意呈現田野中傳說的整體形態。選取的田野位於河南省鄭州市登封市境內，於 2015年 7、8 月間兩次赴登封進行調查。幸運地是，所參與的兩次調查，恰逢登封市政府及大禹文化研究會舉行相關活動，為調查提供了很大的方便，節省了很大的調查時間與調查經費。在調查之前，根據自身研究的問題及田野資料的前調查，筆者制訂了涵蓋以下問題的調查方案，該方案出於文化空間和傳說自身的考慮，主要涉及的問題包含大禹講述群體、講述載體等：1. 大禹口頭敘事：大禹的身世譜繫傳說、靈驗傳說。2. 不同傳說媒介及景觀：節日、廟宇、遺跡。3. 大禹研究會與其他組織。調查之中，筆者主要以訪談和參與的

方法，深入瞭解了上述問題。調查之後，及時撰寫田野報告，以迄準確呈現所研究的問題。

　　除經書、正史外，筆記、小說、類書、方志等傳統史料文獻中，都有不少關於大禹治水傳說的記載，這部分記載不可偏廢。這些記載將籠統的正史文獻碎片重新整合，使得傳說本身更加立體飽滿。同時因為大禹傳說的權威性和歷史性，有不少方面涉及信仰與宗教方面，道教和佛教文獻也有談論。

第二節　傳說概念的轉變與古史傳說的雙重含義

一、從名詞屬性到動詞屬性：傳說概念的轉變

　　傳說是一個處於多層關係中搖擺不定的概念，在不同的話語體系和異質文化背景之間的碰撞下，「傳說」概念會生發出不同的文化內涵，在當代社會中，傳說概念同對「民間」，「地方」等充滿現代性的話語實踐相關。傳說的概念古今相異，中西有別，總體來說，經歷了一個由名詞屬性到名詞、動詞合流的過程。

（一）「傳說」名詞屬性的古與今

　　「傳說」一詞，在中國古籍中已有相應的記載，〔註2〕在古代文獻中，傳說有兩層意義，其一為智識分子，如諸子、文人的解釋、闡釋等，在我看來，其「傳說」並非一詞，而是傳（音 zhuan，一種文體）與說（舊聞）的結合。其二為傳播、傳頌、傳佈消息和故事等。〔註3〕

〔註2〕如《論衡》：「夫公叔文子實時言、時笑、義取，人傳說稱之，言其不言、不笑、不取也，俗言竟增之也」，「世之傳說《易》者，言伏義作八卦；不實其本，則謂伏義真作八卦也。」「演作之言，生於俗傳。苟信一文，使夫真是幾滅不存。《漢書·藝文志》：「於是建藏書之策，置寫書之官，下及諸子傳說，皆充秘府」《後漢書·儒林外傳》：「慎以五經傳說臧否不同，於是撰為五經異義，又作說文解字十四篇，皆傳於世」。二如《史記·太史公自序》：「維三代尚矣，年紀不可考，蓋取之譜牒舊聞，本於茲，於是略推，作三代世表第一」。

〔註3〕畢旭玲博士通過梳理過傳說定義，認為傳說有兩類含義，一是指不同著作的不同傳本及其解說本，如諸子傳說等，二是指動詞性質的含義，即傳播、傳佈故事等，諸如在筆記小說中常見其蹤影，如「某堅守不聽，唯運獨見。見在子弟無三舉，門生舊知才數人，推公攉引，且既在門館，日夕即與子弟不生，為輕小之徒，望風傳說曰，筆削重事，閣門得專」。觀點源自：畢旭玲：20世紀前期中國現代傳說研究史〔D〕，華東師範大學，2008。

　　現代學術意義上的傳說概念，是在西方人類學、文化學等學科引入之後興起的，並具有了區別與神話體裁和故事體裁的獨立意義。新文化運動中，中西交流頻繁，大量西方文化著作引入中國學界，引起了中國學者的重視。如周作人認為神話（Mythos=Myth）、傳說（Saga=Legend）的異同在於：「神話與傳說的形式相同，但神話的講述者是神的事情，傳說是人的事情；其性質一是宗教的，一是歷史的」，〔註4〕對於兩者的關係，魯迅認為傳說是神話的發展與演變：「殆神話演進，則為中樞者漸近人性，凡所敘述，今謂之傳說。傳說之所道，或為神性之人，或為古英雄。其奇才異能神勇為凡人所不及，而由於天授或有天相者，簡狄吞燕卵而生商，劉媼得交龍而孕季，皆其例也。」〔註5〕

　　在當代社會中，傳說又同民間、地方等聯繫在一起。如在關於民間文學概論性質的書中，神話、傳說、故事往往是並列於民間文學體裁劃分之下的，這種概論性質的定義彰顯了傳說的名詞性質。概論中被廣泛認知的幾個概念，〔註6〕顯現了對傳說認知的名詞屬性，即將傳說看做單純的文本或者作品，定義的模式皆為「民間傳說是……故事」、「傳說是……的口頭作品」、「傳說是……口頭敘事文學」的定義格式。這種格式將傳說的範疇框於故事或者文學，不同定義之間並沒有根本性區別，相異之處即是定義格式中所省略的：傳說區別於其他口頭作品或者口頭敘事文學的限定性表述，換言之，固定格式加上區別於其他口頭敘事的定義，使得傳說的意義縮小在與民間故事、神話的同等位置。這種定義範式在三大集成中有鮮明體現。「民間傳說的體裁樣式主要以特定的人物，事件，自然物和人工物為對象，題材十分廣泛。

〔註4〕周作人：周作人民俗學論集〔M〕，上海：上海文藝出版社，1999。

〔註5〕魯迅之意實際將神話與傳說的區別定義在神和超人的區別，神話重點在其神性，傳說是於人性，不過其人性超於常人。觀點源自：魯迅：中國小說史略〔M〕，上海：上海古籍出版社，2006。

〔註6〕鍾敬文認為「民間傳說是勞動人民創作的與一定歷史人物，歷史事件和地方古蹟，自然風物，社會習俗有關的故事」，觀點源自：鍾敬文主編：民間文學概論〔M〕，上海：上海文藝出版社，1980；汪玢玲認為：「凡是與一定的歷史人物、歷史事件和地方風物、社會習俗有關的那些口頭作品，可以算是傳說」，觀點源自：汪玢玲主編：民間文學概論〔M〕，北京：中央廣播電視大學出版社，1996；劉守華，陳建憲則將傳說定義為：「傳說是圍繞客觀實在物，運用文學表現手法和歷史表達方式構建出來的，具有審美意味的散文體口頭敘事文學」，觀點源自：劉守華，陳建憲主編：民間文學教程第2版〔M〕，武漢：華中師範大學出版社，2009。

現代流傳的傳說，有大量作品是以古代歷史人物、歷史事件為題材的，一般群眾進行此種作品的創作時不一定直接從書目記載中取材，不一定以正史定論為依據，他們往往將本地區歷史文化的遺跡同歷來的口頭傳承結合起來，編進故事，因而許多傳說常常把本地的歷史、民族、宗教因素綜合起來」。〔註7〕在三大集成中的傳說定義，體現出概論性質傳說定義的兩種傾向性。其一為真實性，即以歷史人物、事件為主題元素，並因為依託和依附於傳說講述地的風物，具有了可信性。正如柳田國男將傳說的兩極定位在歷史和文學，鍾敬文在闡釋歷史和文學時，認為歷史的真實有兩種情況，一種是歷史的真實事件，如洪水的發生、部落的戰爭等。另一種是歷史記憶的真實，比如面對洪水的恐懼，歷史事件和歷史記憶是傳說與歷史不可分的主要原因。

　　也有學者借助「專名」說來解釋傳說何以具有真實性。〔註8〕第二種傾向性是傳說所顯現的地方性，體現地方傳統和地方民俗文化。正是因為傳說概念中對真實性和地方性的強調，因真實而成為解釋某些現象的源頭，因地方性知識的納入，成為描述地方文化的依據，使得名詞性「傳說」的功能定位於「解釋和描述」。〔註9〕

（二）「傳說」概念的屬性轉變

　　西方學術界對傳說的定義同中國類似，經歷了一個不斷發展變化的過程。Saga 和 Lenend 都是與傳說相近的詞彙。所謂 saga 為古挪威語，是中世紀冰島文學的一種形式，也是歐洲最早的散文體小說，其主要講述的是英雄的傳說與故事。「它們和生活在以前諸世紀、包括 13 世紀的現實人物半真半假的鬥爭、嫉妒、愛情韻事相關。典型的例子包含《尼維爾薩迦》和《拉克斯拉薩迦》。有幾部薩迦作品，帶著超自然的內容，其中最著名的是得意忘形的《格雷蒂爾薩迦》以及《沃爾松薩迦》。」〔註10〕對薩迦的定義接近於現代學術意義的傳說概念，帶有超自然的性質的英雄傳說。Legend 的意義則更為廣泛，

〔註 7〕轉引自中國民間文學集成總序，民間文學概論，互聯網文檔資源 http://wenku.baidu.c.

〔註 8〕鄒明華：專名與傳說的真實性問題〔J〕，文學評論，2003（06）。

〔註 9〕有學者將傳說分類，分為解釋性傳說和描述性傳說，譚達先、程薔、黃濤都持此分類。傳說的分類也揭示了傳說的兩大功能，即解釋功能和描述功能。

〔註10〕（英）肯尼思・麥克利什主編，查常平、劉宗迪、胡繼華、董志強、劉雪怡、啞石等譯：人類思想的主要觀點：形成世界的觀念下〔M〕，北京：新華出版社，2004。

拉丁語意為可以讀的東西。指的是關於歷史人物或者歷史事件的神話，它可大可小，畢旭玲據《韋氏第 3 版新國際英語足本詞典》整理出 Legend 的四種含義，〔註 11〕這四種含義仍將傳說、神話和故事相互纏繞，同中國現代意義上的名字性屬性的傳說定義沒有大的區別，無論古今中外，名詞性質的傳說主要指向的是傳說作品和傳說文本。

西方學界對傳說概念的轉變，來自後現代的理論轉向及對語境的關注。美國民俗學家 Tangarlini 認為，「從典型意義上說，傳說是傳統的、有情節的、高度生態型化的，地方化和歷史化的，被當做可信的過去事件的敘事，他們通過對話的模式講述。從心理學意義上說，傳說是民間信仰的象徵性表達，反映了這一傳統所屬群體的集體經驗和價值觀」。〔註 12〕將這一理論聯繫到中國的實際經驗觀察，該定義扭轉了傳說的名詞性特點，凸顯了傳說中「講述」這一動態特性。在這一轉向的驅動下，國內學者也著手了對於「動詞屬性」傳說的研究，如趙世瑜曾經指出，在現代語境和科學語義下，傳說和歷史是相對的，傳說往往指代虛構，而歷史則是真實。在後現代理論中，傳說和歷史都是一種記憶，借助傳說，一是可以瞭解一個群體的歷史觀，形成多元歷史觀。二是可以反駁主流歷史觀。再如趙的識寶傳說研究，從傳說所折射的社會文化史著手，聯繫到華北地區的民間歷史與族群關係，將傳說和歷史等同起來，認為識寶傳說背後所折射的是經濟中心的轉移和同政治中心的分離這一社會事實，傳說成為歷史記憶的載體。

以上述動詞性眼光看傳說的學者越來越多，如萬建中將傳說看做「對過去的歷史的建構」，他認為傳說、口述史和記憶等都是聯繫在一起的，或者說三者是合一的。它們都作為社會敘事存在，共同成為具體時空中的講述傳統。〔註 13〕動詞屬性的傳說概念的引入，使得傳說和歷史之間的區隔顯得微不足道，

〔註 11〕其一為一直流傳到現在的故事，儘管未被證實，但被認為歷史上曾經發生，如特洛伊戰爭，我們無法證實其真實，但戰勝的真實體驗在傳說講述中被認知，因此講述者也認為戰勝是真實發生過的。其二為大量的這樣的故事，即在邊境傳說中的某個地方。其三指最近產生的流行神話，其四至關於人或者事情的動人故事。觀點源自畢旭玲：20 世紀前期中國現代傳說研究史〔D〕，華東師範大學，2008。

〔註 12〕張靜：人、神和偶像——不同講述群體中的木蘭及其傳說〔J〕，民族文學研究，2014（02）。

〔註 13〕萬建中：傳說建構與村落記憶〔J〕，南昌大學學報，2004（03）；持相似意見的有王明珂、何順果、陳繼靜等學者的研究。

進而，當我們將這種動詞屬性傳說的目光投向古史傳說時，古史傳說散發出了不同的光波。

二、古史傳說的雙重含義

傳說對於歷史學的意義則不同，或者說在歷史學中，傳說的定義和古史是聯繫在一起的，其含義重點在於確立時間段。如徐旭生所提出的「古史的傳說時代」，他認為古史范昧，對於史前史，只有從考古材料知道一些舞臺布景，衣冠道具，只可以猜想到時隱時現的人影。在這之後的時代變為「傳說時代」，有了代代相傳的歷史故事，儘管印象仍舊模糊，但人物已經有了個性或者群性，或者有了情節，相比於有文字記載的歷史，無相應年代文字記載的歷史被稱為「傳說時代」，「古史傳說」成為映像於無明確文字年代的專有名詞。

上文中的古史傳說仍屬於名詞性的，此意義上的「古史傳說」成為用以探視歷史真相的分級材料，如徐旭生在《論傳說材料的整理和傳說時代的研究》一文中，「將材料按照是否貼近真實來分成三個等級，即原生形態、衍生形態和次生形態，對於後期的甚至流傳到現在的民間傳說，或是晚近著述中出現的古史系統記載，都不被納入歷史學研究的範疇」。〔註14〕

但是隨著傳說概念的轉變，古史傳說也需要轉向其動詞屬性的界定，將古史傳說看做一個連續不斷的生長體。在漫長的歷史中，不斷因各方力量的介入，不斷被重新書寫，並在不同文化時空中發揮不同的作用。古史傳說研究中，陳泳超的堯舜傳說研究具有開拓性和啟示性的意義，同時，需要指出的是，陳泳超對堯舜傳說的認知本身涵蓋了一個轉變。在《堯舜傳說研究》一書中，其有效地選取承載傳說的重要文本進行解析，從線性歷史的角度梳理了堯舜傳說的演變和流傳狀況。實際上，作者在梳理過程中，已經有了傳說作為話語的意向，只不過限於學科背景，並沒有過多的對「話語」這一建構性力量進行闡釋。在《轉過身去的大娘娘》一書中，陳對堯舜傳說的關注轉向了地方傳說，這一轉向，伴隨著其將「傳說作為一種地方話語」而實現的。

由此觀大禹治水傳說，我們不僅要關注到被歷史文獻所載的古史傳說作品，也要關注到傳說的書寫者，動態的講述除了古代群體，還要看到當代的傳說講述，「如鍾偉今等學者對浙江地區的防風神話進行收集整理，發現防風傳說，

〔註14〕徐旭生、蘇秉琦：論傳說材料的整理和傳說時代的研究〔J〕，史學集刊，1947
　　　　（5）。

其與大禹治水神話在書面記載中不同的表述。」〔註15〕民眾對傳說的依賴和不同文化圈的非共享狀態，導致傳說與歷史的關係充滿衝突和微妙的互動。

對於大禹傳說來說，它同時具有了名詞性概念和動詞性概念雙重特徵。名詞性的文獻記載屬於古史傳說，如果忽略這一部分，很難看清其超越具體時空的意義，即作為想像共同體表述的重要性。對動詞性的講述的重視，更能看清古史傳說的意義，「正是由於大家都參與到說與聽這個傳的過程中來，所說之事不再是私人性的，而變為公共性的，個體也就通過這樣的集體敘事被納入一地的集體意識之中」〔註16〕。

第三節　從「文本」到「實踐」的傳說研究

一、傳說的文本研究

在中國學界，對某一個傳說或者傳說類型的研究，顧頡剛在《孟姜女故事研究集》中已經確立了一種範式，簡單來說，「從幾字變成洋洋灑灑幾萬言」，孟姜女故事的演變成為顯而易見的主題。〔註17〕胡適的總結簡練而到位，也有不少當代學者對顧頡剛孟姜女研究的範式做了相關探討，〔註18〕認可顧對現代民間文學建立的意義，和其故事學研究方法的範式作用。同時，在此基礎上也認為「一源單線」的研究方式遠離了故事學自身的本質，但無論怎樣，故事學的研究方法對傳說仍有重要的借鑒意義。〔註19〕

〔註15〕夏楠：多維視野下的大禹治水傳說研究〔J〕，長江大學學報，2015（03）。

〔註16〕鄒明華：古史傳說與華夏共同體的文化建構〔J〕，中國人民大學學報，2010（03）。

〔註17〕胡適總結顧頡剛的思路，即把每一件史事的種種傳說，依先後出現的次序，排列起來；研究這件史事在每一個時代有什麼樣子的傳說，研究這件史事的漸漸演進：由簡單變為複雜，由陋野變為雅馴，由地方變為全國的，由神變為人，由神話變為史事，由寓言變為事實；遇可能時，解釋每一次演變的原因。觀點源自：顧頡剛：孟姜女故事研究及其他〔M〕，北京：商務印書館，2017。

〔註18〕施愛東：顧頡剛的故事學範式及檢討〔J〕，清華大學學報，2008（02）；戶曉輝：論顧頡剛研究孟姜女故事的科學方法〔J〕，民族藝術，2003（4）。

〔註19〕儘管陳泳超在《堯舜傳說研究》著作的前言中寫其課題的起源源自於在顧頡剛論及堯舜時期的一段話，在某些章節的探討也沿襲了顧頡剛的路子，但對傳說研究來說，這種研究最大的意義在於脫離單純從歷史演變，被時間線條發展框住的路子，而是轉向了對傳說「情節單元」發展的探索，觀點源自陳泳超：堯舜傳說研究〔M〕，南京：南京師範大學出版社，2005。

　　除了柳田國男的《傳說論》，傳說研究的理論建構不多。柳田國男在長久田野調查的基礎上，將對傳說的解讀建立在「感性」認知之上，借助口語化的表達，較早構建了傳說研究的框架。柳田國男提出了兩個被中國學界在傳說研究中常用的理論，一是傳說核，二是傳說圈。〔註20〕對於傳說核和傳說圈，柳田國男並沒有講述清晰，或者明確的定義，在筆者看來，傳說圈和傳說核的界定不能忽略一個關鍵詞即「相信」。民眾對傳說的認知建立在「相信」的基礎上，Linda Degh 等學者將此「相信」用「belief」表達，〔註21〕Belief 這個詞語包含雙重意義，既有超自然的信仰，又有主觀性的相信，因此傳說核不一定是客觀的，可能涉及的是書面的記錄，某人在某地真實事件的發生等，超越了單純的個體內涵。鍾敬文對 belief 一詞做過相似的闡釋，並置換為他所言的「真實性」。「傳說大都跟神話和民間故事一樣，是一種虛構性的作品，並不是一種真實的歷史事實。它跟那些史書上記載的事件，是有顯然的區別的」，認為傳說的產生都有一定的歷史事實為依據，〔註22〕這個解釋突出了「傳說的歷史意義」與歷史事件對講述群體或者講述區域的真實性。對於大禹治水傳說也是如此，我們能發現的最早記錄為出土文獻，但同大多數傳說一樣，無法發現其開始的年代，只因為相信洪水的發生和大禹曾經治水的經歷。由此，傳說核、傳說圈的分析可以從空間擴展到時間序列，傳說圈怎樣在時間中變化。〔註23〕近些年，由於敘事學的興起，對傳說研究的有了向

〔註20〕（日）柳田國南著，連湘譯：傳說論〔M〕，北京：中國民間文藝出版社，1985。

〔註21〕J. H. Brunvand, *folklore and folk life*〔M〕, Chicago: University Of Chicago Press, 1982.

〔註22〕鍾敬文分別以張良和《搜神記》中的宮人草為例進行了深入探討。張良傳說主要講述的是，張良外出多年，歸來後不認識女兒，向女兒唱起情歌，被女兒辛辣嘲諷。宮人草講的是楚靈王時期，數千宮女被埋葬，宮女的墳上長出了宮人草。前者說明張良雖是真實的歷史人物，但情節是虛構的，後者則認為，儘管宮人草沒有確指，卻暗含了一種歷史事實，即宮廷中存在怨女。這兩種傳說與歷史的關係共同指向了歷史的真實性問題，而這種真知灼見其實際是把傳說作為集體記憶而來的，觀點源自鍾敬文：民間文藝談藪〔M〕，長沙：湖南人民出版社，1981。

〔註23〕畢旭玲介紹差傳說研究路徑時，概括了三種，既歷史學、文學和民俗學路徑，歷史學路徑以史學家如顧頡剛為代表，文學則如羅永麟的仙話研究，民俗學路徑儘管較少，但因為更為明顯的關注到了口頭講述和民俗生活，像鍾敬文在《楚辭中的神話與傳說》中第七章《英雄傳說及其他奇蹟》，提出了「英雄傳說」的概念，並對地方傳說也進行過研究，如《中國的地方傳說》、《中國的水災傳說》等，有較為成熟的地方傳說類型思考。

敘事學借用的趨勢，例如對結構和形態的分析，儘管普羅普對民間幻想故事的研究有過嘗試，〔註24〕但是相對於傳說，故事具有較強的類型性和固定的表達方式，所以故事學的結構研究不完全適合傳說研究，去根據不同的傳說類型做出不同的分析調整。

實際上，儘管有的傳說研究有了田野調查，但仍歸屬於文本研究範式。此時田野的意味便是將田野調查中的文本重新規整與文字文本來進行分析，同時在分析時去掉了講述語境、講述者等，即學者所指出的「文本中心主義」，「將文獻記錄中的傳說的，當做口頭傳說來處理，會帶來致命的後果，因為只截取了文本的信息，而對於創造文本的說話者、受話者、語境、接觸、代碼等因素往往忽略不計，就很容易擴大文本的指涉範圍。」〔註25〕

二、傳說的實踐研究

實踐研究的轉向來自田野與語境的介入，田野的參與本身與民俗學的學科轉向息息相關。回看學術史，民俗學的研究已經從對文化遺留物、文化事象的關注轉移到了具有整體性的生活世界，鍾敬文所提出的民俗學是歷史的，更是當代的已經漸漸成為共識。從某種程度上說，對當代的凝視是由「傳統」這一民俗學科核心詞彙理解的轉變而帶來的，傳統並非歷史的靜止，而是動態的傳承。傳統兩字已經從時間流上的駐足停頓，回歸到空間裏的流連往復，因而，具體時空中的傳統只有在田野中才能摸得清其骨骼脈絡。

無論中西學界，對田野和文本的論爭一直存在，但隨著民族志研究方法的興起，越來越多的傳說研究走向田野。實際上來說，傳說研究的文本和田野並不存在爭論，更像是「花開兩朵，各表一枝」的關係，田野考察的直觀性與互動性，在對傳說研究時，更貼近於講述的實際情況，也就是所謂表演理論的追求，講述者、聽眾、講述語境等都成為可以繼續傳說立體研究的主題。如杜德橋《妙善傳說》〔註26〕規避了顧頡剛研究的執著，注意到了傳說文本的

〔註24〕（俄）弗拉基米爾·雅可夫列維奇·普羅普著作，賈放譯：故事形態學〔M〕，北京：中華書局，2006。

〔註25〕王杰文：直義與隱喻——「十八打鍋牛」傳說的分析〔J〕，民俗研究，2008（03）。

〔註26〕董曉萍與陳泳超分別對傳說的寫本和傳說研究的語境研究所作的探討，觀點源自：董曉萍：傳說研究的現代方法與現在的問題——評杜德橋的《妙善傳說》〔J〕，民族文學研究，2003（03）；陳泳超：「寫本」與傳說研究範式的變換——杜德橋《妙善傳說》述評〔J〕，民族文學研究，2011（05）。

語境文體，以妙善在民間的寫本為研究重點，突顯了一個傳說在不同階層的表述並怎樣適應各個階層，顧頡剛和杜德橋儘管都面向文本，但杜德橋開啟了傳說文本研究的另一個思路，即語境研究。對於語境的借鑒，並非單純指向當下，陳泳超指出，「傳統意義上各地方人群主要以口耳相傳方式進行的敘事實踐，以地方語境為前提，其更多的關注的是馬林諾夫斯基的文化語境而非情境語境，例如集體記憶，歷史建構等」，〔註27〕其講述人群是均質化的，「傳說的形式是會根據不同地域的社會與文化情境做出相應的調整的。對於陌生人來說，看似殘缺的片段對於該傳說的講述群體來說，是人所共知的，在這個意義上，傳說是傳統的口頭敘事的一個部分，一個片段，其中僅有部分內容是相對穩定的，其他內容是多變的」。〔註28〕

　　歷史人類學家也借助了這一範式，在這種研究框架中，傳說是作為一種集體記憶和話語實踐而存在的。〔註29〕研究者既能從傳說中模糊察覺到他者的心靈，又能從其中理順歷史和社會的變動，適應不同階層、不同文化區域、依託講述者情感的傳說越來越成為透視生命真實的切口。研究往往著眼在地方社會，使得研究者更加身臨其境的體悟傳說所傳達的意義，留意到了傳說對地方社會建構的重要作用。〔註30〕但對於逝去的社會或者較為古老的社會而言，有的傳說可能並不一直存續，或是斷裂或是被遺忘，更可能被折藏，從不同分類形式，承擔不同功能的典籍中尋找蛛絲馬蹟成為傳說與社會史

〔註27〕陳泳超：轉過身去的大娘娘〔M〕，北京：北京大學出版社，2015。

〔註28〕王杰文：直義與隱喻——「十八打鍋牛」傳說的分析〔J〕，民俗研究，2008（03）。

〔註29〕陳春聲、劉志偉等學者，從傳說被講述角度分享了其現實和社會意義，學者們通過搜集地方文獻，以區域內部的特定傳說為論述切入點，對比與國家意義上的宏觀敘事，其國家認同、村落記憶等成為關鍵詞，這些研究構成了社會分析的經典理論——國家和社會；學者龐建春以山西水資源缺乏的三個村落為田野，並結合水碑等資料，將三地整理出不同的傳說類型，圍繞不同的傳說類型，出現了不同的權力和社會模式，認識到「傳說在區域社會中的功能和文化意義，提出社會是傳說文本形成和流傳的制度上下文」；學者朱炳祥將傳說文本作為社會學理論的分析文本，對白族的朝珠花傳說所顯示的國家與民族社會之間的張力關係論述，認為「在空間維度上，當國家權力出現掠奪性下沉時，國家與民族社會處於對立關係之中，雙方互殘互傷；反之，則形成整合關係，國家與民族和諧互動發展」。

〔註30〕趙世瑜：祖先記憶、家園象徵與族群歷史——山西洪洞大槐樹傳說解析〔J〕，歷史研究，2006（01）；岳永逸：靈驗·磕頭·傳說：民眾信仰的陰面與陽面〔M〕，北京：生活·讀書·新知三聯書店，2010。

研究的殺手鐧，如連瑞枝的《隱藏的祖先——妙香國的傳說與社會》，運用佛教典籍、傳說文本等，從傳說中的男女祖先、觀音信仰、佛教儀式專家與貴族集團等不同的角度，重構西南地區的歷史．並以此勾勒出西南人群如何透過虛擬的祖源傳說、聯姻關係與佛教經典正統，建立了以多元社群為基礎的社會。〔註31〕納欽《口頭敘事與村落傳統》，以蒙古族的公主墳傳說為例，展示了傳說、信仰與社會之間的互動關係。〔註32〕

　　從文本到實踐研究的轉向，背後是對傳說認知的轉變。在整個人文學術背景從宏觀走向對地方性知識考察的影響下，傳說的認知走向了對地方傳說的觀照，上述實踐轉向的已有研究正是對作為地方傳說的研究，傳說由作為文本的傳說轉變為作為話語的傳說。

　　實踐研究也受到人類學民族志的影響，萬建中提出「民間文學誌」這一概念，認為「民間文學誌可以讓沉睡的民間文學作品文本處於鮮活的語境之下，如果說記錄文本是重在採集活在民眾口頭的、活態的口傳文學，那麼撰寫田野民間文學誌則是重在採集活在民眾口頭的、行為、心理中的民間生活」，借鑑於民間文學誌這一概念，也有學者以傳說為研究對象進行了研究，展示講述者、聽者、學者、文本之間的互動關聯。〔註33〕在實踐研究中，對講述和書寫傳說的群體的關注較少。「陳學霖在研究北京建成傳說時，將雷特菲爾德的大傳統和小傳統理論引入，認為在特殊條件下，大傳統會通過百姓所喜聞樂見的形式在小傳統中保留下來，反映民眾的喜怒哀樂，而精英群體對傳說的塑造更是發揮了重要作用。」〔註34〕

　　其實，每種研究選擇何種理論，選取哪一種路徑和方法，與研究對象和研究材料所突顯的問題息息相關，與傳說的界定也密不可分。當把傳說定義在口頭講述，與故事具有同構性時，研究的方法可能更接近於文本的歸納與總結。當傳說成為了社會記憶和集體記憶時，與社會形態結構的關係更大，

〔註31〕連瑞枝：隱藏的祖先：妙香國的傳說和社會〔M〕，北京：生活·讀書·新知三聯書店，2007。
〔註32〕納欽：口頭敘事與村落傳統：公主傳說與珠臘沁村信仰民俗社會研究〔M〕，北京：民族出版社，2004。
〔註33〕萬建中認為民間文學的根本屬性是其生活屬性，民間文學與作家文學的本質區別在於民間文學具有「情境性」或者說其是在特定生活場合中表現出來，民間文學的演述始終與某一生活情境聯繫在一起，觀點源自參見萬建中：「民間文學誌」概念的提出及其學術意義〔J〕，雲南師範大學學報，2015（06）。
〔註34〕陳學霖：劉伯溫與哪吒城〔M〕，北京：生活·讀書·新知三聯書店，2008。

則可能選擇民族志式的方法。而當面對區域或者地方傳說時，更微觀的調查的作用不可小覷，圍繞傳說與傳說資源的爭奪，不同身份價值認同的講述成為可以打開的窗口。對於大禹治水傳說來說，此類型傳說流傳時間較為久遠，傳播範圍較為廣泛，更貼切於文本研究與實踐研究的結合。只有方法的多樣性才能更接近該傳說的「理解」、「意味」，而區別於「是」怎樣的傳說，上述傳說的研究，為大禹治水傳說的進一步研究提供了有力的學術支撐。

第四節　大禹治水傳說的現代學術史追蹤

從出土文獻到傳世文獻，大禹記載充斥其內。因而，上古史或者夏商周歷史的研究者圍繞著三皇五帝、夏商歷史狀況等進行了眾說紛紜、各自有理的探討，而在這些探討中，大禹往往是那段若隱若現歷史的開拓者，由此被前赴後繼地研究著。

在注疏等記載整理中，已經開始了對大禹身份、事件等的判定。〔註35〕對於現代歷史學、神話學來說，大範圍的研究出現在晚清至 20 世紀初的社會思潮中。研究者對學術問題的思考不可避免的受到社會思潮的影響，正是在思潮中保持思考的態度，方產生了學術的獨立和思想的自由。中國早期國家的建立與文明的發展與大禹關聯密切，於是從晚清到上世紀二三十年代，一系列關於大禹治水相關的研究成果，如雨後春筍般破土而發。筆者之所以在分類中，將歷史學和神話學兩者二合為一，在於對大禹研究而言，兩者實際是同一路徑的兩種表達。

一、疑古思潮下的大禹研究

晚清時期，疑古思潮高漲，以顧頡剛為代表的古史辨派延續這股思潮，以歷史的眼光來解讀大禹治水傳說。在《與錢玄同先生論古史書》中，顧頡剛提出了「禹為動物」的觀點，這在在學界引起了大範圍的討論。「禹或是九鼎上鑄的一種動物」的觀點否認了大禹作為歷史人物的存在，因而激起了不少反對之聲。針對學界的反響，在《辯禹：討論古史答劉胡二先生》中，顧頡剛明確指出——大禹作為神話人物。該文從禹是否有天神性？禹與夏之

〔註35〕諸多「知識分子」對大禹身份與譜系進行闡釋，特別是各個朝代的《地理志》，大禹出生地有了不同的界說。

關係？禹與堯舜之間的關係等方面分析，認為「禹為山川之神；後來有了社稷，又為社神（后土）。故其神跡從全體上說，為鋪地，陳列山川，治洪水」，「治洪水之治也是後來上加上的……我們深信他治水之故，乃是受了《孟子》、《禹貢》等書的影響」。〔註36〕顧頡剛作為傑出的歷史學家，其針對傳說提出的層累底形成古史的觀念，在大禹的辨析中得到清晰展開。尤其是1937年與童書業合著的《鯀禹的傳說》一文，提出「禹為主山川的社神，禹來源於九州之戎，鯀禹本為獨立人物，由於墨家的尚賢說和禪讓說，才與堯舜發生關係」。古史辨派從時間順序對大禹治水傳說的整理，不僅為歷史學自身的發展提供了一種層累的古史觀，也為大禹治水傳說的繼續研究發展了新的方向。

受古史辨思潮的影響，越來越多的學者開始重新重視大禹治水傳說，並得出新穎的結論。丁山〔註37〕將文獻中的禹字從蟲九即《楚辭》所謂雄虺九首出發，聯繫應龍傳說情節中的應龍助禹治水，得出禹為山川之神，其神格為雨神。丁山的研究帶有了神話和歷史學雙重色彩，在分析完畢大禹神格後，對禹娶塗山進行了結構上的對等的對比分析，「禹合諸侯於塗山演自禱雨神話，其『娶於塗山』演自止雨神話」。徐旭生〔註38〕從文獻學、傳說學、歷史學等，對大禹治水探討，將上古史研究定位在「傳說時代」，在《中國古史的傳說時代》著作中，其《洪水解》一文，針對大禹治水產生的背景，洪水從專名到共名的發展等數個方面做了梳理。在「傳說時代」這個範圍的框定下，認為由於受神話思維的限制，人們的思考不可能離開神話思維。徐旭生的結論也是筆者較為認同的，洪水的發生與當時的自然環境息息相關，逐水草而居很少有治理洪水的傳說，而在黃河中下游，以農耕為主要生產方式地區，

〔註36〕顧頡剛對禹的身份認定是個不斷變化的過程，最初將禹看做一條蟲子，來自於說文解字的解讀，後來，在與童書業合作署名的《鯀禹治水傳說研究》中，則側面否認了此看法。特別是早在1926年和1930年，顧頡剛已一再聲明他已放棄了「禹」為蟲的假設，說：「知道《說文》中的『禹』字的解釋並不足以代表古義，也便將這個假設丟掉了」。最重要的是，對鯀禹傳說的研究，在崔述《考信錄》的基礎上，通過情節發展的分析，為我們闡釋了禹的神格與人格的轉變，這種分析實際上貼合了大禹作為傳說研究的路徑。

〔註37〕丁山將大禹治水作為神話，既用歷史學家的思路進行整理，同時借用了民俗學的思維，以大禹的文字分析開始，由此聯想到應龍，共工，鯀、塗山，認為整個大禹治水神話是「禱雨與止雨」，觀點源自：丁山：中國古代宗教與神話考〔M〕，上海：上海書店出版社，2011。

〔註38〕徐旭生：中國古史的傳說時代〔M〕，桂林：廣西師範大學出版社，2003。

治水成為首要問題，從發生學角度來看，黃河中下游成為大禹治水的主要地區。從時間來看，徐旭生認為，「大禹治水之後，政治的組織逐漸取得固定的形式，不像從前散漫部落」，對大禹治水傳說地位的作了肯定。

回顧古史辨學派及其周圍學者的討論背景〔註39〕，能夠清晰地折射出當時的社會環境即民族主義的高漲，在這種思潮下，神話研究蔚為大觀的原因，很大程度上，是對中國文明和文化根底的重新發現。中國神話學的濫觴正是在民族主義、平民主義的思潮下發展起來的。弔詭的是，對大禹的大寫特寫，完全不同於晚清時期的黃帝、炎帝、女媧、西王母、蚩尤等人物，〔註40〕這點本身就值得注意，是因為大禹神話傳說中有無法改變的框架還是其他原因，正是可以繼續追問的切入點。

二、文化思潮下的大禹研究

某某傳說的文化內涵似乎是每一位做傳說研究的必有單元。考究文化內涵四字，恐怕不是簡單一兩句能夠解釋明白的，就如同「文化」的定義就有數百種一樣。學者在深入分析文化內涵時，往往是對文化內涵的一部分進行探討。如王暉在《古史傳說時代新探》中將大禹看做巫，認為大禹為巫師宗主，這是繼徐旭生傳說時代研究之後，對大禹治水傳說做出較為詳細分析的著作。王暉的古史研究看似歷史學的路子，但是對大禹的研究卻運用了文化學的路徑，通過文化學理論探尋大禹的身份問題。

文化學在西學東漸思潮中發展起來，從西方引入的人類學和文化學理論為大禹傳說的文化內涵分析注入新視野。聞一多認為「畫地成河的龍即禹自己，能畫地成河就是禹疏鑿江河圖騰的龍禹，與始祖的人禹並存而矛盾了，於是便派龍為禹的老師，說禹治水的方法是從龍學來的」。〔註41〕圖騰學說在當時具有積極意義，從認知論角度研究神話和傳說，打破了文獻爬梳索引的壁壘。在當代學界，有不少學者繼續圖騰學說的研究，葉舒憲在《大禹的

〔註39〕這點非常有意思並值得關注，魯迅《破惡聲論》就曾論述信仰與宗教對民族國家的重要性，但是「迷信」與「正信」、「科學」和「神話」始終糾結在社會現實中。

〔註40〕尤其是黃帝的研究作為顯著，在文獻記載尤其是影響深遠的儒家記載中，孔子曰吾與禹無間也，大禹的地位可想而知，但是作為建構民族一體化的脈絡時，晚清的知識分子卻選擇了黃帝大寫特寫，使得黃帝成為一個國家共同體的政治符號。

〔註41〕聞一多：神話與詩〔M〕，天津：天津古籍出版社，2008。

熊旗解謎》一文中提出禹所使用的熊旗是一種關於圖騰的記憶，〔註42〕何根海在《大禹治水與龍蛇神話》一文中認為禹治水傳說是神話的變形，傳說再現了龍同山川之間的關聯。〔註43〕圖騰或者動物崇拜的研究缺陷也依然存在，尤其是以涂爾幹〔註44〕為主要代表的宗教社會學興起，將圖騰研究放在社會場域下研究，認為圖騰是一種社會成員相互理解的社會象徵體系，在該體系中才能理解圖騰的意義，上述研究沒有將圖騰研究還原社會場域，仍是在舊有的人類學認識論中徘徊。

徐旭生將大禹治水傳說放在傳說時代的古史裏看，具有重要的意義，是社會、文化秩序確立的起點，學者自身也認識到這點，湯奪先《「大禹治水」文化內涵的人類學解析》〔註45〕一文中，從人類學和文化學探討大禹治水傳說的文化內涵，認為大禹治水傳說中包含多元的宗教思想，反映出族群起源的神聖性，折射出中華民族的精神。李岩的《大禹治水與中國國家起源》承接徐旭升的觀點，認為「在大禹治水過程中，他按地域劃分國民，社會組織與管理能力得到進一步增強，建立了國家暴力機關，完善了法律，個人權威得到增強，促進了中國國家的形成，為夏商周三代的文明發展奠定了基礎。」〔註46〕從傳說神話中窺探民族性或者民族精神，是傳統的民俗學表述範式，這源於民俗學最初起源的民族主義與浪漫主義傾向。文化視野下的大禹治水研究層出不窮，豐富了對古老傳說的認知，無論是圖騰說還是民族精神的塑造等，都仍舊是對歷史模型（model）建立的推崇，但從歷史發展來看，歷史模型是不斷變化的，並契合於民族共同體。無論是追究真實性的歷史學視野，還是透視文化內涵的文化視野，兩者的共同點在於材料應用和研究路徑的單一。歷史研究和文化內涵的分析，兩者都是對於文獻材料的不斷累積，而忽略作為傳說而言更為重要的口頭表述，「傳說是一種經常交易的活性很強的口頭文學，雖然是在口頭上流傳，不過古人很早就懂得了用文字記錄民間傳統」，〔註47〕規避眾多散落的口頭文本，導致在兩種研究取向過於執著於真和假的判定上。

〔註42〕葉舒憲：大禹的熊旗解密〔J〕，民族藝術，2008（01）。

〔註43〕何根海：大禹治水與龍蛇神話〔J〕，安徽大學學報，2003（06）。

〔註44〕（法）涂爾幹著，渠東、汲哲譯：宗教生活的基本形式〔M〕，上海：上海人民出版社，2006。

〔註45〕湯奪先、張莉曼：「大禹治水」文化內涵的人類學解析〔J〕，中南民族大學學報，2011（03）。

〔註46〕李岩：大禹治水與中國國家起源〔J〕，學術論壇，2011（10）。

〔註47〕程薔編：中國民間傳說〔M〕，杭州：浙江教育出版社，1989。

　　大禹治水的歷史學和神話學視野始終活躍在研究之中。伴隨新的神話學或者歷史學理論的介入，對大禹的研究越來越多元。例如陳建憲教授在《神祇與英雄》中將其納入「治水神話」與「英雄戰水怪」的母題，結合上古歷史，分析神話背後預示的是治水到治國，開啟了文明的曙光，筆者認為，得出這一結論，不僅僅是歷史學背景的介入，還有將自身的分析併入洪水神話研究的影響。這種範式，對於大禹研究而言，是個轉變，以往的神話研究其實仍是歷史研究的一個側面，歸根到底是糾纏在大禹的真實性問題。陳建憲則將神話研究皈依到神話學自身的範疇內部。〔註48〕馬伯樂《書經中的神話》中，將中國的洪水與聖經故事中的洪水比較，馬伯樂認為中國洪水「指的是水之橫溢與可居住的並且可耕種的大地之整頓，而亞洲東南部的文化所共有的這種傳說的模式是：大地為水所覆掩，天地派遣他的天上的臣民之一來整頓，這個神下降了，但他因遇見些困難而失敗，天地於是另外派了一個人物下降，他能將這工作弄好，且在將大地弄得可以居住之後，為籌庸計，就做了這一國的君主們的祖先。天地於是借這位英雄，或借別人，送下一切為耕作所必須的東西到地上，人們便學著去耕種。」〔註49〕大禹治水神話是否符合這個共同模式還有待省思的空間。也有學者對這一神話模式有了對比研究，像日本神話學家大林太良，將鯀禹治水神話與阿爾泰地區的撈泥造陸神話相比較，認為鯀禹治水神話的原型為撈泥造陸神話，〔註50〕學者呂微、胡萬川也持這種意見，都認為鯀禹治水神話中含有創世神話的原型因子，〔註51〕

〔註48〕 這種範式的轉變或者範式的建立，實際在神話學家程憬已經有所論述，程說「若就神話系統的本質言之，神統紀與創世記乃一個故事，不可分說……神界也同人世一樣有家族、組織，因而有先世、職掌、神國禪讓之故事」。馬昌儀在評價程時，也提到這點，他論證了中國在洪水時代以前有一個神話時代。神話時代所產生的神話在當時的人的心目中是合理的、可信的，因而是神聖的。又如，他提出了中國有系統神話的觀點，並對中國古代神話進行了「全貌素描」和專門的研究。筆者認為，這才是脫離歷史思維方法的神話學思路，是研究的本體視野的回歸。

〔註49〕 H. Maspero 著，馮沅君譯：書經中的神話全 1 冊〔M〕，國立北平研究院史學研究會，1939。

〔註50〕 （日）大林太良著，林相泰、賈福水譯：神話學入門〔M〕，中國民間文藝出版社，1989。

〔註51〕 胡萬川：撈泥造陸——鯀禹神話新探〔J〕，選自朱曉海主編：新古典新義〔M〕，臺北：臺灣學生書局，2001；呂微：鯀、禹故事：口頭文本與權力話語〔J〕，民間文化論壇，2001（01）。

但是，這也只能是種猜測，在文獻中找不到明確的證據和記載。但實際上，若從象徵思維來重新觀看鯀禹治水神話，則會生發出不同的意義，如何新認為「共字與洪字通，工字與江字通，共工其實就是洪江，洪江所引起的災害實際是共工觸山的深層結構。表層結構轉化為自然災害的人格化形象，洪江被變為天神共工」〔註52〕，將治水當做特別概念解讀。

三、中原語境下的鯀禹治水神話研究

中原是一個不斷變化的概念，「它的形成經歷以一個漫長的時期，在這一個發展過程中，『中原』一詞由過去沒有特殊意義的原野之意，轉至黃河中下游的一段地區」，這種轉變揭示了兩層信息：一是從修辭學來說，中原這一地域空間由具有文化意義的抽象詞彙轉向了具有人文地理意義的詞彙；二是在國族語境之下，中原地區成為文明中心的代言。正如趙世瑜在探討華北地區社會文化史所指出的，地域空間全息反映了多重疊合的動態的社會經濟變化的時間歷程。今日對中原地區的稱呼融合了時空、歷史心性和微妙情感認同等意蘊，共同構築和催化了中原諸多文化形態的衍生與流變，也為中原豐衍的神話遺存提供了展演的場域和動力。

現代學術意義上的「中原神話」起源於上世紀八十年代，由河南大學張振犁及學術團隊開始的中原神話搜集和整理。張振犁敏銳發現了中原地區關於上古神話的口頭形態流傳狀況，存在諸多以河南和黃河流域為中心的神話，並提出中原神話群的概念。不可否認，中原神話群的研究與整理，豐富了中國和世界神話學的資料庫與研究範疇，特別是關於宇宙創造等資料的發現，對傳統史學家以聖賢人物作為中國神話主體的觀點。〔註53〕這一過程也契合了民俗學和民間文學所倡導的到民間去發現和整理民間寶貴遺存的理念。

中國洪水神話有三種類型，分別是女媧補天，共工觸不周山，鯀禹治水。這三則神話中，在中原地區影響最大的是鯀禹治水神話，誠然，在該地區女媧神話和女媧信仰普遍存在，但女媧補天止洪水的神話意義早已經合流在其始母神神格之中，鯀禹治水神話因大禹治水的普遍流傳，在中原地區仍佔據重要的位置，綜觀中原洪水神話，有關洪水起因、懲罰的母題等並不多見，〔註54〕

〔註52〕何新：諸神的起源：中國遠古神話與歷史〔M〕，北京：生活·讀書·新知三聯書店，1986。

〔註53〕吳效群等：中原神話研究的拓荒人〔N〕，中國社會科學報，2014（8）。

〔註54〕陳建憲：論中國洪水故事圈〔D〕，華中師範大學，2005。

治水才是關鍵，「與保原始思維的南方民族洪水神話相比，載記中提供的中原地區的洪水神話的最大特點是其歷史化，總的來看，在整個中原洪水神話中，最突出的主題是治水，治水行為是充分理性化的。治水的英雄，又是被充分人化了神祇和他們的意志和行動」。〔註55〕

　　對治水及治水人格化的強調實際上是將神話置入中原語境之下的考察。張振犁強調中國水神往往與斬龍門蛟有關，是自然災害的人格化〔註56〕。漢學家 D.博德認為鯀禹治水的主旨在於敘述務農者同洪水搏鬥，謝選駿認為治水神話中存在善惡之戰，「善惡兩大勢力的鬥爭，善的一方到頭來總是取得了明顯的優勢或者徹底的勝利，支配這些故事的是一些或隱或現的倫理原則，」在神話意義上，「其深層結構為救災─再生，上古洪水神話只是隱晦的再生象徵，而無明確的再生內容，不是人類種族的再生，而是英雄神的變形再生。」〔註57〕這種解讀是將鯀禹神話與中原文化的形成和變遷聯繫起來，在國族視野下，鯀禹神話自身攜帶了歷史─民族的意義，筆者認為，這種解讀是一種歷史意義的附會，與神話傳說的本體視野相差甚遠，中原語境之下，治水等同於治理社會。魏特夫將專制、極權同治水聯繫起來，他認為水源問題對於亞細亞耕種文明來說至關重要，且具有制度性的作用和影響。對水的有效管理，則會變成制度上的決定意義，〔註58〕可見水資源對於制度的重要。

四、國外漢學的鯀禹治水研究

　　大禹治水傳說在國外的研究往往同上古史相關聯，主要集中在海外歷史學家和漢學家。日本學者對大禹及大禹治水傳說研究眾多，在考古學立場上，關注到夏文化是否存在的問題，飯島武次在綜合考察二里頭文化期的遺址和遺物時，認為一二期屬於夏代，三四則屬於殷商時期。林巳奈夫從玉器考察出發，大致意見形似，一是歷史學家的視野，糾纏的仍然是大禹的身份問題。如白鳥庫吉在《支那古代傳說研究中》提出「堯舜禹抹殺論」。他通過對《尚書》中記事的真偽的辨別，並利用和結合《說文解字》、《風俗通義》等文獻，

〔註55〕鹿憶鹿：洪水神話──以中國南方民族與臺灣原住民為中心〔M〕，臺灣：里仁書局，2002。

〔註56〕張振犁編：中原神話研究〔M〕，上海：上海社會科學院出版社，2009。

〔註57〕謝選駿：神話與民族精神〔M〕，濟南：山東文藝出版社，1986。

〔註58〕（美）魏特夫（Wittfogel K.A）、徐式谷譯：東方專制主義〔M〕，北京：中國社會科學出版社，1989。

對堯、舜、禹的名字由來進行了考察。白鳥庫吉認為堯舜禹並非古代的真實人物，同時代的林泰輔也以《尚書》年代反對白鳥庫吉的意見。當然，白鳥庫及的用意在於指出中國傳統文化的精神根源所在，認為日本文化高於中國傳統文化，中國文化為低一級的文化。二是對日本本國內的大禹傳說的研究，如王敏在著作《漢魂和和魂》中，對中日兩國大禹治水傳說比較研究，認為圍繞大禹治水神話傳說形成了東亞共同體。

部分韓國學者和日本學者在對本國神話進行論述時，因為日韓兩國受中國傳統思想的影響深遠，對大禹治水神話傳說也有所涉及。例如韓國建國神話中的朱蒙與諾讓之間的鬥爭為祈雨與治水之間的爭鬥，認為標誌著秩序和範式的形成。〔註 59〕

大凡對上古史（early China）有所涉獵的國外學者都或多或少的對大禹治水有過闡釋，比較有代表性的是 Mark Edward Lewis 的《The Flood Myths of Early China》，〔註 60〕其文對禹之治水與早期中國的空間觀與世界觀聯繫起來，認為大禹治水所確立的秩序從親屬、聯姻和人與動物的分離等表現出來，在治水過程中建立起秩序觀，其定山川九州是對空間的理想表達，這點同國內歷史學家葛兆光〔註 61〕的論點類似。

無論是國內研究還是國外史學家或者漢學家的研究，兩者一是忽略了大禹治水傳說所具備的名詞性和動詞性的雙重含義，這一點在上述論述中已經有所涉及。二是忽略了大禹治水傳說的口頭文本。按照後現代史學觀，對歷史也應該從歷史事實轉移到對歷史的理解，自然，對歷史的理解包含了眾多群體，不僅僅是官方，還有普通民眾的情感感知，由此，重新拾起口頭文本是理解歷史全面性、接近歷史真實的路徑之一。

〔註 59〕林炳傳：韓國神話歷史〔M〕，廣州：南方日報出版社，2012。

〔註 60〕Mark Edward Lewis, *The Flood Myths of Early China,* Albany: State University of New York Press, 2006.

〔註 61〕葛兆光：古代中國文化講義〔M〕，上海：復旦大學出版社，2012。

第二章　從創世到治世：早期大禹治水傳說的話語轉化

　　儘管出土文獻、文物、考古發現以及傳世文獻等相關資料有限，卻也不礙我們尋覓到禹及禹之事蹟的蛛絲馬蹟，後世觀堯舜時代，似乎的確發生了茫茫洪水，洪水滔天、彌漫無際成為遠古時代的一個側寫，而禹常作為一個極為重要的形象出現，可以說大凡有洪水處必有禹。同時，正如後來諸多史書、經書所載，禹平洪水與夏王朝的建立關係密切，它將後世不可企及的茫昧中，注入了人世的關懷。平定洪水和夏代所處的文化格局成為窺視大禹傳說的兩條線索，由此或溯流而上，或順藤而下，或許能揭開該傳說的最初面貌並完成大禹的身份推測。

第一節　洪水的象徵與轉化

一、作為創世神話的鯀禹治水

　　傳說中總是有神奇、神異因子的存在，而且神性因子的存在具有穩定性，通過對這些神異因子的考究，得以看見後來被社會文化語境所遮蔽的傳說的初始意蘊。在《山海經》中有關於鯀禹治水的記載，遺留了明顯的神性。如《海內經》載：

> 洪水滔天。鯀竊帝之息壤以堙洪水，不待帝命。帝令祝融殺鯀於羽郊。鯀復生禹。帝乃命禹卒布土以定九州。〔註1〕

〔註 1〕（晉）郭璞注，（清）郝懿行箋疏：山海經〔M〕，上海：上海古籍出版社，2015。

　　《海內經》所載的大禹神話，包含大洪水、鯀竊息壤、禹布九州等母題，就是說世界發生了大洪水，人或物竊取了土壤，造就了大地。這一母題鏈同「動物潛水取土造地」型神話類似，湯普森曾對這一神話類型進行過概括，得出這一類型神話所涵蓋的母題：即 A810 原水，當初世界只是一片水或全部為水所淹沒。A811 大地從原水中帶上來。A812 大地潛水者。在原水之上，造物者派動物到水中撈泥上來，以之生成大地。A812.1 大地潛水者是魔鬼，他私藏了一些泥土。根據湯普森的母題劃分，可以將將鯀禹治水神話看做是潛水撈泥造陸神話的發展和演化。最初對這一觀點的認證源於大林太良，其在《神話學入門》中，通過比較神話學的方法，談到阿爾泰地區流傳的創世神話類型潛水神話，在該神話中說：

> 最初，世界只有水，神和最早的人（或者惡魔）以二隻黑雁的形式盤旋在最初的大洋上空，命令人從海底拿出出來。人拿出土以後，神把它灑在水上並命令說，世界啊，你要有形狀，說罷，又讓人送一些土來，可是，人為了把土藏掉一些而創造他自身的世界，只把一隻手中的土交給了神而把另一手中的土吞進了自己口中。神把拿到手中的那部分土撒在水面上之後，土開始漸漸變硬變大。隨著宇宙的成長，人嘴裏的土塊也越來越大，簡直大到足以使其窒息的程度，這時人才不得不向神求救。被神盤問的結果，人才坦白了自己所做的惡史，吐出來口中的土塊，於是地上便出現了沼澤地。〔註2〕

　　大林太良認為阿爾泰地區流傳的潛水神話母題和鯀禹治水神話，兩者中都含有從水中帶來一把土，土不停的膨脹，最後變成大地這一要素，從而認為鯀禹治水神話為潛水造陸型神話，持這一觀點的學者，還有葉舒憲和胡萬川等，葉舒憲運用弗萊的原型理論，從原型結構的置換變形規律著眼解釋這兩類神話的同構性，即鯀禹治洪水的神話看成是更早的潛水型創世神話的置換變形，現存的中國上古洪水神話不是憑空產生和偶然產生的，而是以華夏已經失傳於後世的原始創世神話為原型範本，按照已有的結構模式而創造出來的。胡萬川則通過概括鯀禹神話的 8 個母題，分析鯀禹神話的性質應歸屬於創世神話之中，認為「中國古代傳說中的鯀禹治水故事應該是

〔註2〕（日）大林太良著，林相泰、賈福水譯：神話學入門〔M〕，北京：中國民間文藝出版社，1989。

原始造地神話的後世置換、改編本，屬於動物潛水娶土造陸的創世神話類型」。〔註3〕上述學者所論，實質上是點明了鯀禹治水神話所蘊含的創世性成分，但是，由於文獻資料的缺乏，我們很難尋覓到切實的證據，表明撈泥造陸型創世神話同鯀禹治水神話的聯繫。

實際上，鯀禹治水神話原初所涵蓋的創世性，同洪水的象徵含義是結合在一起的。從神話這一體裁的自身來說，神話總是以一種情感性的思維來感受原始世界，正是因為情感性思維的存在，所以對神話的解讀才由概念走向了意義和內在經驗。例如《伏羲女媧》神話中，伏羲、女媧兄妹為了繁衍造物，以男女的身份相見，左轉右轉，上躲下逃，終是碰到一起，從此萬物相見，日月光華，伏羲女媧神話成為創世神話的原型。這種原型的意義並非榮格所說的集體潛意識，而是一種帶有象徵性的典範意義。

卡西爾認為象徵是神話的基本單位，這種象徵是由初民物我不分的情感基礎決定的。「一切思想、一切感性直觀及知覺都依存於一種原始的情感基礎」、〔註4〕「同一範疇並不基於感覺特徵或概念要素的一致，而是由巫術聯想、巫術『交感』規則決定的，一切靠此交感結合起來的事物，一切以神秘方式彼此『對應』或者彼此衛護的事物，都合併成巫術物種的統一體，」〔註5〕這種交感性是由於生命的一體化而發生的，生命一體化預示原始初民的生命觀。可以說，在初民那裡，生命是不中斷的連續整體，物我沒有涇渭分明的界限，物物之間是可以轉化的。

二、洪水的象徵性

我們借助卡西爾的神話思維和象徵性來解讀洪水，洪水的意義便走向了一種典範意義。伊利亞德認為：「所有的洪水傳說幾乎都和人類復歸與水以及一個新時代的到來的觀念相關。它們展示了一個概念，即宇宙及其歷史是某種『循環往復』的東西：一個時代被一場災難所終，一個由新人類統治的新時代開啟了。」〔註6〕他對洪水的象徵性思考，便是一種以神話思維進行神話象徵含義的考據，面對洪水時，初民的感知和內在體驗有充分的體現，

〔註3〕葉舒憲：中國神話哲學〔M〕，西安：陝西人民出版社，2005。

〔註4〕（德）恩斯特·卡西爾著，甘陽譯：人論〔M〕，北京：西苑出版社，2003。

〔註5〕（德）恩斯特·卡西爾著，甘陽譯：人論〔M〕，北京：西苑出版社，2003。

〔註6〕（美）伊利亞德著，晏可佳、姚蓓琴譯：神聖的存在：比較宗教的範型〔M〕，桂林：廣西師範大學出版社，2008。

「水存在於每一個創造物之前，而週期性的水再次將每一種創造物吞噬，將其在水中分解、潔淨，以新的可能性豐富它並且使它得以再生」，「洪水則使得人類避免緩慢地衰退變成亞人類的形式，而是造成一種在水中瞬間分解，各種罪惡得到潔淨，並且從水中誕生出一種新的，再生的人類」〔註7〕，「摧毀—再生」和「分解—潔淨」是洪水的兩層象徵含義。

在洪水神話中，帶有毀滅意味的洪水來過，恍惚之間，物轉星移，他消除了附著在人類身上的疾病、痛苦，讓人類得以重生。比如弗雷澤曾整理一則關於彝族的洪水講述，講述開篇言「人們曾經生活的很不幸」，續說「鐵古茲就派信使到地球上找他們，要求他給凡人一些血和肉，但除了一名叫篤慕的人以外，沒有人願意給他，怒氣衝衝的鐵古茲就關閉了所有的排雨閘門，於是水就漲到了天上，因為篤慕聽從了指令，和四個兒子坐進挖空的圓木裏，得以挽救了姓名，他的兒子繁衍出有文化的後代」，從彝族這個神話傳說中，可以印證伊利亞德所論述的洪水的象徵意義，族人生活不幸—洪水發生—罪惡消除的講述，意味著在洪水之後重生，其深層結構便是洪水之摧毀—再生的象徵意義。對洪水象徵性的思考是一種神話思維進行的神話象徵含義的考據。面對洪水時，初民的感知和內在體驗有充分的體現，在這裡，洪水所指向的是宇宙起源在初民心靈中的原始再現。

依此反觀中國上古時期的鯀禹治水神話，鯀禹治水的創世性方得以解釋。鯀禹治水神話中包含了創世性的宇宙起源的主題，鯀禹治理洪水前後象徵了兩個不同的世界，一個是泛濫於天下，肆虐恒流的混亂世界，一個是洪水之後，再生的有秩序的新的世界。洪水之前的世界斑駁混亂，借助洪水之摧毀，世界恢復到潔淨的狀態，對大禹平定洪水，實際是再生了一種正常的宇宙秩序。這一點在後世的論述中仍有存留，如在《孟子·滕文公下》中有載：

> 昔者禹抑洪水而天下平，周公兼夷狄驅猛獸而百姓寧，孔子成《春秋》而亂臣賊子懼。〔註8〕

就是說，禹抑洪水的意義等同於周公兼夷狄，孔子成《春秋》，共同的結果是天下平、百姓寧、亂臣賊子懼，平定洪水是一種正常秩序的恢復。上古

〔註7〕（美）伊利亞德著，晏可佳、姚蓓琴譯：神聖的存在：比較宗教的範型〔M〕，桂林：廣西師範大學出版社，2008。

〔註8〕（清）焦循撰，沈文倬點校：孟子正義〔M〕//新編諸子集成，北京：中華書局，2018。

所傳的洪水之意，很大程度上是這種象徵意義的具象化。《孟子·滕文公下》：「《書》曰：『洚水警余。』洚水者，洪水也。」〔註9〕說的是洪水其實是一條名洚水的河，只不過，最初的形態在後世人智的增長中，不斷被歷史化所消弭，幻化成洪水之後潔淨大地上的一片絮語。「洪水」——從神話中託喻於人類內在經驗的原始意象，變作了帶有人間現世關懷的「治理洪水」。

三、從治水到治世

在中國傳統文化中，水是一個富有張力的意象，水的形態變化多端，水之性情不可捉摸。平靜之時，它投射了水中靜觀的理想化自我，流動時則言「逝者如斯夫，不捨晝夜」。在日常生活中，水自是不可少之物，以水為核心符號而形成的風俗儀式、口頭敘事，幾乎存在於每個社會形態之中。

在諸多與水相關的講述中，與洪水相關的神話尤為彰著，其所涵蓋的善惡觀念、象徵意義、規訓戒律等，無不浸染了講述者的信仰、行為，滲透內化為心靈感知的一部分。從字義來說，水在殷商甲骨文中有幾種異體字，從這些異體字的形態很容易辨別出其在現代字體形態中的含義。「水字用來描述溪流或者江河，不管有沒有短線，這較長的筆劃表示曲折的水流，這部分經常被用作河流稱謂中的表意因素」，「在商代甲骨文中，『水』即意指『河流』，也指『洪水』和『發大水』。例如，經常用占卜來決定是否把災異報告給祖先神，而水和發大水便是此類天災的一種。」〔註10〕也就是說，水在商代已經有了普通灌溉治水和洪水災害的雙重意蘊。

人性與水性相通，儒家孔孟常將水與人性、民心並列。如《論語·子罕》言：「逝者如斯夫，不捨晝夜」，《論語·雍也》曰：「知者樂水，仁者樂山，知者動，仁者靜，知者樂，仁者壽」，〔註11〕特別是孟子，直言民之歸仁同水之就下一般，人性不分善惡同水不分東西相似。《離婁下》載：

> 天下之言性也，則故而已矣。故者以利為本。所惡於智者，為其鑿也。如智者若禹之行水也，則無惡於智矣。禹之行水也，行其

〔註9〕（清）焦循撰，沈文倬點校：孟子正義〔M〕//新編諸子集成：第1冊，北京：中華書局，2018。

〔註10〕（美）艾蘭著，張海晏譯：水之道與德之端——中國早期哲學思想的本喻〔M〕，上海：上海人民出版社，2002。

〔註11〕程樹德撰，程俊英、蔣見元點校：論語集釋〔M〕//新編諸子集成：第1冊：北京：中華書局，2018。

> 所無事也。如智者亦行其所無事,則智亦大矣。天之高也,星辰之
> 遠也,苟求其故,千歲之日至,可坐而致也。〔註12〕

孟子將「禹之行水」和水性結合深入到人觀,認為順應規律為大智之事,這或許是大禹傳說在經歷春秋動亂,依舊在秦漢後期儒家諸子中發出喟歎的最深層原因。將河水與人性聯繫,因而孟子所言是治水其實是對人性的治理,將水或者河流與人性和民心所向、歸順聯繫在一起。正如水之下流,人性是向善的,君主統治民,要依著民心之所向。由此,水之意義超越了自然界中資源指水意,指向了人性、宇宙秩序和民心之所向,治「水」一是打破了「洪水茫茫」,太一藏於水的宇宙混沌狀態;二是治理民心同治水有相似的道理,治水實際上是治世。

《遂公盨》銘文作為大禹平水土的最早記載,學者通過對形制、條紋和銘文內容的考察,將其年代定於西周時期,銘文本身古奧難解,李學勤對其考釋,用通行字與假借字,重寫銘文如下:

> 天命禹敷土,隨山濬川,迺差設征,降民監德,迺自作配享民,成父母。生我王、作臣,厥貴唯德。民好明德,顧在天下。用厥紹好,益干懿德,康王不懋。孝友,訏明經濟,好祀無廢。心好德,婚媾亦為協。天釐用考,神復用祓祿,永御於珉。遂公曰:民唯克用茲德,亡悔。〔註13〕

這段銘文大意為上天命禹布土,隨山刊木,疏通河川,禹因德得到百姓的愛戴。天命我(遂國公)為王,他的子臣們都要像大禹一樣用德於民,對父母要孝敬,兄親之間要和睦,祭祀要隆重,……如此會讓神靈降福祿,國家也會長治久安。所以,作為遂國公,號召大家要依德行事,不可怠慢。銘文涉及到了禹受命敷土治水之事蹟,而且對禹德的強調始終處於敘述的核心,大禹治水在此段銘文中,原本鯀禹治水神話中的創世性已經消失,轉變為了對人世的治理,即是說在西周之前,大禹傳說的中的治世之意已經佔據了主流。

治世之意之一是對禹德的強調。銘文這種文體所敘述的往往對先祖之德的頌揚,《禮記·祭統》說,「銘者自銘也,自名以揚其先祖之美,而明著之後世者也。為先祖者,莫不有美焉。銘之義,稱美而不稱惡,此孝子孫之心也,

---

〔註12〕 (清)焦循撰,沈文倬點校:孟子正義〔M〕//新編諸子集成:第1冊,北京:中華書局,2018。
〔註13〕 李學勤:論遂公盨及其重要意義〔J〕,中國歷史文物,2002(06)。

唯賢者能之。銘者，論撰其先祖之有德善，功烈勳勞慶賞聲名列於天下，而酌之祭器；自成其名焉，以祀其先祖者也。顯揚先祖，所以崇孝也。身比焉，順也。明示後世，教也」，〔註14〕其目的在於為後世樹立典範。上文所引《遂公盨》銘文，正是顯現了對書寫者對德的重視。《大戴禮記·少間》：「昔虞舜以天地嗣光，布功散德制禮」，它已經不僅僅是種個人品德，而且可以是通過天命所授或者血緣冊封而來的。正如顧頡剛在《德治的創立與德治學說》的一文中所宣稱的，中國曾經經歷一個由神權天命說到德治之說的轉變過程，周公滅商紂王之後，為了使自己的天下長久保持，將天命循環論轉入了從人的自身標準決定人的更替上來，也就是銘文中所表現的「德治」上來。《遂公盨》同《詩經·商頌》中所載「洪水茫茫，禹敷土下方」、《小雅·信南山》言「言彼南山，維禹甸之」等西周傳世文獻的互證與互釋，可以確定在西周之前，大禹、洪水、禹德等敘事因子已經流傳開來。

　　治世之意之二在於對人世關係的塑造。銘文所提到的君民關係、君臣關係、家庭倫理關係等，並且諸多人世關係皆以「德」作為行事的規範和基點。針對這一點，彰顯了大禹傳說在西周時期已經具有了社會倫理範式的意義，大禹成為諸多人間關係的一個模範，模範的意義也是圍繞禹德展開的。

　　大禹治水傳說最初是神話形態，只是在當時文化背景和條件之下，沒有文字形態的存留。銘文對德的強調，使得本來在神話中所蘊含的「創世性」消弭，轉變為以禹治洪水為敘事，神話向歷史發生了偏移。治水與治世有了相似的概念含義，這一轉變使得北方文化中的洪水神話和傳說，區別於南方地區的洪水神話中對洪水的躲避——而是對抗，生發出了新的意義，自此，大禹、洪水、夏代的建立或者早期文明的形成，具有了顯而易見的相關性。

第二節　古史傳說中的夏代

　　在中國古史系統中，夏代的存在是無疑的。《詩經》中有「夏后」、「夏桀」的記載，《尚書》中則有「有夏」、「時夏」、「夏王」、「夏邑」的說法，這些記載在古史中未被懷疑過，史書記述者也將夏代作為真實存在的歷史時期書寫。但對於尋找真實性的人們來說，這些記載並不足以還原那段若隱若現的歷史，

〔註14〕鄭玄：孔穎達疏，禮記正義〔M〕//十三經注疏，北京：北京大學出版社，1998。

因而對夏代的解讀和窺看，往往將文獻記載和考古資料結合在一起，以迄借由這種結合回到四千多年前的歷史現場。對於長時段流傳的古史傳說來說，「回到歷史現場」僅僅是一種建立在資料上的有效推測，萌生傳說的最初種子早已消弭，只可通過後世的論證，逐漸撥開迷霧，方依稀可見傳說的早期生態。

一、考古資料中的夏代

對於夏代的時間和地域問題，主要是採用文獻推論途徑。「一般認為夏王朝始建於公元前 21 世紀，『夏商周斷代工程』將夏王朝建立的時間估定為公元前 2070 年左右，在以往的傳世文獻的推定上，公元前 2000 年是一個便於記憶的年數」，「但文獻中的記述，卻不易與具體的考古學現象對應。」〔註15〕這種兩相對應因沒有直接的證據，成為被考古學者和歷史學家爭論不斷的原因之一。

儘管存在分歧和論爭，不同方家各持意見〔註16〕，但不妨礙對夏朝存在的共識，絕大多數國內學者對夏王朝的存在已不存疑，〔註17〕並認可夏王朝作為早期國家並對中國早期文明的建立有重要意義。〔註18〕對於夏代的地域問題，學者首先根據文獻記載，認定了有兩個區域和夏代有關聯，「第一是河南中部的洛陽平原及其附近，尤其是潁水谷的上游登封、禹縣地帶，第二是

〔註15〕 許宏：何以中國——公元前 2000 年的中原圖景〔M〕，上海：三聯出版社，2015。

〔註16〕 在不斷挖掘的基礎上，夏文化與二里頭的關係也引起了爭論，因為在商代甲骨文字中未有和夏相關的片語，關於夏是否存在及二里頭是否與夏相關處於「有條件的不可知論」狀態。這種不可知論也存在夏代時間段的確立上。

〔註17〕 文中指出：「很大程度上，夏朝作為信史之存疑之處是受到疑古學派的影響，其原因仍然是文獻的記載在夏朝數百年之後，兼出土挖掘未有夏朝文字資料的記載。實際上，從史學方法論講，記載夏朝歷史的晚出文獻仍有其真實成分，不可一筆抹殺其學術價值；而夏朝有無當時的文字記錄，亦不成為否定夏朝存在的充分理由。夏朝是中國文明發展鏈條中的重要一環，對它的懷疑作為特定歷史條件下的產物，今天也該成為歷史了」，觀點源自：杜勇：關於歷史上是否存在夏朝的問題〔J〕，天津師範大學學報，2006（4）。

〔註18〕 這一點是存疑的，特別是國外學者，他們認為「夏有後人杜撰之說」、「夏是西周統治者杜撰的朝代」，將部分國內學者長期以來的夏代歷史文化研究看做是主觀意義上「確立華夏 5000 年文明史，宏揚中華民族源遠流長的民族自豪感」，此處觀點源自：陳淳：二里頭、夏與中國早期國家研究〔J〕，復旦學報，2004（4）；沈雲長：與之商榷之文：夏朝是杜撰的嗎？——與陳淳先生商榷〔J〕，河北師範大學學報，2005（3）。

山西西南部汾水下游一帶。」〔註19〕在此基礎上，從 1959 年始，由徐旭生主持開始對偃師二里頭、登封告城鎮等遺址進行發掘，並在豫西地區發現了介於河南龍山和鄭州二里崗下層文化之間的遺存，由此促成了對二里頭文化的大規模發掘。考古學家和歷史學家也因此對二里頭文化與夏文化之間的關係有了認知，認為二里頭文化就是夏文化，儘管隨著考古發掘的深入，關於二里頭文化的屬性並沒有完全一致的意見，〔註20〕但是不可消除夏文化與二里頭文化的關係。絕大多數考古學家和歷史學家已經同意二里頭文化是夏王朝的物質遺存，也同意二里頭遺址可能是夏都的意見，〔註21〕筆者在這裡所採用的也是二里頭為夏文化的觀點。

　　由於二里頭文化自身的文化特徵及與夏文化的關聯性，隨之而來可以思考和追溯，夏文化之前的先夏文化及夏族的來源與遷徙狀況。學術界一般將王灣三期的龍山文化作為夏文化的初始，王灣二、三期文化又稱為龍山文化，經碳十四確定，王灣三期的時間在公元前 25 世紀到公元前 21 世紀之間。通過對器物形狀和紋理的研究，王灣一期文化屬於仰韶文化，關於仰韶文化的

〔註19〕徐旭生：1959 年夏豫西調查「夏墟」的初步報告〔J〕，考古，1959（11）。

〔註20〕《夏商斷代工程》確信夏的存在，這一論斷被學者支持的原因在於「豫西和晉南是周代文獻中的夏人活動區域；二里頭發現宮殿遺址，表明夏的存在，碳十四也證明二里頭與夏文化有重合，再就是司馬遷的信史記錄，但對於斷代工程，也被國外學者認為是因政治共鳴而被批評，被成為凝聚力工程。無論是那種心態，夏文化的存在都應該納入該有的學術討論範圍之內。鄒衡認為二里頭文化是解放以後在河南偃師新發現的介於河南龍山文化和商文化之間的青銅文化，一二三期皆屬於夏文化」，並非先商文化，觀點源自：鄒衡：試論夏文化〔C〕，夏商考古學論文集，文物出版社，1986；隨著考古的不斷擴展和發掘，李伯謙認為二里頭文化是夏文化的一部分，但同時也包含王灣三期，此時期大體與太康失國和后羿代夏，山東龍山文化為東夷文化，與夏初年基本相同，是東夷文化入主華夏並與華夏文化融合所致，即便是後來的少康復夏，也有龍山東夷文化因子的遺留，觀點源自：李伯謙：二里頭類型的文化性質與族屬問題〔J〕，文物，1986（06）；許宏認為二里頭姓夏還是姓商屬於闡釋層面，其價值不在於最早與最大，而在於其在中國文明史上所具有的歷史地位和意義。「殷墟之前的中原還處於原史（proto-history）時代，有文字材料非常零星，不足以解決族屬、王朝歸屬和具體王朝發展階段等狹義歷史問題，此時屬於傳說時代，真正的信史時代從殷墟開始的。對於夏王朝的問題，則是屬於一種模糊狀態，正如許宏所言為「有條件的不可知論者」，觀點源自：發現最早的中國〔N〕，中國社會科學報，2015 年 7 月 3 號刊。

〔註21〕劉莉、陳星燦：中國早期國家的形成——從二里頭和二里崗時期的中心和邊緣之間的關係談起〔J〕，古代文明第一卷，2006。

遺址，蘇秉琦指出，「仰韶文化發生的遺址不出關中和晉陝之間這一狹長地帶，從其發展來看，則出現了從晉南到豫西，包括晉南、洛陽、南陽三個地區的這一南北狹長地帶的仰韶文化遺存從早到晚的發展過程」。〔註22〕由此我們可以看見，仰韶、龍山及二里頭文化在晉南、豫西、豫中等特定區域內的連續關係，特別是對於公元前 2000 年的時間節點，無論從記憶上還是考古出土的文物上，在此時的文明版圖中出現了新的波動。晉南地區的陶寺文化開始衰落，而嵩山一帶出現了區域整合的現象，新砦集團開始發展，為二里頭文化為主導的中原文化空間奠定了發展的基礎。瀕臨黃河及其支流的鄭州到洛陽一帶的中原地區成為文明的發祥地，也有學者將其稱為「嵩山文化圈」，「指代的便是嵩山及其周圍的山、水、生物、氣候和地理位置諸多環境因素綜合作用下促使形成的中原古文化」。〔註23〕巧合的是，這一區域恰巧是黃河水患最為嚴重的地區，這也是該地區大禹治水傳說如此豐富的先決條件。

二、災害與文明的建立

對於中國來說，災害之多，世所罕見，有些西方學者將中國稱為「饑荒的國度」。從古籍記載來看，傳說時代已有眾多水患之厄，《淮南子》云「往古之時，四極廢，九州裂；天不兼覆，地不固載；火爁炎而不滅，水浩洋而不息」，〔註24〕對上古時代的大水之傳說做了概括性的描述。在《尚書·虞書》中，則說「湯湯洪水方割，蕩蕩懷山襄陵，浩浩滔天」，具體描述了堯舜時代發生洪水之狀貌，洪水發生之時，人們無處可逃，「人民泛濫，逐高而居」，可見洪水之猛及破壞之大。

對於四千年以前是否發生傳說中的洪水，往往借助古氣候學和考古學、考古地理等多學科知識。據考古專家證實，「在中國北方的淮河流域、黃河流域以及海河流域，都發現有距今 4000 年前後異常洪水事件的地質記錄」，〔註25〕「中國北方目前發現的距今 4000 年前後龍山晚期的古洪水遺跡，主要分布在黃河上游的甘青地區，黃河中游的中原地區和黃河下游的海岱地區，還有淮河流域的上游地區，」〔註26〕「發現在二里頭遺址之下的階地堆積

〔註22〕蘇秉琦：關於仰韶文化的若干問題〔J〕，考古學報，1965（1）。
〔註23〕周昆叔等：論嵩山文化圈〔J〕，中原文物，2005（1）。
〔註24〕劉向：淮南子〔M〕，鄭州：河南大學出版社，2010。
〔註25〕夏正楷、張俊娜：黃河流域華夏文明起源與史前大洪水〔J〕，北京論壇，2013。
〔註26〕夏正楷、張俊娜：黃河流域華夏文明起源與史前大洪水〔J〕，北京論壇，2013。

（生土層）面上普遍分布有一層由灰色細砂和灰褐色黏土層組成的洪水堆積，厚約 30～50cm。這層洪水堆積覆蓋在龍山時期的灰坑之上，並與一級階地堆積物上部的洪水堆積相連，年代在距今 4000 年左右，說明距今 4000 年前後的伊洛河曾發生過異常洪水。」〔註 27〕這一發現，對大禹治水的背景做了地質學和氣候學上的重建。但問題接踵而來，洪水滔滔、漫無天際，洪水的治理是否是人力所能及？對於該問題，有學者指出利用高分辨率的氣候代用指標重建了大禹治水傳說時期的氣候背景，並根據突變與東亞季風降水之間的關聯論證了洪水發生的可能性，「認為夏朝建立前夕的史前大洪水是真實發生過的，而大禹之所以能夠治水成功可能主要得益於 4000aB.P.以後的氣候好轉而並非人力之所為。」〔註 28〕這一發現解決了大禹治水中，為何憑藉大禹一人之力能治理好茫茫洪水的矛盾。

災荒與文明興衰有重要的關聯。布羅代爾在論述長時段歷史理論時，認為環境和信仰等看不見的因素，實際上在歷史中發揮著重要作用，而戰爭、政變等大都轉瞬即逝，對歷史所起的作用非常微小，從長時段來看，它們對人類生活所起的作用遠遠小於環境與生態。布萊恩・費根曾經在《洪水、飢饉與帝王》一書中，對氣候和文明的關係做了精彩的闡釋，一方面認為由於原先文明所具有的政權僵硬領導，人口密度大，土地的負載能力較低，則環境惡化造成政權或者文明的崩塌。另一方面也則反之，借助自然災害，建立了新的文明，中國早期文明屬於後者。對這一論調，很多學者表示認同，他們認為通過治理洪水，促進了社會和民族的融合，為早期國家建立創造了條件。例如童恩正對於為何黃河中游地區相比於南方長江中下游地區，更早的孕育了早期文明，他認為這一趨勢很大程度上也是由生態環境所決定的。黃河中游地區地勢平坦，利于氏族部落之間的不斷交流及物品的交換，更容易形成統一的意識形態，而南方多山，山脈相隔，河流縱橫，不同文化圈之間的交流相對較少，更傾向於各自獨立的發展。推演而來，洪水災害也是如此，南方地區並非沒有洪水災害，眾多洪水神話的存在證實了這一點。相比於北方的貫注而下，南方的河流並沒有像黃河那樣的泛濫歷史，南方多山，即使在平原，也不乏高地和山丘，人們也容易躲避洪水的侵襲，從這一點出發，

〔註 27〕夏正楷、張俊娜：黃河流域華夏文明起源與史前大洪水〔J〕，北京論壇，2013。
〔註 28〕吳文祥、葛全勝：夏朝前夕洪水發生的可能性及大禹治水真相〔J〕，第四紀研究，2005（6）。

童恩正推論,「除了局部如蜀地有治理洪水外,南方並不存在大規模治理洪水的傳說和史實,這也就是南方缺乏統一管理的另一原因」〔註29〕

揆諸上文所述,一是夏代建立的時段與洪水平定的時段是相互重合的,洪水平定對文明的建立意義重大,中國確實屬於在災害中建立起了新的文明形態。二是通過古氣候學,洪水的消退得益於氣候的好轉,這也揭示了為何憑大禹一人之力掌控了洪水的緣故。自此,洪水、夏代、大禹已經有了某些關聯,可以說,我們從洪水和夏代兩條線索牽引出了大禹,大禹身份為何也可以進行進一步的推測和闡釋了。

第三節　巫：大禹身份的推測

本章第一節中我們探討了從創世到治世的傳說內涵的轉變,這一轉變得以形成的主要原因在於洪水象徵性內涵的具象化,洪水前後代表了兩個世界,前為人神混雜,毫無秩序,後則人神分離,秩序井然,兩個世界的中介便是大禹。借助該背景,大禹的身份也有了新的推測。

一、歷史學家對大禹身份的考證

上世紀 20 年代,顧頡剛提出禹為蟲的假說,對於一位後世被廣傳的聖君,反而被顧頡剛說成一條蟲子,引起的各方反響可想而知。根據《說文》「禹」下云:「蟲也。從厹,象形」,其中厹字在《說文》中為「獸足揉地也」,魯迅在《理水》中就曾「埋怨」顧頡剛的看法,文中有「鳥頭先生聲稱禹為一條蟲」的小說情節。在筆者看來,顧頡剛的看法並非完全是照搬《說文》的臆測,其間的闡釋和解釋倒是有了早期人類學的視野,顧言從神話角度解釋禹為蟲並不為過,「言禹是蟲,就是言禹為動物。看古代的中原民族對於南方民族成為閩,稱為蠻,可見當時看人作蟲原無足奇。禹既是神話中的人物,則其形狀特異自身其內,例如《山海經》所說『其神鳥身龍首』、『其神人面牛神』,都是想像神為怪物的表徵,這些話用了我們的理性固然要覺得可怪詫,但是順了神話的性質看,原是極平常的。」〔註30〕顧頡剛所強調的「順了神話的性質看」的思路推測禹為蟲,實際上是將蟲作為夏族的圖騰來解析,

---

〔註29〕童恩正:中國北方與南方古代文明發展軌跡之異同〔M〕,中國社會科學,1994（5）。

〔註30〕吳銳:「禹是一條蟲」再研究〔J〕,文史哲,2007（06）。

禹為蟲不過是夏族的圖騰崇拜。丁山在《禹平水土事考》中，亦從文字出發，結合文獻和古音部，認為「應龍所畫，即通流泉，相柳抵厥，即成原澤；雖首尾不同，而源泉成因之神話則一。應龍其為相柳；相柳即九首之魖；九首之魖，其即禹之本名」，〔註31〕丁山對大禹與句龍關係的人推測，與顧頡剛有相似之處，顧頡剛及其弟子童書業也贊同「句龍為禹」。

在歷史學家眼中，往往就禹是否作為夏王朝的第一代君主存在著分歧。一方面認為禹和夏朝相關是戰國後期才出現的，《國語‧鄭語》載：「夏禹能單平水土，以品處庶類者也」。范文瀾說：「戰國之前的書，從不稱夏禹，只稱禹、大禹或者帝禹；稱啟為夏啟、夏后啟。這種區別，還保存兩人時代意義的不同。」〔註32〕這種明確將禹和啟分期的觀念，建立在時代權力嬗變、社會結構的調整等，因而將夏后作為夏朝君主的第一人，禹作為「舊時的酋邦首領」〔註33〕；另一方面則認為中國早期國家的建立從禹開始，這一點在《史記》中有明確敘述，在《夏本紀》中，將禹作為夏朝的開始，並對後來歷史的書寫影響巨大。上述兩種說法都有其理由，無論是何種都已經發生在洪水象徵性轉化之後，即大禹的治水之功等同於治世之功，因此，我們應該運用人類學或者文化學的相關理論，以迄推測被歷史話語攻佔和浸染之前的大禹身份。

二、薩滿文明與禹為巫的身份推測

張光直認為中國早期文明屬於薩滿式文明，並在古代象徵體和信仰體系的吉光片羽中尋找到薩滿式文明遺存的證據。他認為：「公元前五千年到前三千年前仰韶文化中的骨骼式的美術，公元前三千年到前兩千年東海岸史前文化裏的帶獸面紋和鳥雯的玉琮與玉圭……商周時代，祭祀用器上面的動物形象，東周《楚辭》薩滿是個及其對薩滿和他們升降的描述，和其中對走失靈魂的召喚。」〔註34〕這些證據都指向其所指出的中國上古時期文明的薩滿式特點。

〔註31〕丁山：古代神話與民族〔M〕，南京：江蘇文藝出版社，2011。
〔註32〕范文瀾：中國通史簡編〔M〕，北京：人民出版社，1953。
〔註33〕謝維揚：中國早期國家〔M〕，杭州：浙江大學出版社，1996。謝維揚提出了部落、酋邦和早期國家的遞進形式，將啟作為夏朝的第一位君主，其原因在於禹的權力還不正規，缺乏形式化的合法標誌，與舜沒有根本的不同。而啟使酋邦權力向正規國家權力演進了一步，賦予了它必須的合法性。
〔註34〕（美）張光直著，郭淨譯：美術、神話與祭祀〔M〕，瀋陽：遼寧教育出版社，2002。

　　薩滿出神、三層宇宙觀、將動物作為神靈助手等，是薩滿文化的最基本特點。關於薩滿文化的研究，伊利亞德等學者都有過嘗試性的總結。伊利亞德從深層的心理體驗出發，「突破了以往將薩滿教視作西伯利亞及北極等特定地域文化現象的侷限，綜合了世界各地具有類似宗教體驗的資料，視薩滿為一普遍的、跨文化的、全球性的宗教概念，」〔註35〕而弗爾斯特在伊利亞德的基礎上，更加重視薩滿的宇宙觀框架，在此基礎上提出了亞美薩滿模式，兩人的研究對張光直的上古文化研究啟示重大，特別是將其運用到中國上古神話的闡釋之中，重新審視了中國上古文化中國巫與政治的關係，也用薩滿理論重新解釋了上古遺留的謎思，突破了以往單純的歷史學視野。如對薩滿世界的三界宇宙觀，張光直發現在上古文獻記載中存在世界分層的記錄，特別是《國語‧楚語》中的絕天地通的神話，楚昭王問重黎絕天地通是怎麼回事，大臣答曰古者民神不雜，神明降之，在男曰覡，在女曰巫，但是隨著九黎亂德，民神雜糅，則絕地天通，從這個記載中，可以發現其薩滿式的特點即世界的分層性和依賴巫溪通神，〔註36〕再次，對於動物的神靈助手，援引伊利亞德和坎貝爾的論述以證動物與薩滿世界的重要作用，「薩滿們還有一批專屬他們自己的精靈，其他人和單獨獻祭的人對此毫無知曉，充當助手的精靈多為動物狀」，「薩滿的神力在於他能使自己隨意進入迷幻狀態……鼓舞與舞蹈並作，是他極度興奮，並把他的動物夥伴，如野獸和鳥類召到身邊。」〔註37〕依照薩滿宇宙觀中的人和動物之關係來查視青銅器中的動物是作為薩滿昇天的助手存在的。再如人同動物的轉換問題，在薩滿教中，人同

〔註35〕曲楓：張光直薩滿教考古學理論的人類學思想來源述評〔J〕，民族研究，2014（4）。

〔註36〕對於重黎之絕天地通的神話，筆者是贊同在宗教意義上的闡釋的。但是，完全作為宗教神話也有不當之處，因《大荒西經》云：「大荒之中，有山名曰日月山，天樞也。吳姬天門，日月所入。有神，人面無臂，兩足反屬於頭上，名曰噓。顓頊生老童，老童生重及黎，帝令重獻上天，令黎邛下地，下地是生噎，處於西極，以行日月星辰之行次」，此段言重獻上天，黎邛下地，日月星辰行次的描述，可知原本這段神話是用來記述天文曆法的，在史記中，也放在《曆法》之中講述，「少皞氏之衰也，九黎亂德，民神雜擾，不可放物，禍災薦至，莫盡其氣。顓頊受之，乃命南正重司天以屬神，命火正黎司地以屬民，使復舊常，無相侵瀆」，說禍亂之時，天地之氣雜亂，失序無道，需要重新整頓。

〔註37〕（美）張光直著，郭淨譯：美術、神話與祭祀〔M〕，瀋陽：遼寧教育出版社，2002。

動物是可以轉化的，在迷幻狀態人可以轉化為動物，例如鯀禹化熊的神話，可以用來一窺上古文化中的薩滿一角。

弗雷澤在《金枝》中，也注意到「祭司這個稱號，與王號的職務之聯繫在一起的，而且此一體性在古意大利和古希臘中很常見。在其他社會中，這種神權和王權的合流也相當普遍，像小亞細亞聚居著千千萬萬受大祭司統治的神奴，這些大祭祀同中世紀的羅馬一樣，掌握著世俗之權與神權……而且，這種籠罩在神權光亮下的國王的神性並非空洞，而是一種堅定的信仰」〔註38〕由此，在弗雷澤看來，遠古時代，巫師、祭司常常成為後來社會的國王和君主，因此，我們對禹的君王身份在早期就有了巫師的特性這一論斷，可以持正面肯定態度。

對禹為巫的身份，已有學者受到弗雷澤巫術理論的影響，重新審視禹的身份或探討禹身份之多樣性。「夏禹為巫祝宗主是普遍現象，其原因在於禹主名山川，這種名字巫術使夏禹有了控制世界萬物的魑魅鬼魃的神秘力量，」〔註39〕無論是否是因為主名山川的巫術封印被打開，禹作為君王中所涵蓋的神性以及神性與巫術之間的關聯，是我們所規避不了的。《山海經·海外西經》載：「大樂之野，夏后啟於此舞九代，乘兩龍」，《太平御覽》卷八二引《史記》也有「昔夏后啟筮，乘龍以登於天，占於皋陶。陶曰：吉而必同，與神交通」的記載。張光直以為，「九代」即巫舞，「夏后啟無疑為巫」，如此推測，大禹即是巫。

三、禹為巫再證

在春秋時期，大禹及大禹的相關形象常常出現在墓葬之中，在墓葬隨葬品——醫書中不斷出現和講述。在文化的陰面或者說是未被歷史話語吞噬的地下文明中，或許保存著大禹身份的原始形態。

春秋以後，醫與巫開始分流而各行其道，但在諸多醫藥著作中，巫醫與巫藥依然夾雜其間，如1973年長沙馬王堆漢墓三號墓出土一批醫藥養生之書，其中的帛書《五十二病方》以疾病為目的，記錄了各種方劑和療法。儘管總體上脫離了巫術性質，但不少治病方明顯屬於巫醫或者醫巫並用之方。

〔註38〕（英）弗雷澤著，徐育新、汪培基、張澤石譯：金枝（上冊）〔M〕，北京：中國民間文藝出版社，1987。
〔註39〕王暉：夏禹為巫祝宗主之謎與名字巫術論〔J〕，人文雜誌，2007（04）。

在西漢初期馬王推漢墓中出土《胎產書》和《南方藏禹圖》中，大禹作為巫醫的身份，敘述胎產之法。

> 禹問幼頻曰：我欲殖人產子，何如而有？幼頻答曰：月朔已去汁……，三日中從之，有子。其一日男，其二日女也。故人之產也，入於冥冥，出於冥冥，乃始為人。一月名曰流刑，食飲必精，酸羹必熟，毋食辛腥，是謂哉貞。二月始膏，毋食辛臊，居處必靜，男子勿勞，百節皆病，是謂始藏。三月始脂，果蓏宵效，當是之時，未有定儀，見物而化，是故君公大人，毋使侏儒，不觀沐猴，不食澤，不食兔羹；……欲產男，置弧矢，……雄雉，乘牡馬，觀牡虎；欲產女，佩簪珥，紳珠子，是謂內象成子。四月而水授之，乃始成血，其食稻麥，鱓魚……，以清血而明目。五月而火授之，乃始成氣，晏起……沐，厚衣居堂，朝吸天光，避寒殃，其食稻麥，其羹牛羊，和以茱萸，毋食……，以養氣……〔註40〕

中國醫藥的產生，本身與原始巫術有著極為密切的關係。中國傳統醫學把巫醫稱呼為「祝由」，《黃帝內經》曰「余聞古之治病，惟其移精變氣，可祝由而已，世治病，毒藥治其內，針石治其外，或愈或不愈，何也」，〔註41〕藥物和針石是中國傳統醫學的兩大手段，但論及起源，則歸於祝由之類的巫術活動。列維-布留爾認為，在原始人的觀念中，「巫術就是身體的一部分，它的功能具有精神性」，「疾病的產生從來都沒有自然的原因，在那個與看得見的世界並存的看不見的世界裏去尋找疾病的原因，」〔註42〕普理查德在《阿贊德人的巫術、神諭和魔法》中，對阿贊德人的分析也指出，巫師作為中介人的角色。如果出現「花生苗枯萎了、獵物跑了、某某生病了」等等，唯一的原因就是巫術——用巫術觀念闡釋不幸事件，對「為什麼不是你們偏偏是我呢」，「為什麼兩件事情精確地在同一時刻和同一地點發生」的回答正是「巫術的作用」，巫術僅僅是作為一種精神性的物質存在於阿贊德人的日常生活中，巫醫的產生也就自然而然。作為一個專門的行業，「巫醫是先知又是魔法師，作為先知，披露誰是巫師，作為魔法師，他們打敗巫師」，〔註43〕也就是說

〔註40〕周一謀：馬王堆醫學文化〔M〕，上海：文匯出版社，1994。
〔註41〕柴劍波譯：黃帝內經〔M〕，哈爾濱：黑龍江科學技術出版社，2012。
〔註42〕（法）列維-布留爾著，丁由譯：原始思維〔M〕，北京：商務印書館，1981。
〔註43〕（英）埃文思-普里查德著，覃俐俐譯：阿贊德人的巫術、神諭和魔法〔M〕，北京：商務印書館，2006。

巫醫是將巫術，神論，魔法溝通、使用和抵禦的重要中間人，儘管巫醫的判斷並不具備法律效力，在巫術世界，只有巫師才能由非正常過渡到正常。綜上所述，正是由於大禹為巫的身份，與洪水前後的秩序的恢復和重建具有同構性，方使得大禹與治水具有了合流的合理性。

在眾多具有民間性質的文書中，仍有不少大禹為巫的文化因子殘留。特別是「禹步」，儘管道家將禹步納入其宗教儀禮之中，但是，像道教所言的具有完整形式的禹步可能是被道教儀禮吸收後逐漸改變的產物，胡文輝就認為，「禹步並非一種單獨的巫術類型，而是巫術的一種基本方法，可以運用各種各樣的巫術，如治病、隱身、辟兵等」〔註44〕。余欣對中古敦煌文獻進行解讀，亦認為「禹步」的功能不僅僅是止宿禳鎮，也是一種治療疾病的方術。在秦漢墓簡牘中關於禹步與先農祭祀的記載：

> 先農：以臘日，令女子之市買牛胙、市酒。過街，即行拜，言曰：「人皆祠泰父，我獨祠先農。」到囷下，為一席，東鄉（向），三胺，以酒沃，祝曰：「某以壺露、牛胙，為先農除舍。先農苟令某禾多一邑，先農恒先泰父食。」到明出種，即□邑最富者，與皆出種。即已，禹步三，出種所，曰：「臣非異也，農夫事也。」〔註45〕

可見，禹步在最初具有巫術的性質，並先於道教，在祭祀中顯見。禹步為何，《尸子》稱禹「生偏枯之病，步不相過，人曰禹步」，同時巫步多禹，這點在西漢揚雄《重黎・法言》中有載，說「昔者姒氏治水土，而巫步多禹；扁鵲，盧人也，而醫多盧」，此處揭示了禹與巫醫之間的聯繫之緊密。在甘肅放馬灘秦簡中，有《禹須臾行》一文，載：

> 禹須臾，臾臾行，得。擇日出邑門，禹步三，向北斗，質畫地，視之曰：「禹有直五橫，今利行，行毋（無）咎，為禹前除。」得。
> 〔註46〕

再如《禹符》文：

> （出）邦門，可□行□禹符，左行，置，右環（還），曰□□
> □右環（還），曰：行邦□，令行。投符地，禹步三，曰：臬，敢

〔註44〕胡文輝：秦簡《日書・出邦門篇》新證〔J〕，文博，1998。

〔註45〕選自《關沮秦漢墓簡牘》，轉引自余欣：神道人心〔M〕，北京：中華書局：2006。

〔註46〕吳小強：秦簡日書集釋〔M〕，長沙：嶽麓書社，2000。

告□符，上車毋顧，上□。〔註47〕

禹步、禹符成為出行的和儀禮，這種巫術性質的儀式，在周初發生了分化，一面是專業的職官，從事巫祝、占卜等，另一面則逐漸流入民間，形成小傳統。

縱觀上述，筆者在此推測，大禹的身份可能是夏族族群的大巫。只不過，隨著歷史發展的需求，巫的面貌慢慢被遮蓋，中國傳統文化中「巫君合一」、「政教合一」的性質，從外層觀看，只餘君主及政治。如李澤厚言：「中國上古思想史的最大秘密：『巫』的基本特質通由『巫君合一』、『政教合一』途徑，直接理性化而成為中國思想大傳統的根本特色。巫的特質在中國大傳統中，以理性化的形式堅固保存，延續下來，成為瞭解中國思想和文化的鑰匙所在。」〔註48〕「德」和「禮」是這一理性化完成形態的標誌，大禹治水傳說中創世性的消弭，正是「德」與「禮」的日益興盛，同時這一有意味的過程，也使得原本大禹的大巫身份消失，借由洪水象徵意義的具象化，完成了從「巫術力量」向「巫術品德」的轉向。〔註49〕

小結　在神話與歷史間徘徊的古史傳說

上文中已經指出，鯀禹治水傳說的早期形態，是含有創世性意味的鯀禹創世神話，但是，隨著歷史的發展，治世性逐漸取代了創世性，作為治世標誌的便是對洪水的治理，之所以治水成為治世則歸於洪水的象徵性。同時，作為上古夏族族群大巫的禹，其巫師的社會功能同洪水的「摧毀—重建」的象徵性具有相似的意義，兩者承擔著將舊有的秩序恢復或者從非常態走向常態。

上古文明的建立，實質上指的是以「德」與「禮」為核心的規範的建立，在這一建立的過程中，大禹治水傳說便形成了，換句話說，大禹治水傳說的雛形，便是在上古文明形成過程中的偶然與必然中顯現的。所謂偶然，則是作為巫的大禹與夏代的關聯，誠如顧頡剛所言，周人稱自己的國土為時夏，

〔註47〕吳小強：秦簡日書集釋〔M〕，長沙：嶽麓書社，2000。
〔註48〕李澤厚：說巫史傳統〔M〕，上海：上海譯文出版社，2012。
〔註49〕巫術力量和巫術品德的說法源於李澤厚所提的「巫史傳統」，其指因以德和禮為主的理性化力量的介入，當時民眾所信賴的巫術自身所具備的力量發生了轉變，其遵循的規則和規範成為了巫術的品德。

稱民族為諸夏，即可看出當時周人對夏文化的崇拜，佔據於中原地區的夏文化成為中國傳統文化的底層文化，對中國的歷史影響極大，既然早夏文化發達，巫禹成為君王也是必有之意。所謂必然，則是社會與文化發展的必然。從氏族、部落到聯盟再至國家，一系列的變化伴隨著交流的多樣性，逐漸形成了統一的意識和觀念，或許，上古族群的民眾也同今日我們所想像的一般，共同抗擊過洪水，意識到聯盟和統一的重要性，因而形成了統一的國家。當然，這並非本書所討論的重點，本書所著重的，便是在身份、象徵性轉化與歷史話語的必然中共同塑造而成的大禹治水傳說。

　　大禹傳說在神話和歷史之間不斷徘徊和轉變，最終融入進了歷史話語的體系之內。這種神話觀念的發展，揭示了神話是可以被改造、形塑、添飾的，如維科所提神話觀念發展的四階段，「自然的被擬人化、神化；人類開始征服自然，改造自然；重新對神話進行再解釋。諸神代表著政治狀態、社會制度和黨派，而且反應不同階級之間的鬥爭；神被人格化，神話失去其大部分寓意性意義。」〔註50〕對四階段的再解釋最為明顯的是黃帝神話，《國語》記載，黃帝是堯舜禹三代的始祖，秦漢時期，黃帝成為修仙、騎龍的神仙，到了元朝時，蒙古族並未延續黃帝帝系，黃帝成為醫藥之祖先，明朝將黃帝賦予上古聖王，納入祭祀體系。清朝通過祭祀黃陵，攀附黃帝世系。直至晚清，黃帝不再是一朝或一個姓氏的始祖，成為中華民族這一共同體的始祖。

　　回歸到古史傳說，比如三皇傳說、堯舜傳說，儘管其資料茫昧難求，但是，通過大禹治水傳說形成的推論，是否可以推斷，古史傳說的最初形態，常常是介於神話形態和歷史話語之間的。只不過因由起伏，有的延續了神話狀態，比如三皇傳說，其保留了更多的神聖性，有的因社會的需求，更大程度上褪去了神聖性的光環，注入了人世的關懷，但是，這種對神異性的排斥只是某個時段的劃分，並非一以貫之，這點在後文中將詳談。

〔註50〕（日）大林太良著，林相泰、賈福永譯：神話學入門〔M〕，北京：中國民間文藝出版社，1989。

第三章　從分散到定型：春秋至西漢大禹治水傳說重構與文化認同

　　無論哪種類型的傳說，我們只能知道該傳說最早被文獻記錄的時間，卻無法推測其最初的發生節點，就如同顧頡剛的孟姜女故事研究，從單純的幾個字的文獻記載，發展到洋洋幾萬言，充滿曲折故事情節和豐盈情感的完整敘事，即使有長時段的歷史記錄可以追尋，但該故事的最初發生源頭卻不得而知。

　　從傳說自身所呈現的線性歷史來說，每個傳說都有一個從點到面的發酵過程，這種發酵過程，既可能是胡適所總結的演進過程，「由簡單變為複雜，由陋野變為雅馴，由地方的（局部的）變為全國的，由神變為人，由神話變為史實，由寓言變為事實」，也可能在社會、歷史、傳統等語境，甚至講述主體性的影響下，某些過程則是同步或者反向運動的。譬如從地方到全國這一過程，則可能隨著「國」這個共同體概念的內涵和外延的變化而發生逆向情況。陳泳超在《堯舜傳說研究》中，亦提及胡適演進論的單向性及造成這種單向歷史演進論的原因，認為「胡適、顧頡剛所處的時代，進化論風靡一時，且已經遠遠超過了生物界，成為解釋人類社會發展普遍規律的一種理論。胡適所總結的規律，也難以脫去『進化論』的色彩」，[註1]這種單線進化論成為我們在追究歷史或者傳說故事形成發展時的一條需要「保持謹慎」態度的路徑，因此，筆者在涉及大禹傳說萌芽、發展和逐步成形過程時，仍持有兩重視野，一是將目光專注在

〔註1〕陳泳超：堯舜傳說研究〔M〕，南京：南京師範大學出版社，2000。

傳說該有的屬性，即根據傳說的本有性質去研究傳說。二是對帶有結論性質的何時何地，除非有明確的證據證實，則對此類結論秉持開放性態度。

第一節　春秋時期的大禹治水傳說及其倫理化

東周以降，隨著知識精英的崛起，有關大禹大禹治水的相關事蹟逐漸多元起來。此時，記載主要依據《左傳》、《國語》等史書以及諸子的論述中。在春秋時代所見到的大禹治水傳說，主要集中在《左傳》、《國語》中。

一、春秋文獻中的大禹治水傳說

《左傳》中關於禹的事蹟主要是鯀殛禹興、開闢九州、禹會塗山以及對禹德的稱讚。《左傳·僖公三十三年》載：「舜之罪也，殛鯀，其舉也興禹」，《左傳·襄公四年》言：「芒芒禹跡，畫為九州，經啟九道」，《左傳·哀公七年》則有：「禹合諸侯與塗山，執玉帛者萬國」之說。上述主要是記述禹之事蹟，在《襄公二十九年》中，則有了對禹德的稱讚和美譽：「美哉，勤而不德，非禹其誰能修之」。〔註2〕

從《左傳》的具體情節來看，其對大禹傳說的主要書寫，主要是堯舜禹、鯀禹之間關係的確立。第一，堯舜禹三者的關係在春秋時代確立，在《左傳》中有了堯舜禹三者序列。在春秋時，禹是作為堯舜之臣子而存在的，並已有禹功、禹刑之說。關於堯舜禹的關係，顧頡剛在《談論古史答劉胡二先生》中指出：「《詩經》和《尚書》中完全沒有說到堯舜，似乎不曾知道他們似的，《論語》中有了他們了，但還沒有清楚的事實；到《堯典》中，他們的德行政事才燦然大備了……覺得禹是西周時就有的，堯舜時春秋年才起來的，越是起得後，越是排在前面」，〔註3〕顧頡剛以層累觀對古史中的堯舜禹的分析，在後世《遂公盨》銘文被發現之後，證明其推測是正確的。裘錫圭在《新出土文獻及古史傳說》一文中，通過「天命」之分析，贊同顧頡剛對堯舜禹的推測，認為「堯舜傳說較之禹傳說為後起，禹本來和堯舜並無關係是正確的」。〔註4〕第二，鯀禹之間的父子關係也在《左傳》中明確，如《左傳·文公二年》中：

〔註2〕李學勤主編：春秋左傳正義〔M〕//十三經注疏，標點本7，北京：北京大學出版社，1991。
〔註3〕顧頡剛：古史辨自序（上）〔M〕，北京：商務印書館，2011。
〔註4〕裘錫圭：中國出土古文獻十講〔J〕，上海：復旦大學出版社，2004。

　　秋，八月，丁卯，大事於大廟，躋僖公，逆祀也，於是夏父弗
忌為宗伯，尊僖公，且明見曰，吾見新鬼大，故鬼小，先大後小，
順也，躋聖賢，明也，明順，禮也，君子以為失禮，禮無不順，祀，
國之大事也，而逆之，可謂禮乎，子雖齊聖，不先父食久矣，故禹
不先鯀，湯不先契，文武不先不窋，宋祖帝乙，鄭祖厲王，猶上祖
也，是以魯頌曰，春秋匪解，享祀不忒，皇皇后帝，皇祖后稷，君
子曰禮，謂其后稷親，而先帝也，詩曰，問我諸姑，遂及伯姊，君
子曰，禮謂其姊親而先姑也，仲尼曰，臧文仲其不仁者三，不知者
三，下展禽，廢六關，妾織蒲，三不仁也，作虛器，縱逆祀，祀爰
居，三不知也。〔註5〕

　　從這段記錄可知，鯀禹之間的先後順序已經確立。上文言禮曰「子雖齊
聖，不先父食久矣，故禹不先鯀」，即在祭祀中，父子相承，子在父後，因為
鯀祭祀在禹前，這說明在春秋時代鯀禹父子關係已明確。鯀禹之規範，成為
用來闡釋禮儀的一部分，並作為倫理規範、禮樂文明的常用表達。

　　在《國語》中，記錄禹的事蹟多了起來，尤其有了災害起因及善、惡兩
種觀念的對比。在《周語》中，將災害、禍亂與共工、鯀等同在一起，「昔共
工棄此道也，虞於湛樂，淫失其身，欲壅防百川，墮高堙庳，以害天下」，「有
崇伯鯀，播其淫心，稱遂共工之過，堯用殛之於羽山」，接下來相比於共工、
鯀之禍與亂，大禹是作為平定禍亂的英雄來敘述的，「伯禹念前之非度，釐改
制量，象物天地，比類百則，儀之於民，而度之於群生，共之從孫四嶽佐之，
高高下下，疏川導滯，鍾水豐物，封崇九山，決汩九川，陂鄣九澤，豐殖九
藪，汩越九原，宅居九隩，合通四海」。「帥象禹之功，度之於軌儀，莫非嘉
績，克厭帝心。」〔註6〕此處表明共工、鯀成為災害發生的源頭之一，兩人的
過失致使禍亂並興，因而被君主處罰。禹則相反，能順民意和民心，所以天
地萬物無害。

　　當然，哪怕是春秋時期也無法回到夏代，去確定大禹是否做了諸如「釐
改制量」、「象物天地」等，但是，從傳說角度，它傾向於反映時人的所思所
想，即彼時需要什麼樣的「模範」來制定怎樣的秩序，因此有了禍亂和嘉績

〔註5〕李學勤主編：春秋左傳正義〔M〕//十三經注疏，標點本第7冊，北京：北京
　　　　大學出版社，1991。
〔註6〕左丘明撰：國語〔M〕，上海：上海古籍出版社，2015。

之間的對比，禍亂自然是被排斥的，而嘉績自然是被提倡的，此記載為後續傳說中鯀禹之間的杯葛埋下伏筆。禍亂和嘉績之間的對立，表明春秋時期，禹逐漸成為與規範和秩序相連的正面符號。因而，可以說春秋時代的大禹治水傳說一是確立了兩組關係，即在禹之前出現了堯舜和鯀，並分別為君臣和父子之序列。二是禹在春秋時代已經開始被符號化，成為政治形象、政治功績的正面代言人。

二、大禹治水傳說的倫理化

春秋時期的大禹治水傳說仍顯得分散而薄弱，並沒有過度的闡釋其傳說所涵蓋的意義，其最大特點是傳說中倫理化的展現。如春秋之前所未被提及的堯舜同大禹之間有了君臣之分，鯀禹有了父子之情，甚至善惡之異，這些傳說中倫理觀的彰顯，有深刻的歷史與文化淵源，此處以鯀禹關係為例來解析倫理化的變異。

倫理化轉變最重要一方面體現在傳說話語中，以「人倫」觀闡釋了神話的諸多神異性質。禹治水神話形態中有「鯀腹生禹」、「鯀化熊」、「剖之以吳刀，化為黃龍」的化生神話，這類神話出現在大洪水之後，在第二章中，筆者一再指出，洪水前後確立了新、舊兩個世界，依次同構，鯀腹生禹中，在洪水前後是具有同構性質的兩條線索，洪水之前為鯀之舊世，洪水之後為禹之新界，借助這一闡釋，或許能推論鯀腹生禹為新舊兩代的交替。陳建憲在《神祇與英雄》中指出「鯀禹的交替，可能經過一場悲壯的祭祀儀式」，「是一場殺死罪人向上帝祭祀的真實儀式的記述」，[註7] 鯀被殺並非因盜竊息壤，而是因為其未經上帝的同意盜竊神物而被殺，當鯀所承擔的功能不再發揮作用時，需要有新的神靈來代替，因而說「鯀腹生禹」為新舊神靈的交替儀式。

春秋時期中所載「有崇伯鯀，播其淫心，稱遂共工之過，堯用殛之於羽山」，將鯀被殺的原因歸結於「過失」。「過失」一說，亞里士多德在《詩說》中曾用於古希臘悲劇的評判上，他認為俄狄浦斯的受難是因其弒父娶母的自身原因造成的，「人物之所以遭受不幸，不是因為本身的邪惡，而是犯了某種後果嚴重的錯誤」，[註8] 過失說實際上抽離了神性因素，從人的秩序來重新

[註7] 陳建憲：神祇與英雄：中國古代神話的母題〔M〕，上海：生活・讀書・新知三聯書店，1994。
[註8] 亞里士多德著，羅念生譯：詩學〔M〕，北京：人民文學出版社，1982。

思考希臘悲劇。引申至鯀殂禹興中，說鯀之所以被殂於羽山，正是由於其自身的過失造成的。春秋時期的記載，已經消退了鯀禹神話中新舊交替的祭祀儀式內涵，而是以人的秩序和話語去闡釋本來屬於神話的秩序，父子之間的關係是人倫中新舊關係最核心的表達，因而，原本作為新舊神靈交替的祭祀儀式被代之以人間倫理化的父子關係。

第二節　諸子對大禹治水傳說的表達與明君認同

東周以降，對大禹治水敘事漸多，情節內容慢慢有了人世的關懷，特別是春秋戰國的諸子百家，他們借助大禹及大禹的事蹟，用以闡釋自身派別的理念。從文獻記載來看，大禹敘事在諸子論述中，主要集中在儒、墨、法等諸子論述中。

一、諸子的多元闡釋

（一）儒家

以孔孟為代表的儒家，對大禹傳說情節的論述在諸子中是最多的，孔子認為大禹是完美仁君的代表。《泰伯》篇載：「子曰：『禹，吾無間然矣。菲飲食，而致孝乎鬼神；惡衣服，而致美乎黻冕；卑宮室，而盡力乎溝洫。禹，吾無間然矣。』」〔註9〕《孟子》中對大禹的描述多為細節，如最為人常樂道的「三過家門而不入」，《滕文公下》中就有載：「禹疏九河，瀹濟漯，而注諸海；決汝漢，排淮泗，而注之江，然後中國可得而食也。當是時也，禹八年於外，三過其門而不入，雖欲耕，得乎？」〔註10〕同時，在《孟子》中，有不少關於帝王之德的行為規則，如《公孫丑上》載「禹聞善言則拜」，《離婁下》說「禹惡旨酒而好善言」，依次制訂了行為規則。更為重要的是，對禪讓制度以「德」進行了合理的闡釋，如《萬章》中說：「昔者舜薦禹於天，十有七年，舜崩。三年之喪畢，禹避舜之子於陽城。天下之民從之，若堯崩之後，不從堯之子而從舜也」。這段解釋了堯舜禹禪讓的一致性，而對於啟續禹位，則言：「……禹崩。三年之喪畢，益避禹之子於箕山之陰。……謳歌者不謳歌益而

〔註9〕程樹德撰，程俊英、蔣見元點校：論語集釋〔M〕//新編諸子集成：第1冊，北京：中華書局，2018。
〔註10〕焦循撰，沈文倬點校：孟子正義〔M〕//新編諸子集成：第1冊，北京：中華書局，2018。

謳歌啟，曰：『吾君之子也。』丹朱之不肖，舜之子亦不肖。……啟賢，能敬承繼禹之道」，認為天下之所以歸順於禹子啟而非伯益，原因在於啟不同於舜之子，他承接了「禹道」，所謂禹道即是禹德，一是儒家一直以來標榜的「菲飲食」、「惡衣服」、「盡乎溝洫」，二是戰國以前所形成的對禹「嘉績」的認可。

（二）墨家

墨家的論述主要集中在《墨子》中，墨子所提倡的節葬、非攻、兼愛、天志、節葬等理念，常以禹來做釋例，表現出對大禹推崇，這種推崇也為大禹傳說情節的豐衍奠定了基礎。

以兼愛、非攻、尚賢為例，墨家言「兼相愛，交相利，此聖王之法，天下之治道」，認為這一主張是古代「聖王」所為，並大禹為例，闡釋兼愛理念的行為規則與準則。

> 古者禹治天下，西為西河漁竇，以泄渠孫皇之水；北為防原派，注后之邸，呼池之竇，灑為底柱，鑿為龍門，以利燕、代、胡、貉與西河之民；東方漏之陸防孟諸之澤，灑為九澮，以楗東土之水，以利冀州之民；南為江、漢、淮、汝，東流之，注五湖之處，以利荊、楚、干、越與南夷之民。此言禹之事，吾今行兼矣。〔註11〕

此段論述表明，墨家主張對北、西、東、南四方要一視同仁，治水事業要利於四方，而非一地，借九州來闡釋理念，求「興天下之利，除天下之害……此禹兼也」。

再如非攻，非攻作為墨家重要的軍事和倫理思想，這一思想是建立在對「義」的強調之上的，反對的不是戰爭，而是不義的戰爭。比如《墨子·非攻下》中，論述「禹攻三苗」情節，先言為何攻三苗，正是因為「三苗大亂」、「日妖宵出，雨血三朝」等非常現象的出現，意味著不義，因而才有「禹親把天之瑞令以征有苗」、「別物上下，卿制大極」的結果，此種意義上的非攻之戰，使得神民不違，天下平靜，通過非攻說，深化了大禹所攜帶的「平定」、「秩序」、「常態」等內涵意義。

墨家除了推崇兼愛、非攻等世俗生活的部分，也有涉及神聖空間的理念，如「節葬」相對於厚葬來說，墨家認為節葬乃是聖王之道。《節葬》篇說

〔註11〕吳毓江撰，孫啟治點校：墨子校注〔M〕//新編諸子集成，北京：中華書局，2018。

「禹，道死，葬會稽之山，衣衾三領，桐棺三寸，葛以緘之，絞之不合，通之不埳，土地之深，下毋及泉，上毋通臭。既葬，收餘壤其上，壟若參耕之畝，則止矣」，〔註12〕他們以「禹葬會稽」情節為例，以聖王薄葬之禮來闡釋節葬觀念。墨家反對儒家沿用周禮而興的複雜的祭祀儀式，認為應該「棄周禮而用夏政」，當然，此種觀念也與墨家的身份相關，因春秋動盪，逐漸興起了一部分手工業的小生產者，他們是墨家的主流群體，多為「農與工肆之人」。

　　幾乎墨家每一種思想的解釋，都以大禹為依據和引例。從今存墨子篇章的論述，勾稽的大禹治水傳說主要集中於三個方面：一是禹征三苗，載錄了大禹治水的地理空間，分為東西南北四方，此四方空間受制於天下之中，由此折射出戰國後期的天下觀。對征三苗的描述，既提倡非攻，又肯定禹征三苗的合法性，墨子用其所推崇的兼愛觀和天命觀解釋這一內在矛盾，可以看出理念對傳說的影響。二是禹葬會稽。禹葬會稽主要是墨子對節葬的解釋，禹的行徑不過是應了「堯舜禹湯文武」之道。在《墨子》中，有眾多三聖三王和三代暴君的對比，相比於對堯舜載錄的簡單和抽象，禹的記錄則豐滿很多。如上文多提到的征三苗、平山川等。三是夏朝與禹。《墨子》中的夏朝是墨子對遠古世界想像的範式，較之夏桀之荒謬，禹是夏德之象徵。在《明鬼下》中言及：〔註13〕「古者有夏，方未有禍之時，百獸貞蟲，允及飛鳥，莫不比方。矧佳人面，胡敢異心？山川鬼神，亦莫敢不寧。若能共允，佳天下之合，下土之葆。察山川鬼神之所以莫敢不寧者，以佐謀禹也。」這裡重在闡釋鬼神觀，但同時也呈現了禹為夏朝仁美聖君的形象。

（三）法家

　　法家論述主要是以《商君書》、《管子》、《韓非子》為主。《商君書》奠定了法家言論的理論基礎，從現存文本看，《商君書》中的禹及禹治水傳說並不多見，所提及的多是指向性的，例如《慎法》篇中載治國思想與用賢，將禹比作明君。《管子》側重經濟，因此載錄的禹及相關事蹟稍顯簡略，順勢而提之，並沒有展開如其他諸子般的專門論述，也說明大禹的意義偏向在政治文化。如《法法》中，曰「舜之有天下也，禹為司空，契為司徒，皋陶為李，后稷為田，

〔註12〕吳毓江撰，孫啟治點校：墨子校注〔M〕//新編諸子集成，北京：中華書局，2018。
〔註13〕吳毓江撰，孫啟治點校：墨子校注〔M〕//新編諸子集成，北京：中華書局，2018。

此四士者，天下之賢人也，猶尚精一德。」再如《形勢》篇中，載「……神農教耕生谷，以致民利，禹身決瀆，斬高橋下，以致民利……」，換言之，法家這一概括性的簡單論述，正是表明禹為舜臣作司空、「平治天下」已成為眾所周知之事。

《韓非子》是法家的集大成者，因其包含萬象，所以論述大禹事蹟和禹之評論斑駁，呈現出不同於以往的就事論事原則，這與法家所推行的治國之略相關。如《飾邪》篇云：「治國之道，去害法者，則不惑於智慧、不矯於名譽矣。昔者舜使吏決鴻水，先令有功而舜殺之；禹朝諸侯之君會稽之上，防風之君後至而禹斬之。以此觀之，先令者殺，後令者斬，則古者先貴如令矣。」〔註14〕這段文字說的是對法家治國思想的例釋。此書所言，同其他諸子不同的之處在於對鯀殛禹興和防風後至被殺的原因做出了解釋，認為兩人是違背了法令。同時，從治國之策來看，禹的行為並非是明君之表現，譬如《十過》中，說「以儉得之，以奢失之」，曰：「昔者堯有天下，飯於土簋，飲於土鉶，其地南至交趾，北至幽都，東西至日月之所出入者，莫不賓服。……舜禪天下而傳之於禹，禹作為祭器，墨染其外，而朱畫其內，……此彌侈矣，而國之不服者三十三。」〔註15〕可以看出，法家對禹的評價已經有某些負面論調存在，對大禹的言論事蹟有了紛爭。

（四）道家

先秦諸子中對禹持負面評價的多在道家中，《老子》、《莊子》都有涉獵和論述。不過因《老子》言簡，詳細的多存於《莊子》一書，特別是涉及了不同於儒家的禹治水傳說的事蹟傳說。

《莊子》為戰國晚期的集成之作，書中將大禹仍作為明君形象描寫，有神禹稱之，如《齊物論》：「是以無有為有。無有為有，雖有神禹，且不能知，吾獨且奈何哉！」〔註16〕此處所載，表明了道家之玄理所在，可以推測，在戰國時期，禹之事蹟和理念已經普遍存在於世人之中，這一點折射出道家之禹和儒、墨相似。儘管如此，《莊子》中其他言論則是讓禹的事蹟從屬於其無為理念，如《天運》：「黃帝之治天下，使民心一，民有其親死不哭而民不非也。堯之治天下，使民心親，民有為其親殺其殺而民不非也。舜之治天下，使民心競，民孕

〔註14〕高華平、王齊洲、張三夕譯注：韓非子〔M〕，北京：中華書局，2010。
〔註15〕高華平、王齊洲、張三夕譯注：韓非子〔M〕，北京：中華書局，2010。
〔註16〕（清）王先謙撰：莊子集解〔M〕//新編諸子集成，北京：中華書局，2018。

婦十月生子，子生五月而能言，不至乎孩而始誰，則人始有天矣。禹之治天下，使民心變，人有心而兵有順，殺盜非殺，人自為種而天下耳，是以天下大駭，儒、墨皆起。」〔註17〕在道家看來，隨著有為而治的開始，世道愈亂，在莊子心中，黃帝、堯、舜、禹之時代和民心都是一代不如一代，這一倒退性傾向的表達，在道家口中不斷閃現，如《盜跖》載：「世之所高，莫若黃帝，黃帝尚不能全德，……堯不慈，舜不孝，禹偏枯，湯放其主，武王伐紂，文王拘羑里。此六子者，世之所高也，孰論之，皆以利惑其真而強反其情性，其行乃甚可羞也。」〔註18〕此處說黃帝是全德之代表，然而逐鹿之戰，攻伐使得血流成河，更不用說後代的人，堯舜不慈不孝，禹偏枯之病等，道家將其歸結於為利所誘而違反了真正的性情，怎樣才是真性情的，則是老莊等人所推崇的高士群體，如伯成子高，在《天地》篇中有詳論，高士群體擁有道家最為推崇的理念。

在獨尊儒家之前，道家對禹之非議不過是否定禹之行為，只是道家表達自己理念的措辭，藉以黃帝、堯舜禹等「名人」來發表與儒家所推崇的不同思想，本身並非由否定禹之德和禹之所作，只不過因其行為沒有順應人的天性，而導致人心不淳，世道日退，並有舜之將死，善言於禹的言論，以增強其言論的合理性，「禹曰：『汝戒之哉！形莫若緣，情莫若率。緣則不離，率則不勞；不離不勞，則不求文以待形；不求文以待形，固不待物。」這也是舜對自己身老而葬於野的深刻反思。

以《莊子》為代表的道家文獻，為大禹傳說增添了異於同時代其他學說的色彩，一定程度上分解了大禹被儒墨所固化的形象。道家排斥禹之行為，其言論中，已經有了禹因奢侈而有國亂之說，在《外儲右下》中，針對禹傳益與啟之爭奪問題，直言「禹之不及堯舜明矣」。尤其在篇末所引墨子對大禹形象的描述，「昔者禹之湮洪水，決江河而通四夷九州也，名山三百，支川三千，小者無數。禹親自操稿耜而九雜天下之川，腓無胈，脛無毛，沐甚雨，櫛疾風，置萬國。禹，大聖也，而形勞天下也如此……」，〔註19〕但「墨翟、禽滑釐之意則是，其行則非也」，即是藉以對墨家所作的批評，來言大禹之道的不循人性。

諸子在論述中，除卻儒道兩家對於大禹形象的正面和負面解釋外，對同一大禹事蹟的論述也有矛盾的地方，對於「禹征三苗」之說，《韓非子》中言

〔註17〕（清）王先謙撰：莊子集解〔M〕//新編諸子集成，北京：中華書局，2018。

〔註18〕（清）王先謙撰：莊子集解〔M〕//新編諸子集成，北京：中華書局，2018。

〔註19〕（清）王先謙撰：莊子集解〔M〕//新編諸子集成，北京：中華書局，2018。

「當舜之時,有苗不服,禹將伐之,舜曰:『不可。上德不厚而行武,非道也』。乃修教三年,執干戚舞,有苗乃服」,完全異於儒家之「禹之無所間矣」,及墨家所述因不義而「禹征三苗」之說,這些矛盾之處,反映的是諸子理念的不同。

二、紛爭中的統一與對大禹明君認同的體現

(一)紛爭中的統一

由於諸子不同理念的推崇,使得以諸子百家為首的大禹文人敘事呈現了多元化,尤其體現在道家的論述中。在道家看來,隨著有為而治的開始,世道愈發混亂,在莊子心中,黃帝、堯、舜、禹之時代和民心都是一代不如一代,對民心和風俗干預性愈強,則天下愈亂,如《盜跖》載:「世之所高,莫若黃帝,黃帝尚不能全德,而戰涿鹿之野,流血百里。堯不慈,舜不孝,禹偏枯……(《莊子·盜跖》)。此處說黃帝是全德之代表,然而涿鹿之戰,攻伐使得血流成河,更不用說後代的人,本來在儒家被標榜為德之典範的堯舜禹成為堯舜不慈不孝,禹患偏枯之病等,道家將世退其歸結於為利所誘而違反了真正的性情,並有舜之將死,善言於禹的言論,以增強其言論的合理性。

諸子對大禹的紛爭源於推崇理念的不同。大禹是儒家所標榜的完美仁君,是法家崇尚「以法為本」的典型,是墨家非攻、兼愛觀的代表,但也是道家「無為」思想所反對的人物。道家的論調主要是因其行為違背人之本性,莊子常借黃帝、堯舜禹等「名人」來發表與儒家所推崇的不同的思想,認為他們的行為沒有順應人的天性,而導致人心不淳,世道日退。道家的論述旨在闡明無為理念,如在《天地篇》中以大禹同伯成子高的對話闡明了無為理念,伯成子高在堯舜時期立為諸侯,卻在大禹時代退而還鄉耕種,緣由在於堯舜無為,而大禹「賞罰而民不仁」,但以莊子為代表的道家並沒有否認大禹自身和禹之地位,禹仍為明君之代表,在《天下篇》中贊「禹,大聖也」(《莊子·天下篇》)。《墨子》中的夏朝是墨子對遠古世界想像的範式,對比與夏桀之荒謬,禹是夏德之象徵,大禹不辭勞苦,選賢任能,治理國家,是兼愛百姓的典範,「使饑者得食,寒者得衣,勞者得息,亂者得治」(《墨子·兼愛》),描述了禹為夏朝仁美聖君的形象。總之,諸子所述大禹相關敘事中,情節或大禹形象也有相互矛盾之處,其相異或者矛盾在於理念之相異,並不妨礙諸子對大禹為明君和德之典範的統一認同。

（二）認同的原因

戰國時代對禹形成共同認同的原因，是由兩方面造成的，這兩方面的原因互為依託，不分彼此，或者可以說是互為表裏的關係。一方面是在不間斷的民族融合趨勢之下，在中原地區逐漸形成一個華夏諸族。另一方面在中國疆域認知的體系中，自古就有這樣的夷夏之爭。所謂夏，即是佔據黃河中下游的華夏，所謂夷是指華夏族之外的其他民族，正是夏代的中心區域被塑造成了中原。

在春秋戰國諸侯爭霸之際，五帝時代和夏商周時期往往成為後世文化尋求政治理想和正當性的依託。上文提到《墨子》將夏代作為文化的範式，禹成為德的典型，也因此成為諸侯國為自身統治尋求依據和歷史依託的主要標準。為尋求文化上的「正當性」，被華夏佔據的中原地區，古史傳說中夏代的地域、祭祀儀式、曆法等都演變為可以繼承與存續的合法性。

在春秋時期為秦晉，到戰國中後期，已經演變為趙魏韓三家分晉、秦雄踞河西的局面。先說晉，晉地作為先秦的中心象徵之地，是帶有文化象徵性的地域爭奪的重點。《左傳》儘管按照魯國十二公的順序進行編年，但是對於晉國之事也有論述。如《昭公元年》中，就講述了晉侯有疾，鄭伯使子產如晉，詢問病情時，晉侯闡釋自己的疾病，認為疾病為「實沈臺駘為祟」，同時詢問子產臺駘是何神靈？子產解釋說，以前高辛氏有二子，「伯曰閼伯，季曰實沈。居於曠林，不相能也，日尋干戈，以相征討」，言其兩人不和，經常相互征伐，帝嚳將兩人分開，遷閼伯往商丘，遷實沈於大夏。儘管文中未將大夏止於何地說清晰，但是後文中論及臺駘時，說「宣汾洮，障大澤，以處大原，帝用嘉之，封諸汾川，沈，姒，蓐，黃，實守其祀，今晉主汾而滅之矣，由是觀之，則臺駘，汾神也」，[註20] 臺駘作為汾水流域的主神，是承繼了夏代的主要區域。正因為對這一文化區域的重視。所以戰國三家分晉時，趙魏韓三國分別闡釋不同的對夏代的認同，以求其歷史文化上的合法性。

筆者將史書資料中晉中三國對自身歷史的表述整理如下：

趙國：「帝顓頊之苗裔孫曰女修。女修織，玄鳥隕卵，女修吞之，生子大業。大業取少典之子，曰女華。女華生大費，與禹平水土。已成，帝錫玄圭。禹受曰：『非予能成，亦大費為輔。』……大費拜受，……」[註21]

〔註20〕李學勤主編：春秋左傳正義〔M〕//十三經注疏，標點本7，北京：北京大學出版社，1991。

〔註21〕司馬遷撰：史記〔M〕，北京：中華書局，2011。

魏國：《戰國策‧魏國策》中，魏王稱夏王，及在《梁王魏嬰觴諸侯於范臺中》，關於禹之戒酒的論述。

韓國初始是作為晉國的支系而存在的，後來隨著自身實力的強大，在戰國初年與趙魏共同分割了晉國的實力。再看《昭公七年》中載：

> 鄭子產聘於晉。晉侯疾，韓宣子逆客，私焉，曰：「寡君寢疾，於今三月矣，並走群望，有加而無瘳。今夢黃熊入於寢門，其何厲鬼也？」對曰：「以君之明，子為大政，其何厲之有？昔堯殛鯀於羽山，其神化為黃熊，以入於羽淵，實為夏郊，三代祀之。晉為盟主，其或者未之祀也乎？」韓子祀夏郊，晉侯有間，賜子產莒之二方鼎。〔註22〕

上面這段話明確地將夏代的祭祀與韓國最初所依附的晉國聯繫起來。

趙國入晉開始是以晉國的異姓大夫的身份出現的，初始趙國與秦國擁有共同的祖先，《史記》所載譜系中，其祖先為女性祖先女修，趙國的首位男性祖先為大業，〔註23〕作為男性祖先的大業，據《史記》引正義載，大業乃皋陶，在《尚書‧皋陶謨》中言皋陶協禹治水。第二位男性祖先為大費，大費乃伯益，其最大的功績亦在於協禹治水，並予民以糧食作物，這也表示從祖先譜系上，趙國已經認同大禹了。從魏國來說，魏國的領土在太行山山脈周遭，山脈的東西兩側，分別是魏國中晚期的都城大梁及晉國的都城都絳。魏國遷都大梁之前，其都城在安邑，地處河東，恰處於秦、趙、韓三國的夾縫之後，遷都之後，極力開拓中原地區的土地和領域，這一目的，使得魏國也積極尋求與中原文化的文化認同。

傳說中夏代的都城及殷商都城均在魏國境內。由晉人和魏國人共同編寫的《竹書紀年》的編纂條例，日本史學家平勢隆郎認為「《竹書紀年》中魏國所採取的編年形式，同周代的編年類似，也就是說《竹書紀年》中出現了在形式上的繼承，」〔註24〕這種形式上的繼承同權威的否定是同時的。如具有象徵意義的會盟，在《戰國策‧秦策》中，寫魏王「伐楚勝齊，制趙、韓之兵，驅十二諸侯以朝天子於孟津，後子死，身布冠而拘於秦」。之所以選擇

〔註22〕李學勤主編：春秋左傳正義〔M〕//十三經注疏：標點本7，北京：北京大學出版社，1991。

〔註23〕轉引自沉長雲等：趙國史稿〔M〕，北京：中華書局，2000。

〔註24〕（日）平勢隆郎著，周潔譯：從城市國家到中華——殷周、春秋及戰國〔M〕，桂林：廣西師範大學出版社，2012。

會於孟津，與孟津在周代的重要地位有關，周武王舉兵伐紂時，曾在孟津渡過黃河。作為重要的地理關口，具有鮮明的權威性象徵。「魏王之所以選了這個地方舉行慶典，是要想逼迫周讓出權威」〔註25〕而且，在《戰國策》中，魏王不時延續或者說是重新建構了與夏代的關係，「魏伐邯鄲，因退為逢澤之遇，乘夏車，稱夏王，朝為天子，天下皆從」。〔註26〕對夏代的建構與模仿，同對禹的認同緊密相連，《戰國策·魏策二》中，論及梁王魏嬰同諸侯與范臺飲酒，魯君以禹之戒酒喻世，勸梁王絕酒，「昔者帝女令儀狄作酒而美，進之禹，禹飲而甘之，遂疏儀狄，絕旨酒，曰：『後世必有以酒亡其國者』」，以禹之實例勸誡，隱含的是對禹及遠古夏代的認同。

　　從春秋時期的《左傳》與《國語》來看，大禹形象在諸子的多元論述之中，儘管褒貶各異，但最晚在戰國後期，已經形成了對禹及夏代的統一文化認同。且看上博楚簡《容成氏》的記載：

　　　禹聽政三年，因民之欲，會天地之利矣。是以近者悅治，而遠者自至，四海之內，及四海之外，皆請供。禹然後始為之旗號，以辨其左右，思民毋惑。東方之旗以日，西方之旗以月，南方之旗以蛇，中正之旗以熊，北方之旗以鳥。禹讓後始行以儉。〔註27〕

　　《容成氏》中的記載可見，戰國時期的大禹已經成為四方共同認同的形象，萬火歸一，四方歸於禹，大禹豎起旗號辨別四方，正如葉舒憲所指出的：「建立旗幟的象徵體系，這是我國傳媒發展史上的大事。辨別四方和中央的關係，這是我們中國之所以得名的原型經驗。」〔註28〕

第三節　《夏本紀》的集成與大禹傳說的文化認同

　　在第二節中，我們分析了春秋時期諸子對大禹及其相關事蹟的論述，得益於史書與諸子的記載，大禹事蹟得以保存和延續下來。我們從中發現，儘管諸子論述各異，卻在民族融合的背景之下，確立了對大禹的共同認同。但是，

〔註25〕（日）平勢隆郎著，周潔譯：從城市國家到中華——殷周、春秋及戰國〔M〕，桂林：廣西師範大學出版社，2012。
〔註26〕（西漢）劉向編集，賀偉、侯仰軍點校：戰國策〔M〕，濟南：齊魯書社，2005。
〔註27〕轉引自葉舒憲：大禹的熊旗解謎〔J〕，民族藝術，2008（1）。
〔註28〕葉舒憲：大禹的熊旗解謎〔J〕，民族藝術，2008（1）。

此時的大禹傳說，仍舊只能通過諸子的點綴與論述，管窺到大禹的部分形態，而不曾見其全貌。直到到西漢初年，大禹傳說形態發生了一個大的轉化，由諸子的分散陳述演變匯合起來，結束了眾說紛紜狀態，大禹事蹟及傳說有了第一次的集成性質的重構。〔註29〕大禹的首次集成見於《史記‧夏本紀》之中，成為後來大禹敘事的模板。

一、大禹治水傳說的首次集成及其意義

《史記‧夏本紀》是大禹歷史敘事的首次集成，並展現了獨特的形態意義。在這次集成中，大禹傳說按情節單元鋪陳如下：（1）譜系：「夏禹，名曰文命，禹之父曰鯀⋯⋯」（2）鯀殛禹興：「鴻水滔天，用鯀治水。功用不成⋯⋯殛鯀於羽山以死⋯⋯舜舉鯀之子禹」（3）合作治水：「禹乃遂與益、后稷奉帝命，命諸侯百姓與人徒以傳土，行山表木，定高山大川」，「禹傷先人父鯀之不成受誅，乃勞身焦思，居外十三年，過家門不敢入」（4）禹至四方：禹行自冀州始⋯⋯」（5）帝賞賜：「帝錫禹玄圭，以告成功於天下」（6）娶妻生子：「娶塗山，癸甲，生啟」（7）禹承帝位：「禹辟舜之子商均於陽城，即天子位。南面朝天下，國號曰夏后」（8）禹崩：「帝禹東巡狩，至於會稽而崩」。在司馬遷的記載中，形成了較為完整的歷史敘事主線，勾勒出了大禹的生命史。

當我們將《夏本紀》看做具體的敘事文本時，會發現《夏本紀》在集成過程中，隱藏著一個潛在的「官僚模式」。武雅士曾針對漢人的民間神靈，提出「官僚模式」的隱喻〔註30〕，在《夏本紀》中，大禹治水傳說與這種「官僚模式」是一一對應的：（1）歷史敘事的主要人物有帝堯、禹、后稷、皋陶。（2）人物的等級是多層的，帝堯—群臣—諸侯—百姓，鯀—禹，禹—塗山等，構成帝王—官—民、父子、夫妻等關係模式，同時，禹之等級又高於益與后稷，如載禹「令益予眾庶稻，可種卑濕；命后稷予眾庶難得之食」（3）人物中，

〔註29〕傳說形態的重構，也發生在堯舜傳說中，筆者的重構思路也參考了陳泳超《堯舜傳說研究》中關於堯舜傳說從分散走向集中的重構思想。

〔註30〕武雅士指出在官僚模式中，這些要素最為明顯：「（1）神祇為官員。（2）神祇等級是多層的。（3）除最高神祇外，所有神祇權威均來自外部，由一位比他高的神祇授權。（4）世人與神祇權威打交道是間接的，既可通過較低層次的神祇，也可借助職業宗教人士；前者溝通世人與較高級的神祇的關係。（5）神祇與特定地點、居民之間的關係原則上是暫時的，是任命所致，而不是神祇本身形成的或他們的選擇。觀點源自：（美）武雅士著譯：中國社會中的宗教與儀式〔M〕，南京：江蘇人民出版社，2014。

其位最高者為帝禹，其他人物的權威均由帝堯任命，敘事中記載「用鯀治水」、
「使禹續鯀治水」、「命禹平水土」、「禹與益、后稷奉帝命，命諸侯百姓興人
徒以敷土……」等，皆看出其權力來自於帝堯（4）常人與帝堯、禹等傳說人
物的溝通是間接的，如諸侯需要朝拜，通過制度發生聯繫，如「令天子國以
外五百里甸服……」（5）與特定地點發生聯繫是任命所致，這點體現很明顯，
如鯀殛於羽山，是因為舜「巡守，行視鯀之治水無狀」，通過這些特點分析，
集成性的大禹敘事形態完全是以官僚模式作為敘事模式的，隱喻了中國政治
中的官僚模型，展現了大禹集成後獨特的形態意義。

　　秦漢之間大禹治水傳說經過了一系列書寫，在《夏本紀》中逐漸定型。
那麼，如要追問這個傳說何故在西漢時期定型？何以能在西漢時期定型？筆
者認為，造成該現象的原因有客觀和主觀兩種。客觀來說，大禹治水傳說定
型得益於東漢開始直至唐末的黃河安定局面。譚其驤指出，從文獻記載及相
關環境考古學的證明看，西漢之際，黃河水患仍然是較為嚴重的，司馬遷和
班固分別作了《河渠志》與《溝洫志》以示記載，但東漢之後至唐代王莽建制
之前，關於《河渠》、《溝洫》的記載並不多見，從這點推測黃河進入了一個千
年安流的局面。〔註31〕筆者認為，大禹治水傳說能夠在西漢之際經典化的一
個客觀條件，恰恰與東漢開始出現的黃河安流局面有關。作為傳說，其講述
並非無時無刻，而是參雜著諸多得以講述或者書寫成功的附加條件，比如木
蘭傳說，它講述時期往往在戰爭時期。儘管在上文關於諸子論述時，筆者指
出大禹傳說在政治文化中作用較大，但大禹傳說的講述動力背景也同洪水災
難有極大關係。黃河安流的狀態，使得傳說的動力機制消失，從而一定程度
上促成了大禹治水傳說經典化的局面。

　　從主觀來說，大禹傳說得以重構的根本緣由在於西漢時期的文化重構。
西漢時期，社會和文化都處於轉型時期，神話在西漢時期的意義變成一種服
務於現實的「操弄」，「如何操作一個古老的型式來表達新時代、與古人迥異
的意圖，並據此攫取新的話語權力」。〔註32〕比如漢代推行天命神權、獨尊儒
術等，使得神話不斷地的讖緯化及仙話化。大禹傳說作為重要的古史傳說之
一，在戰國時期已經形成了共同的認同，自然掙脫不過按照話語權力來重新

〔註31〕譚其驤：何以黃河在東漢以後會出現一個長期安流的局面，選自唐曉峰編，
　　　　歷史地理學讀本〔C〕，北京大學出版社，2006 年版 P.82。
〔註32〕呂微：神話何為？〔M〕，北京：社會科學出版社，2001。

建構的魔咒。基於這兩方的原因，大禹傳說得以定型並成為後世傳說範式的經典化的傳說文本。

二、大禹治水傳說中的文化認同

司馬遷重構後的大禹治水傳說發生了重大轉變，尤為明顯的是對大禹身份譜系及其認同出現了一致的傾向。

在繼承後的文本敘事中，大禹身份譜系發生了變化，自身有了較為明確的家族譜系，根據《夏本紀》的書寫，大禹已成為黃帝的後裔。實際上，不僅在禹，其他如殷周祖先，其譜系經歷了一個轉變，《詩經》中只記載了殷周祖先的感生神話，分別是天命玄鳥降而生商與姜嫄履底跡而生后稷，但《殷本紀》中重述為「殷契，母曰簡狄，有娀氏之女，為帝嚳次妃。三人行浴，見玄鳥墮其卵，簡狄取吞之，因孕生契。契長而佐禹治水有功」（《史記·殷本紀》），《周本紀》曰：「周后稷，名棄。其母有邰氏女，曰姜原。姜原為帝嚳元妃」（《史記·周本紀》），通過帝嚳元妃、帝嚳次妃形象的塑造，殷周走向了同源共祖，展現了殷周始祖身份譜系的重塑。

關於大禹傳說的其他史書記載，主要是對秦、越、匈奴等族群的起源問題的描述。《秦本紀》、《越王句踐世家》、《匈奴列傳》皆有將族群歷史追溯為「禹之後裔」的記載，將大禹作為共同的祖先祭祀，不同族群合力「宗禹」。《吳越春秋·越王無餘外傳》載：「啟使使以歲時春秋而祭禹於越，立宗廟於南山之上」，《越絕書·外傳記地傳》又載：「昔者，越之先君無餘，乃禹之世，別封於越，以守禹冢，」「故，禹宗廟，在小城南門外大城內。禹稷在廟西，今南里」，從這些記載中，可以看出越為禹後成為古史書寫中的主流，吳越之地以大禹後裔的身份進行大禹祭祀。此外，在吳越地區，有諸多同大禹相關的禹跡和傳說存在，如禹井、大禹陵、會稽山等，成為大禹歷史敘事的景觀餘韻，正如顧頡剛所言，「任何異種族、異文化的古人都串到諸夏民族與中原文化的系統裏，直把『地圖』寫成了『年表』。」此後，其他少數民族地區也有不少關於大禹歷史敘事的記載，從側面角度展現了大禹作為中華文化符號的意義。如胡夏皇帝赫連勃勃自稱「大禹後裔」，「朕乃大禹之後，世居幽朔」，劉淵言「大禹出於西戎，文王出於西夷」，以大禹作為身份正統性的象徵，體現少數民族對大禹作為中華文化象徵的認同。

歷史書寫中的大禹傳說展現了以禹為共識的文化認同景觀，這種文化認同

景觀的形成是戰國之前民族遷徙及民族融合的結果。春秋戰國時期發生了眾多民族遷徙，北方地區和西北地區的游牧民族滲入中原地區，文獻中也有「夷狄也亟病中國，南夷與北狄交，中國不絕若線」的說法，該記載既強調夷夏和夷狄之別，也揭示了民族遷徙帶來的民族融合。正是在這民族融合和交流的背景下，為了確定中原的中心地位，漸漸有了天下觀念，其與東夷，西戎，南蠻，北狄相對，直至戰國中晚期，形成了比較穩定的共同體，對大禹的共有文化認同正是在這種民族交流、融合的背景下產生的。大禹歷史敘事在西漢以後的歷代，形態鮮有變化，大禹在後世的不斷播布中，也日益成為中國共有的文化認同符號。

三、禹為社神：華夏文化認同的標識

對於茫茫洪水，禹何憑一人之力而治理，一直是困擾後世人的一個情節，就此，也有了不少歷史學家和神話學者對禹之神性和神格的闡釋。顧頡剛、童書業認為禹的神性從「鯀盜息壤」和「鯀腹生禹」等情節中已經表現出來，認為鯀盜帝之息壤去湮洪水，上帝派人把他殺了，鯀死後，肚子剖之以吳刀，生出一個禹來，在後世人看來，既然是上帝命令他們治水，鯀禹必然同上帝有了某些關聯，因此具有了天神的性格，這種天神的性格，被用來解釋洪水之大和禹一人不可能完成洪水治理之間的矛盾。既然有天神性，必然有天神之職，從文獻來看，其神格與神職實際上體現對社神的祭祀。

《禮記·曲禮下》對於山川祭祀的情況有過記載，說：「天子祭天地，祭四方，祭山川，祭五祀，歲遍。諸侯方祀，祭山川，祭五祀，歲遍。大夫祭五祀，歲遍。士祭其先。」〔註33〕由此見，「山川」的意義超脫了其地理和空間意義，具有了某種神聖性。特別是在《史記·封禪書》與《漢書·郊祭》中，對山川祭祀有詳細的載錄，並在記述中顯現了山川祭祀的兩種傾向，一是山川成為一種德的表徵，對山川的祭祀同國之興衰，二是山川等同於王侯，只有王侯能夠祭祀山川。如《封禪書》云：

> 舜在璇璣玉衡，以齊七政。遂類於上帝，禋於六宗，望山川，
> 遍群神……禹遵之。後十四世，至帝孔甲，淫德好神，神瀆，二龍
> 去之。其後三世，湯伐桀，欲遷夏社，不可，作夏社。後八世，

〔註33〕李學勤主編：鄭玄：孔穎達疏，禮記正義〔M〕//十三經注疏，北京：北京大學出版社，1998。

至帝太戊，有桑穀生於廷，一暮大拱，懼。伊陟曰：「妖不勝德。」
太戊修德，桑穀死。伊陟贊巫咸，巫咸之興自此始。後十四世，帝
武丁得傅說為相，殷復興焉，稱高宗。有雉登鼎耳雊，武丁懼。祖
己曰：「修德。」武丁從之，位以永寧。後五世，帝武乙慢神而震死。
後三世，帝紂淫亂，武王伐之。由此觀之，始未嘗不肅祗，後稍怠
慢也。〔註34〕

此處講，舜禹時期，肅敬神祗，德明國昌，但是後來慢慢怠慢，則亂象
蜂起。這種亂象是對本原社會秩序和統治秩序的打破。最為形象的表述就是
「妖」的出現，說的是桑穀二樹合為一，瞬間長成如拱一般，桑穀之樹的正
常時間，因祭祀不周，而展現出非正常時間的妖魅，王侯通過德之重塑恢復
秩序時，則妖退，出現了正常的秩序，可見，山川祭祀同興衰的關聯。

秦漢及此前的祭祀中，禹是山川祭祀時的主要角色之一。《書·呂刑》曰：
「禹平水土，主名山川」，在《史記·夏本紀》載「天下皆宗禹之明度數聲樂，
為山川神主」，「舜封泰山，禪云云；禹封泰山，禪會稽」（《封禪書》），禹的職
責除卻平定水土，還是山川神主。對於禹為何成為山川神主，同山川在官方
祭拜和民間信仰中地位相關。葛蘭言認為對山川的崇拜並不是由於山嶽之雄
偉或者河流之威力而使得人們產生了崇拜之情，而是聖地的存在本身。聖地
之中的草木岩石都具有了神聖的力量，聖地的神聖力量是由季節性的節慶而
激發的：「王侯負有維持社會與宇宙的良好秩序的雙重責任，而季節節慶則將
地方共同體的人民會集到山川附近，其首要目的是展示共同體生活的正常進
程，王侯們想利用山川的力量來維護其統治，季節節慶則進一步保障了自然
界的正常運行。」〔註35〕這些聖地不僅成為具有族性所發源的祖先中心，而
且也是後續地方共同體或者方國建立城市廟宇、集市的所在地。王侯們所關
照的社會契約與社會秩序與季節的秩序具有同質性的相吻合，在與萬物的接
觸中獲取了同季節秩序相似的神聖力量，並將這些原始的素材精緻化，出現
了一個個的官方祭祀。山川祭祀後來發展為社祀的一部分，段玉裁《孝經》
注曰「社者，土地之主。土地廣博，不可遍敬，封五土以為社。」五土就是
「山林、川澤、丘陵、墳衍、原隰」（鄭玄注《禮記》），山川神靈祭祀就是社祭，

〔註34〕司馬遷撰：史記〔M〕，北京：中華書局，2011。
〔註35〕（法）葛蘭言著，趙炳祥譯：中國古代的節慶與歌謠〔M〕，桂林：廣西師範
大學出版社，2005。

《淮南子‧氾論》中有：「禹勞天下而死為社」，由此可見，秦漢之後，禹成為社神祭祀的主體之一。

社神是什麼？《說文》曰「社，地主也，從土」，「社，所以神地之道也，地載萬物，天垂象，取財於地，取法於天，是以尊天而親地也。故教民美報焉。」從這段記載來看社神源於對土地的崇拜，不過隨著社會和時代的演變，「社為土地的觀念影響極為廣大，後來的社稷作為國家政權的象徵似乎也能從土地的功能上得到說明……國家的最高典禮往往就在社壇舉行」〔註36〕從文獻資料看，國家與社神之間的關聯的象徵在春秋時期已經形成，《公羊傳》載「以為社稷宗廟主」，「《左傳》載」請子奉之，以主社稷」，說的是宋穆公囑託司馬孔父佐宋宣公之子以夷為宋君，其將社稷之象徵含義等同於國家了。禹為社神，祭祀《封禪書》載：「周公既相成王，郊祀后稷以配天，宗祀文王於明堂以配上帝。自禹興而修社祀，后稷稼穡，故有稷祠，郊社所從來尚矣」，從這些記載看，國家和社神之間的關聯密切，而禹作為社神，進一步成為華夏認同的標示之一。

小結　成為公共話語的古史傳說

春秋戰國時期禮樂崩潰，造就了百家爭鳴的局面。諸子百家各自借助帶有歷史性和權威性的名人君主表達自身的理念，儒家推崇德與仁，則大禹便成為其完美仁君。道教推崇無為，則兢兢業業治水的大禹成為其反面形象。諸子所塑造的多面形象的大禹，只是理念的不同，並沒有否認對大禹的共同認同。其理念只是諸侯爭霸的背景下，各國君主需要的支持不同，才形成爭鳴的局面。但是，大禹及大禹所處的夏代，始終是後世模仿和象徵權力合法性的對象，因而，在秦漢大一統之際，眾說紛紜、離經叛道的諸子，掌權者出於大一統政權的需要，難以被掌權者推崇，這也就是為什麼秦統一之後會將遊士驅逐的深層原因。大一統的政權需要借助統一的政治權威來形成一種向心力。作為一股「離心」的社會力量，不利於大一統政權，大一統政權也同樣不能容忍眾道紛然雜陳的局面。因而對大禹的共同認同，使得掌權者選擇了大禹作為華夏文化認同的中心。

大禹治水傳說的重構，形成了具有象徵性的官僚模式，這一模式成為古史

〔註36〕尹榮方：社與中國上古神話〔M〕，上海：上海古籍出版社，2012。

傳說的模板和範式。如涂爾幹所論,「一個社會要有序運行下去,離不開社會事實和集體意識,所謂社會就是一個道德的共同體,一個共同體要維繫,必須借助有序的道德規範將社會中的個體聯合起來,道德與規範就是指代一種集體的表象」〔註37〕,作為華夏認同的大禹傳說,也承擔著如此一種維持社會正常運行的集體表象功能。

從重構後的大禹治水傳說看古史傳說,其傳說二字的含義具有了不同的概念內涵。一方面,古史傳說中「傳說」的屬性趨同「傳說時代」,通過口頭傳承繼而被後世文獻記載而來,在這類傳說中,我們尋覓不到其他歷史傳說所依賴的具備權威性或者真實性的證據。另一方面,通過後世記錄,傳說又反過來作為歷史心性的真實而存在。我們對古史傳說的講述,是在想像共同體的過程中完成的,古史傳說在人們的想像共同體中才具有生命感和儀式感,所言所說之事不再是單純的個人話語,而是具有集體性質的公共話語。如王明珂所說,「《史記》作為一個文本,經過司馬遷的搜集裁剪資料,編排成書,從而成為一篇有社會功能與目的之社會記憶。最後,因為這些功能與目的,它在社會權力支持下被保存及流傳。……司馬遷顯然承繼並發揚一個以英雄聖王為其真實的歷史心性,在諸多文獻間選擇、組織材料,以構成此敘事——他以結束一個亂世的征服者黃帝為此歷史(時間)的起始,以英雄征程來描述英雄祖先所居的疆域空間,以英雄治血胤後裔來凝聚一個認同群體」〔註38〕

〔註37〕 (法)愛彌爾·涂爾幹著,汲喆譯:宗教生活的基本形式〔M〕,上海:上海人民出版社,2006。
〔註38〕 王明珂:英雄祖先與弟兄民族——根基歷史的文本與情境〔M〕,北京:中華書局,2009。

第四章 神入禹心：大禹治水傳說與宗教的互染

　　隨著漢代讖緯的發展，大禹治水傳說又萌生了新的形態。盛行於漢代的讖緯，是兩漢時期最重要的思潮，所謂「讖」，就是「圖讖」，即用神秘的語言、預知性的隱語等作為神的啟示，將冥冥之中的治亂興衰、吉凶禍福等告知人們。圖讖不僅僅是編造的圖像，也有很多荒誕不經、異於常態的文字，其目的在於為特殊的政治服務。所謂「緯」，簡單來說即是將儒家經典和神秘思想融合，通常是神學的理論附著在儒家經典之上。[註1] 讖緯對流傳下來的傳說影響很大，表面看來是對民間、儒家等各方面思想的吸收，將各方面思想的融合，實際上，發揮最大作用的仍然是以儒家和方士為代表的智識階層，這批人以「新的心態觀照」神話和傳說，所涉及到的人物或者歷史出現了明顯的神異化傾向，大禹由此發展成為成為稟受天命、感星而生、獨具異貌的帝王。

第一節　讖緯說對大禹形象的塑造

　　有學者對緯書中文化英雄的「生命旅程」，運用「母題」這一概念，對緯書中的三皇五帝及其生命旅程進行了分類，認為「儘管作為三皇五帝政治歷程的階段性特徵並不明顯，但它們是一種介於母題或者原型性和階段性之間的神話類型」，[註2] 由此將文化英雄的生命旅程分為四類，即「感生說、

〔註1〕黃樸民：兩漢讖緯簡論，〔J〕，清華大學學報，2008（3）。
〔註2〕冷德熙：超越神話──緯書政治神話研究〔M〕，上海：東方出版社，1996。

異貌說和受讓說與禪讓說及聖王的治功和文明業績」四類，﹝註3﹞這四類在中國傳統政治文化中佔據了重要的位置，並成為一個古老又根深蒂固的觀念，幾乎每一位受天命而王之人都有感生、異貌、符瑞受命，借用此分類，引申到大禹治水傳說中，可以發現，在兩漢讖緯觀的影響下，大禹形象及大禹傳說產生了怎樣的改變。

一、感生

簡單來說，感生就是一種無性生育的現象。在碰觸、意外吞食某種神奇之物後產子，或者是與某些具有神靈性的動物交合後懷孕產子等，這些都可被看作是感生現象。感生神話或者傳說在南方少數民族地區流傳甚廣，如壯族女神姆洛甲感風而孕的造人神話說，在今天的廣西田陽縣內的敢壯山周圍還有象徵姆洛甲子宮的山洞，可以說，感生神話是原始思維和一種原始文化的遺存。

在緯書之前的文獻中，大禹的出生已經有了異於常人的地方。一說是鯀腹生禹，化為黃龍，常引《山海經・海內經》中的鯀竊息壤被殛於羽山，鯀之腹生禹的記載，《初學記卷二引歸藏》則曰「大副之吳刀，是用出禹」，指的便是大禹鯀腹出之說。另一說是禹母剖其母背而生，此說在上博簡中有載，借孔子之口言曰「（禹母）觀於伊而得之，娠三年而畫於背而生，生而能言，是禹也。」﹝註4﹞兩種說法一是說其生於鯀腹，一是說大禹生於母背，皆沒有觸及到感生現象，只是涉及禹出生的異常和神奇，當然，有學者對此有所論述，認為「『鯀腹生禹』與上古時代新王和舊王的交替有關，王位的交替往往是同一神明的死而復生」。﹝註5﹞

在緯書中，大禹的出生同堯舜等帝王一樣，是其母感生受孕。但具體又較為複雜，並沒有統一的說法：「禹，白帝精，以星感脩紀，山行見流星，意感栗然，生姒戎文禹」、「禹姓姒，祖昌意，以薏苡生。」﹝註6﹞這兩段書寫表明大禹出生有的說是感星受孕，有的說是其母吞薏苡而生，正應了感生神話中

﹝註3﹞冷德熙：超越神話──緯書政治神話研究〔M〕，上海：東方出版社，1996。
﹝註4﹞裘錫圭：中國出土文獻十講〔M〕，上海：復旦大學出版社，2004。
﹝註5﹞孫國江、寧稼雨：死而復生觀念與「鯀腹生禹」故事的歷史根源〔J〕，中國文學研究，2010（1）。
﹝註6﹞讖緯所引皆出自安居香山、中村璋八編，緯書集成〔M〕，上海：上海古籍出版社，1994。

意外吞食神物或者碰觸神靈等現象。

在西漢之前，史書中也非不載感生神話。如《史記·殷本紀》中就有載「殷契，母曰簡狄，有娀氏之女，為帝嚳次妃。三人行浴，見玄鳥墮其卵，簡狄取吞之，因孕生契。」〔註7〕說的便是關於契的感生神話，「姜原為帝嚳元妃。姜原出野，見巨人跡，心忻然說，欲踐之，踐之而身動如孕者」，〔註8〕則是周后稷之感生，夏商周三代對比中，偏偏夏禹的記載出現例外，只是說是其父為鯀，鯀父為顓頊等譜系流傳，這種區別的原因有二，一是從文獻流傳看，西周文獻如《詩經》中，已有姜嫄生契與玄鳥生稷的感生神話。其二，在史記之前的諸子之間，流傳最廣的是鯀腹生禹，鯀化熊等，但是，大禹作為三代最初的建立者，在後世人看來，必然具有不同於常人的超人性和奇蹟性，因而到了兩漢時期，讖緯盛行際，在方士、儒家的作用下，禹所缺少的超人性成分在讖緯之中有了彌補。返回前文所討論到的禹之感生說，並非單獨存在，往往是與其他具有「帝王」性質的黃帝、堯、舜等並列，比如《樂緯》中就載，「黃帝之樂曰咸池，顓頊曰六莖，帝嚳曰五英，堯曰大章，舜曰蕭韶，禹曰大夏，殷曰大濩，周曰勺，又曰大武」，〔註9〕從這段簡單的對應中，我們可見黃帝以降的帝王譜系及其對應的典樂，儘管並為明確提出大禹的神聖性質，但是在緯書中，已經隱含了某些觀念——禹不僅是與黃帝、顓頊、堯、舜相接續的帝王，也同這些帝王享有同等的神聖性。

二、異貌

關於大禹貌相的記載，同大禹神奇出生類似，在讖緯之前的文獻中常常出現，但這些記載大都和後來所稱的禹步相關。「禹於是疏河決江，十年未闚其家，手不爪，脛不毛，生偏枯之疾，步不相過，人曰禹步」〔註10〕禹步中的大禹，往往有一種「股無胈，脛無毛」的苦相，還有「偏枯之疾」，在這種塑造的背後，突顯了大禹治水的勞苦功高，並無多少神異性質。

在緯書之中，對禹之相貌，不僅有了更多的描寫，而且具有了神異性質，禹的「奇特」外貌成為大禹治水成功的關鍵。如《白虎通義·聖人》就說

〔註7〕司馬遷撰：史記〔M〕，北京：中華書局，2011。
〔註8〕司馬遷撰：史記〔M〕，北京：中華書局，2011。
〔註9〕出自安居香山、中村璋八編，緯書集成〔M〕，上海：上海古籍出版社，1994。
〔註10〕引自袁柯：中國神話資料彙編〔M〕，成都：四川省社會科學出版社，1985。

「禹耳三漏，是謂大通，興利除害，決河疏江」，〔註11〕對禹耳三漏的解釋，《春秋緯演孔圖》則有「禹耳參漏，是謂大通」之說，預示著大禹貌相與能夠疏通江河相關。除了耳三漏的記載，還有「禹虎鼻」（《孝經援神契》）、「禹身長九尺，虎鼻河目，齒鳥喙，耳三漏，戴成鈐，懷玉斗，玉體履己」〔註12〕（《洛書篇》）等描述。從這些描述看，禹的外貌異於常人，他身長九尺，耳三漏，且面相奇特，擁有虎鼻、河目、彪口的面相。面相之說在戰國之後日漸興起，孟子就有「相人莫良於眸」的論斷，在《孟子·離婁上》說「存乎人者，莫良於眸子。眸子不能掩其惡，胸中正，則眸子瞭焉。胸中不正，則眸子眊焉。聽其言也，觀其眸子，人焉廋哉？」，〔註13〕這段話集中反映了逐漸形成的相人之風，儘管當時有學者對這種相人之風表示反對，像荀子說「相形不如論心，論心不如擇術」，荀子認為「相人，古之人無有也，學者不道也」，荀子的論述雖然對當時相術之學有所反駁，但始終無法阻斷相術成為普遍的社會現象，在西漢時期，相面之風已經形成，骨相、面相成為中國傳統術數文化中的一支。作為聖人，需要擁有奇特面相或者骨相，或者說骨相或者面相是成為能否為王的標準之一。比如東漢王充《論衡·骨相》篇中就說，骨體成為知命的捷徑，人命儘管受之於天，但是命運的表徵總是能從外在之體得出。「人命稟於天，則有表候見於體。……傳言黃帝龍顏，顓頊戴午，帝嚳駢齒，堯眉八彩，舜目重瞳，禹耳三漏，湯臂再肘，文王四乳，武王望陽，周公背僂，皋陶馬口，孔子反羽。斯十二聖者，皆在帝王之位」，〔註14〕此處的骨相實質上仍是人相，他集成了前代的諸多相術之法，成為相術的集成之論。

　　相比於先秦時期的諸子所描述的「手無爪，脛無毛」的勞苦形象，大禹相貌已經有了奇異性的轉變。這種轉變不僅表現在大禹身上，在其他帝王身上也有這種變化。諸子之中，堯舜也常常是「堯瘦臞，舜黧黑」或者「股無胈，脛無毛」的憔悴形象，而在緯書中，卻也有了「堯眉八彩，舜目重瞳」等超越於常人的形象特點，具有了奇異特色。

〔註11〕出自安居香山、中村璋八編，緯書集成〔M〕，上海：上海古籍出版社，1994。
〔註12〕出自安居香山、中村璋八編，緯書集成〔M〕，上海：上海古籍出版社，1994。
〔註13〕（清）焦循撰，沈文倬點校：孟子正義〔M〕//新編諸子集成：第1冊，北京：中華書局，2018。
〔註14〕黃暉：論衡校釋〔M〕，北京：中華書局，1990。

三、符瑞受命

（一）符瑞思想的發展

讖緯之作的核心之一便是對君王的繼承接續給予合理性的解釋。西漢之時，五行、五德之說興盛，五行之說出現較早，在《洪範》中說五行「一曰水，二曰火，三曰木，四曰金，五曰土，水曰潤下，火曰炎上，木曰曲直，金曰從革，土爰稼穡。」〔註15〕從這一描述中可以看出，五行在起初的意義指向的是單純的物質元素，而沒有後來的象徵含義。後世的鄒衍根據五行之說，創立了「五德始終說」的循環歷史觀，《呂氏春秋》對這種五德之說進行了總結，認為土、木、金、火、水五行及相對的黃帝、禹、湯、文王，黃帝「土氣勝，故其色尚黃，其事則土」，因而為土德，夏禹「木氣勝，故其色尚青，其事則木」，因而為木德，湯「金氣勝，故其色尚白，其事則金」，因而湯為金德，接續湯的文王，「火氣勝，尚赤」，為火德，而五行觀念中，木剋土，故夏禹替代了黃帝，商湯則以金德剋木德，文王以火剋金德，依次類推，歷史必然有水德剋火德。《呂氏春秋》集中總結了鄒衍的「五德始終說」，其中心便是依照土木金火水的順序，前代之德衰則後世代之。

五德輪轉的思想實際上是天命觀的表徵。在周之後的人心中，認為帝王受命來源於天命，天會因德或者功給予某些啟示預兆，傅斯年在《讖祥之重興與五行說之盛》一文中，對天命、讖祥、五行的發展及其關係做過概括，他認為，春秋時期中國和其他國家一樣，十分看重占卜抑或巫卜，這從安陽殷墟的出土就能看出來，而且周代的官職也以占卜之事為先。這種轉變發生在了戰國時期，春秋戰國時期，理性發到，諸多怪力亂神的資料都被拋棄，從而使得帶有哲學化的五行論思想逐漸普遍。〔註16〕傅斯年所言天命之萌芽在占卜，後來與五行、五德之說相合，成為漢代流行思想的而一個開端。從實際情況來看，讖緯影響下的天命觀，主要表現在帝受天命思想——即緯書中的符瑞和受命說。

戰國時期的符瑞符號之眾多，諸多傳世文獻和出土文獻中都有相關表達。如《論語·子罕》中說「鳳鳥不至，河不出圖，吾已也夫！」《墨子·非攻下》中有：「赤鳥銜珪，降周之岐社曰：『天命周文王伐殷有國。』泰顛來賓，

〔註15〕江灝、錢宗武譯注：今古文尚書全譯修訂版〔M〕，貴陽：貴州人民出版社，2009。
〔註16〕傅斯年：諸子、史記與詩經文稿〔M〕，北京：中國畫報出版社，2010。

河出綠圖，地出乘黃。」《郭店・老子甲》有「天地相合也，以輸甘露」的記載，鳳鳥、河圖、赤鳥、綠圖、鬼龍等都成為戰國時期的符瑞之象徵，戰國時期的符瑞思想一直流傳於漢代並成為用於正規祭祀的符號之一，如《小戴禮記・禮器》說：「是故因天事天，因地事地，因名山升中於天，因吉土以饗帝於郊。升中於天，而鳳凰降、龜龍假；饗帝於郊，而風雨節、寒暑時。」〔註17〕在祭祀中，祭祀時間與場合都有符瑞符號左右，比如鳳凰、龜龍等。

　　到西漢時期，這種符瑞符號已經成為天命的主流思想，其將符瑞的降臨與政治清明等聯繫在一起，天授符瑞已經與政治和帝王之德行並列的修辭。董仲舒在《春秋繁露》中就有這種討論：「王正則元氣和順、風雨時、景星見、黃龍下。王不正則上變天，賊氣並見。……民修德而美好，被髮銜哺而遊，不慕富貴，恥惡不犯。……故天為之下甘露，朱草生，醴泉出，風寸時，嘉禾興，鳳凰麒麟游於郊。」〔註18〕這段話反映在西漢初年，一方面強調修德，即「民修德而美好」，另一方面，則是強調修德所帶來的符瑞之相，即甘露普降，朱草叢生，嘉禾葳蕤，鳳凰麒麟見於郊外，因德盛所帶來瑞象與天命所帶來的啟示是一體的。

（二）天命觀下的傳說

　　在符瑞與天命觀影響下，大禹傳說有了重要轉變，為整個傳說的增飾了重要的情節，也為尋求禹治水成功做了合理性的闡釋。主要展現在兩點，一是河圖授書，二是因治水功大獲得賞賜，如《河圖》就說，「禹既治水，功大，天地以寶文大字錫禹，佩渡北海，弱水之難」，〔註19〕而《白虎通義》也言：「禹受啟，握元珪出，刻曰：延喜之玉，受德，天賜之佩」、「禹將受位，天意大變，迅風靡木，雷雨晝冥」。〔註20〕兩部緯書中所載的就是賜禹神書及治水成功後大禹所得的賞賜，授書情節是被諸文獻記載較為詳盡的，《宋書・符瑞志》言：「禹卑宮室，盡力溝洫，百穀用成，玉女敬神養。禹治水旱，天賜神女聖姑」。〔註21〕相似的記載在諸多史書中常常出現，如瑤姬授書等，在這裡不再詳述。無論是授書，還是天賜神女等情節，實際彰顯的是漢代以來的

〔註17〕李慧玲、呂友仁譯：禮記〔M〕，河南：中州古籍出版社，2010。
〔註18〕董仲舒：春秋繁露〔M〕，北京：中華書局，2011。
〔註19〕出自安居香山、中村璋八緝〔M〕，緯書集成，上海：上海古籍出版社，1994。
〔註20〕出自安居香山、中村璋八緝〔M〕，緯書集成，上海：上海古籍出版社，1994。
〔註21〕出自安居香山、中村璋八緝〔M〕，緯書集成，上海：上海古籍出版社，1994。

天命觀念和「天人感應」的力量，天具有絕對化的道德意志，聽天命的帝王因而也有了神授的意志，所以，才有神女、聖姑或者神奇寶物的賜予，大禹之所以能夠被授之於天，進而成為具有神性品格的帝王。

綜上，讖緯通過對禹的出生、禹的相貌及符瑞受命等塑造，使得大禹形象發生了轉變，不同於西漢時期中大禹形象的「常人性」，而是走向了「超人性」，大禹自此擁有了諸多異於普通人的特徵和面貌。讖緯之後，堯舜禹等上古帝王的身世從人轉變為由天神授的半神半人，這成為大禹傳說發展中的轉折。

第二節　《帝王世紀》與神異傳說

《帝王世紀》的作者是魏晉時期的皇甫謐，皇甫謐所處時代混亂征伐不斷，在《帝王世紀》的第一段就說「董卓興亂大焚宮廟，京師蕭條，豪傑並爭……海內興荒，天子奔流，白骨盈野，」〔註22〕他不僅記錄當時朝野狀況，也是唐宋以前重要的史書之一。

一、《帝王世紀》中大禹神異傳說的集成

司馬貞《三皇本紀序》云「近代皇甫謐作《帝王世紀》、徐整作《三五歷》皆論三皇以來事，斯亦近古一證，今並採而集之，作《三皇本紀》，雖復淺近，聊補厥云」，〔註23〕由此見《帝王世紀》最基本的編纂目的就是從當時的材料中排編出最為詳細的古帝王世紀。就大禹傳說而言，《帝王世紀》以《尚書》、《夏本紀》、《漢書》、《後漢書》、《吳越春秋》等史傳材料為主，並且採納了異說，將大禹之品格及大禹的神性形象融合進已經定型的傳說之中。〔註24〕有意思的是，《帝王世紀》中對材料選取和運用編排等都十分合理，換言說，《夏本紀》中所描述的大禹仍是「情節」或者資料的堆砌，其生命史只有骨骼而無血脈，但在此，非借大禹言朝代，其著力點在大禹自身，並對某些情節做了擴展和補充，使得整個傳說更為豐滿。比如言禹之出生，《夏本紀》中以譜系代理，並未多言。《越王無餘外傳》則言其母「得薏苡而吞之……因而妊孕，

〔註22〕皇甫謐撰：帝王世紀〔M〕，北京：中華書局，1985。
〔註23〕轉引自：司馬貞補三皇本紀一卷，史記130卷。
〔註24〕這種現象不僅發生在大禹治水傳說中，陳泳超的堯舜傳說研究中，也指出了堯舜傳說在《帝王世紀》中的重構，大禹傳說同堯舜傳說具有一致性。

剖協而產高密。家於西羌,地曰石紐」,〔註25〕儘管已有神異出生,但對禹之相貌未多加觀照。在《帝王本紀》中,則除載禹之譜系,也將「虎鼻大口,兩耳參漏,首戴鈞,胸有玉斗,足文履己」〔註26〕的神異特徵融合諸文本之內。

　　不同於司馬遷對神異品質的規避,皇甫謐常偏好具有神異品性的傳說材料。比如《夏本紀》言禹娶塗山,幾筆略過,而在《帝王世紀》中,塗山即是女媧,「合婚於台桑,有白狐九尾之瑞」,白狐是古代祥瑞的象徵,《吳越春秋》將塗山氏的形象同九尾白狐形象等同,曰「乃有白狐九尾造於禹。禹曰:「白者,吾之服也。其九尾者,王之證也。塗山之歌曰:『綏綏白狐,九尾庬庬。我家嘉夷,來賓為王。成家成室,我造彼昌」,〔註27〕而且,九尾白狐在後世民間信仰和文人書寫中亦是此起彼伏,可見其對神異性的突顯。《帝王世紀》的重新集成,實際上形成了大禹傳說中的神異傳說模式。

　　讖緯之前,大禹傳說的形態是逐漸歷史化的,並日益成為公共性的話語,其神性逐漸減少,但在讖緯興盛之後,同堯舜帝王相似,在傳說中附加了神性的品質,形成了具有典型模式的神異傳說。相比於歷史化的記載,神異傳說中的諸多情節單元,特別是禹娶九尾白狐、天女聖姑授書等,富有巨大的敘事活力與張力。很大程度上,一個傳說能夠流傳,其神異性和傳奇性發揮著巨大作用。這種由於神異性品格的注入,體現出的巨大敘事活力,在後世的通俗小說中尤為明顯。

二、大禹神異傳說的敘事張力

　　讀過中國古代小說的人都知道,小說中充斥大量神靈精怪,奇異傳說,存在不同於我們所處空間的殊方異地,這些異質時空不僅為我們提供一種飯後消遣、人群中的談資,更是打開一扇不同於現在世俗環境下認知模式的窗口。創世神話往往成為文學經典的原型,例如,女媧補天神話在歷代文人騷客中吟唱,李白、李賀、黃庭堅、辛棄疾等都曾在詩詞歌賦中提及,《封神演義》、《紅樓夢》又以女媧或補天為主線,魯迅根據神話創作了小說《補天》等等。

　　在諸多歷史演義小說中,對關於大禹治水這段「古史」做了深情的演繹,特別是禹的神異出生,其鎖妖、劈山,遭遇天神聖女的協助等治水事蹟,

〔註25〕趙曄撰:吳越春秋〔M〕,北京:中華書局,1985。
〔註26〕皇甫謐撰:帝王世紀〔M〕,北京:中華書局,1985。
〔註27〕趙曄撰:吳越春秋〔M〕,北京:中華書局,1985。

及其同九尾白狐的情感關聯，都成為後續通俗文學中孜孜不倦的原始素材。「歷史演義小說，是根據歷史事實，敷衍大義，在敘事的過程中融合作者的生活體驗、思想感情和價值判斷，同時作者會對歷史事件和歷史人物進行政治的和道德評判的小說」，「它在宋代的講史話本發展而來的，其具體名稱出現在元末明初時期」。〔註28〕它們在史料基礎上，大量吸收宋元「講史」話本的材料進行再創造而形成。比如明代鄧志謨撰，萬曆三十一年萃慶堂余氏刊本的《新鍥晉代許旌陽得道擒蛟鐵樹記》、周遊的《新刻按鑒編纂開闢衍繹通俗志傳》、清代鍾惺的《按鑒演義帝王御世有夏志傳有商志傳》、民國時期鍾毓龍《上古神話演義》等，都含有對夏代及大禹治水傳說的演繹。

　　鍾惺的《有夏志傳》是古史傳說進行歷史演繹的典型著作。筆者擇錄小說中第一回的內容，以迄分析大禹傳說在讖緯說影響下，由於神性因素的介入而帶來的敘事張力：

　　　　話說禹王乃黃帝的玄孫，姓姒氏，鯀之子。母名志，號修己，有莘氏女。修己未生禹時，見有流星貫昴，夢接而意感有孕，又吞神珠薏苡。至歲二月，堯帝戊戌五十八載六月六日，修己胸折，而生禹於僰道之石紐鄉，即四川龍安府石泉縣石紐村禹穴是也。禹生得身長九尺二寸。堯時洪水滔天，鯀治水無功，被舜所殛。禹降在匹庶，舜舉禹，使續父業。禹傷父鯀功不成受誅，乃勞神焦思，欲蓋父愆。當時，他庸帝命去治水，禹始取塗山之女，名憍。生子啟，甫四日。禹往治水，別塗山氏而去。啟呱呱而泣，禹弗視而遂行。

　　　　舜又使伯益掌火，領朱虎、熊羆皆禹行水。禹又用方道彰、宋無忌二人，為風、火二將。道彰能呼風百里，無忌能口吐烈焰。又用馮遲、馮修、江婔、江妃為水將。二馮多力善決，二江多巧善泅。又用禺強、庚辰二人為左右將。二人俱力萬鈞，能鞭山鑿石，驅凶捉怪。又用章亥、豎亥為步將，日行千餘里。這恰是天地合該成平，大禹合該有天下，故天降這多神人助他。因此禹行水時，不怕山靈水怪，深淵可以見底。鑿洞可以開門；鬼幻可以使他呈形，神異可以識他性情；行盡幾多奧渺山川，識盡幾多幽玄精物；至德愈明，聖身無癘所以叫神禹。初始洪水，先觀於河，見白面長人魚身出，曰：「吾河精也。」授禹河圖而還入於淵。

〔註28〕金開誠：歷史演義小說〔M〕，吉林：吉林文史出版社，2009。

且說神禹每行一地，先自己登高，相視地脈，見有山林蒙翳、陰氣晦昧、土脈難明、水勢難通處，又見有川澤草莽、多藏怪物、人民難到處。這原都是乾地，被大水浸沒久了，如此蕪雜，因此人無行道，水愈不行。俱命伯益領風、火二將，方道彰、宋無忌放起一把無情火焚之。神鬼精怪、毒蛇猛獸奔竄而去。為禍者，命左右將擒之；不為禍者，驅逐他去便休。凡異禽奇獸，命伯益記其聲名，異實取供用。山川之神，用物祭祀之。水淺處，命二馮決去其壅滯；深處，命二江直窮到底；山石為梗處，命左右將攻去之；遠近程途，使章亥步記之。話說神禹治水，書所記始於壺口之山，其治龍門也。鑿呂梁之石為砥柱，為三個門，以通水。南曰鬼門，中曰神門，北曰人門，是為禹門。〔註29〕

儘管小說第一回就以大禹的身份譜系為始，但是讖緯影響下的感生說（流星貫昴，夢接而意感有孕）、異貌說（禹生得身長九尺二寸）、受命說（得河圖）等都一一體現。而且，在治水過程中，其面對的都是殊方異域，全然不同於人間的秩序，「川澤草莽，多藏怪物」，從藝術修辭來講，對「禹—怪」之間的對立及鬥爭，進行了充分的創作。縱覽中國文化史，因神異性而產生巨大敘事張力的現象不勝枚舉，特別是宗教、信仰和文學之間的關係，小說中的人物、故事情節等都會與宗教的神靈、經籍、儀式行為契合相關，如西王母本身是民間信仰和神話傳說中的人物，經文人加工而轉化成小說，小說又反之推動強化了神靈信仰。也有些原是作為歷史人物，在轉化為傳說後變成神靈來崇拜，進而在小說中被重複描寫和重新創作，如東方朔、老子。歷史人物、神靈形象並非一成不變，他們在民眾口頭、文人筆下總是在當時文化傳統與民眾心理糅雜下發生潛移默化。

神魔小說也是書寫大禹治水傳說的載體。如《西遊記》中孫悟空的原型，它是由開天闢地的仙石孕育而成，其原型與大禹具有相似性。從出生來說，孫悟空破石而出，與塗山氏化石，啟破石而出相同。從外貌老說，孫悟空的形象同大禹所制服的淮河水怪無支祁雷同，孫悟空與無支祁除皆具猿猴之狀外共同之處甚多。無支祁傳說最早記錄於唐代李公佐傳奇《古嶽瀆經》中，說無支祁「善應對言語，辨江淮之淺深，原隰遠近，形若猿猴，縮鼻高額，

<hr>

〔註29〕鍾惺編輯：有夏志傳〔M〕，上海：上海古籍出版社，1994。

青軀白首，金目雪牙」。〔註30〕它神通廣大，能夠「頸伸百尺，力逾九象，搏擊騰踔疾奔，輕利倐忽，聞視不可失」，〔註31〕孫悟空身上也帶著「水怪」的殘跡，例如住在水簾洞，能捍避水訣，大鬧水晶宮等等。從這個例子中更可以看出傳說原型的文學意義。同時，對於大禹傳說中某個具體的情節單元，在諸多通俗小說中，也常有專門的藝術性轉化。如《禹會塗山記》，或稱《祈禹傳》，「點竄古書，頗見賅博，惟大戰防風氏一段，未脫俗套。聞此書係某名士與座客賭勝，窮一日夜之力所成，不知是否原本否？」〔註32〕可見其流傳在文人墨客中的廣度。明代小說家沈嘉然所寫的一百二十回《大禹治水》一書，是以大禹傳說為核心而進行的創造，可惜的是，卻於一次偶然中遭遇船險，人書俱隕落。〔註33〕總之，經過讖緯後，大禹具有了神異性的品格，成為具有異貌特徵、感天時而生同時具有符瑞和天授之命的帝王之一。大禹神異傳說展示了強勁的敘事張力，特別是其神性中對妖魔鬼怪的壓制、接受女神授書等奇幻色彩的母題，成為後世通俗作品中的經典素材，也成為諸多

〔註30〕魯迅輯錄：唐宋傳奇集全譯修訂版〔M〕，貴陽：貴州人民出版社，2009。
〔註31〕魯迅輯錄：唐宋傳奇集全譯修訂版〔M〕，貴陽：貴州人民出版社，2009。
〔註32〕蔣瑞藻《小說考證》之《簪雲樓雜說》中言「歸安茅鏞，鹿門先生第三子也，字右鷟，佚才曠世。偶同諸友諧謔，枚舉平生可以志其遇者。鏞啞然失笑曰『頃復所聞，遇則遇矣，未足云奇也。世有一人而百遇，盡屬妙麗，斯為奇耳。』諸友曰：『昔人陳跡，弟輩無所不窺，洵若子言，願一披讀。』鏞曰：『此種異書，欲窺殊未易也，兄當以春虹沃我爾。』眾曰：『唯唯，不可食言。』然鏞實無此書，暮歸，即鳩工匠及內外謄寫者百餘人。廣廈列炬如晝，鏞危坐其中。或以口語，或以手授，隨筆隨刊，蘇學士手腕欲脫，亦不顧也。天欲曙，而百回已竣，序目評閱具備。因戒閽人曰：『昨諸人來，第言宿醒未解，俟裝訂既就，乃報我。』遂入內濃睡，閽人如鏞指，而諸友悉肩書閣，午後始悟。鏞投以書五帙，題曰《祈禹傳》，結構精妙，不可名狀而千載韻事，一人遍焉。諸友曰：『才人妙手，如萬斛明珠，從空散落，可謂風流之董狐矣』」。選自蔣瑞藻編：小說考證〔M〕，北京：商務印書館，1935。
〔註33〕按《禹貢》所歷，而用《山海經》敷衍之，參之以《真仙通鑒》、《古嶽瀆經》諸書，敘禹鑿疏遍九州，至一處有一處之小妖水怪為梗，上帝命雲華夫人授禹金書玉簡，號召百神平治之，如庚辰、童律、巨靈、狂章、虞余、太翳，皆神將而為所使者也。至急難不可解之處，則夫人親降，或別求法力最巨者救護之。邪物誅夷鎮壓，不可勝數，如刑天、帝江、無支祁之類是也。功成之日，其佐治及歸命者，皆封為某山某水之神。卷分六十，目則一百二十回，曹公（寅）欲為梓行，滕友以事涉神怪，力辭焉。後自揚反越，覆舟於吳江，此書竟沉於水。滕友亦感染寒疾，歸而卒。觀點源自：江蘇省社會科學院明清小說研究中心編：中國通俗小說總目提要〔M〕，北京：中國文聯出版公司，1990。

神魔小說或者市情小說的創作原型。

第三節　大禹傳說與宗教的互染

　　傳說中的人物往往成為不同宗教信仰體系中的神祇，傳說人物變為信仰神祇的過程，實質上是宗教信仰對傳說的多方面渲染和利用的結果。一方面，傳說在流傳過程中，面向不同的宗教信仰，傳說人物、傳說事蹟會圍繞宗教的核心生發出不同的面貌，即傳說形態內容的主動改變。另一方面，宗教會借助傳說助力信仰的傳播，即借傳說以興宗教，是傳說形態的被動改變。傳說與信仰之間的關係，並非靜態的我中有你，你中有無，而是出於多元動態的互動之中，權力、宗教、傳說在特定場域內部是一體的。傳說在與信仰的互染中，的確生發出不同於常態的傳說面貌及內涵。

一、借禹興道：道教對大禹的借用與改造

　　東漢之後，隨著佛教和道教的傳入與興起，通過一系列的加工、附會，傳說中大禹的人格、神格都有了轉變，特別是到了魏晉之後，大禹成為道教譜系下的神祇，並逐漸降格為地方信仰體系中的神靈。

　　道教是中國的本土宗教，在中國文化紋理和脈絡中佔據重要的位置。正如許地山指出，「道教思想可以看為中國民族的偉大產物……是中國國民思想的中心」。〔註34〕同時，道教地位也經歷一個不斷變化的過程，「道教從一個非主流的，一個本來可能與皇權發生激烈衝突的，試圖政教合一的宗教，變成皇權認可的主流意識形態和倫理觀念的一個部分」。〔註35〕道教的重要地位，在傳說中也有所顯現，依託道教群體，大禹被拉入了道教信仰的神祇體系之中，故常在道教經典中看到大禹形象。

　　首先，在文獻記載中，禹被視為仁君，但在道教經典中所建構的神仙譜系中，大禹成為其中的一廠。梁代陶弘景編纂的《洞寶玄靈真靈位業圖》是第一部系統的道教神仙譜系經典，將此前道書中的七百多位神仙先聖納入玉清、上清、太極、九宮、洞天、酆都七個等級體系之中，大禹成為第三階太極境中的神靈，太極境以「太極金廠帝君姓李」為中位主神，左右為八十四

〔註34〕許地山：道教的歷史〔M〕，北京：北京工業大學出版社，2007。
〔註35〕葛兆光、屈服史及其他：六朝隋唐道教的思想史研究〔M〕，上海：三聯出版社，2003。

維上清太極金厥諸神，黃帝、顓頊、堯、舜、禹等帝王位於太極左真人中央黃老君之下，將夏禹納入道教神靈譜系的一部分。北宋道教類書《雲笈七籤》中載：「洎乎玄粹，秘於九天，正化敷於代聖，天上則天尊演化於三清眾天，大弘真乘，開導仙階；人間則伏羲受圖，軒轅受符，高辛受天經，夏禹受洛書。四聖稟其神靈，五老現於河渚」〔註36〕，將夏禹作為四聖之一，而在《歷代神仙通鑒》中，夏禹為元始天尊吐氣生成，其文載「復飛身到太虛極處，取始陽九氣，在九土洞陽，取清虛七氣，⋯⋯在上元正月十五日，從口中吐出嬰孩，相好光明。又在中元七月十五日，下元十月十五日復吐出二子⋯⋯」〔註37〕此三子便是堯舜禹三帝。這一說法在道教中不占主流地位，但在民間中，仍有不少堯舜禹為天地水三官的傳說存在，比如河南唐莊三官廟村，有三官廟，廟內供奉著三官神像，其堯為天官、舜為地官，而大禹為水官。〔註38〕

此外，道教與讖緯之學有共通之處，造作讖緯的術士與早期的道教人士是同一批人，讖緯思想涉及的天人感應、災異符命、天文曆法、典章制度等，都在道教經典有所變現。〔註39〕如河圖洛書，北宋以前的河圖洛書，是符瑞的象徵性表達，宋代以後，出現了揭示道教修煉原理的「黑白點到河圖洛書」，宋代高道陳搏《易龍圖》中有「龍馬從河中出，身負黑白點」的記載。〔註40〕前面章節也提到符瑞影響下的大禹傳說中，河圖洛書的出現使得大禹傳說附加了神異性的特點。窺看道教經典，因河圖洛書，大禹同道教信仰出現了合流。如《龍圖龜書論》中言：「《河圖》有九篇，《洛書》有六篇。《書·正義》曰：洛書九類，各有文字，即是書也。而云：天乃錫禹。如此天與禹者，即是洛書也。⋯⋯《中候》及諸《緯》多說黃帝、堯、舜、禹、湯、文、武受圖書之事，皆云龍負圖，龜負書。非是神龜負書出於大禹

〔註36〕張君房纂輯，蔣力生等校注：雲笈七籤〔C〕//卷三道教本始部，華夏出版社，1996。

〔註37〕轉引自文可仁主編：中國民間傳統文化〔M〕，延邊：延邊人民出版社，2000。

〔註38〕此處轉引自內部刊稿：大禹文化，河南地區的三官廟有別於其他地區，是水官大禹坐在中間，天官屈居下位。相傳建廟時，天官讓地官下凡看是否竣工，地官又推水官，水官來到人間，一看廟建成了，當仁不讓坐在了正位，地官見水官久不回來，趕緊前來，坐在了右方，最後來到的天官只好屈居下位。民謠傳「大懶推小懶，一推白瞪眼，水官坐正位，天官氣紅眼」。

〔註39〕酈向雄：論讖緯與道教的同源關係〔J〕，前沿，2014（6）。

〔註40〕章偉文：河圖洛書的道教文化內涵〔J〕，中國宗教，2007（11）。

之時也。何以明其然？」〔註41〕此處將正史中的大禹治水傳說與讖緯之下的大禹治水傳說共同納入道教的講述中，以迄借助大禹傳說宣傳道教，增加道教經典的真實性和權威性。

在道教經書中，常援引大禹治水傳說的具體情節單元。如在宋李宗譯編的《龍瑞觀禹穴陽明洞天圖經》〔註42〕中，主要講述現在的龍瑞觀，即大禹探靈寶五符治水之所，將禹被所授之書轉化為探得靈寶五符。因而以吳越地域描述為主的《越絕書》和《吳越春秋》中，皆有禹得金簡玉字之書的傳說，相比於《越絕書》，《吳越春秋》中的記載，道教經書中的載錄具有更豐滿的情節〔註43〕，其言禹將所得之書藏於洞穴，或是玉簡藏於大禹治水藏書的陽明洞，這與《元始經》和《靈寶經》中的記載基本相同。陽明洞就是從禹穴中轉變而來的，實際上凸顯的是道教中「洞天福地」的獨特意蘊。從這些論述中可以看出，道教經書中充分利用了廣為流傳的夏禹治水傳說，再如「瑤姬授書」，在杜華庭的《墉城集仙錄中》，瑤姬是西王母的譜系中的一員，其為西王母第二十三個女兒，而在大禹治水傳說和道教經典碰撞中，出現了瑤姬授書於大禹〔註44〕的情節。

道教借助大禹等古帝王世系，對自身譜系進行了充實和改進，進而促使了大禹治水傳說與道教的融合。傳說中的道教因子，這在諸多民間傳說中常見，

〔註41〕 《龍圖龜書論》，見《正統道藏‧洞真部》之《易數鈎深圖》。

〔註42〕 「……黃帝《玄女兵法》曰：禹問風後曰：吾聞黃帝有負勝之圖，六甲陰陽之道，今在乎？風後曰：黃帝藏於會稽之山，其坎深千尺，鎮以磐石。又《遁甲開山圖》曰：禹治水至會稽，宿於衡嶺，宛委之神奏玉匱之書十二卷以授禹，禹未及持之，四卷飛入泉，四卷飛上天，禹得四卷，開而視之，乃《遁甲開山圖》，因以治水，訖乃緘書於洞穴……。」

〔註43〕 「禹乃東巡，登衡嶽，血白馬以祭，不幸所求。禹乃登山仰天而嘯，因夢見赤繡衣男子，自稱玄夷蒼水使者，聞帝使文命於斯，故來候之。「非厥歲月，將告以期，無為戲吟。」故倚歌覆釜之山，東顧謂禹曰：「欲得我山神書者，齋於黃帝岩嶽之下三月，庚子登山發石，金簡之書存矣。禹退又齋三月，庚子登宛委山，發金簡之書。案金簡玉字，得通水之理。」

〔註44〕 「夏禹治水，隨山濬川，老君遣雲華夫人往陰相之。時禹駐巫山之下，大風卒至，崖谷振隕，力不可制。忽遇雲華夫人，禹拜而求助。夫人即敕侍女授禹策召鬼神之書，因命其神狂章、虞余、黃麾、大翳、庚辰、童律、巨靈神等，助其斬石疏波，次塞導呃。……太上愍汝之至，將授汝以靈寶真文，……吾所授寶書，亦可以出入水火，嘯叱幽冥，收策虎豹，呼召六丁，隱淪八地，顛倒五星，久視存身，與天地相傾也。因命侍女陵容華出丹玉之炭，開上清寶文，以授禹。仍命狂章、巨靈等神，助禹誅為民害，人力所不能制者。戮防風氏於會稽，鎮淮渦之神無支祇於龜山，皆其力也。」

如河南地區流傳的《下雨往借屍轉世》《借屍還魂》等都是道教信仰體系與傳說的互相融合。湖北受道教影響大，其大禹傳說中往往有道教的因子，如巫山峽地區，就有玉皇委命和瑤姬相助的傳說：前者如「雨神下棋久了，把人間的降雨量忘記了，玉皇派大禹神君治水，治水成功後，玉皇封其神職，掌管風雨，民間祭拜大禹為天地日月君親師」，後者如宜昌地區的黃牛岩傳說，說古時候有一條龍違反了龍宮的規矩被罰下人間，到了大地上依舊死心不改，玉皇大帝就派大禹用金斧子懲罰它，巨龍不服氣，導致洪水泛濫成災。瑤姬暗中相助，傳授大禹神書，得以成功，可見大禹傳說與信仰互染之間所生發的巨大活力。

二、佛教的格義與鯀的升降

佛教如同一枚丟在中國文化河流中的石子，在文化流中激起漣漪後，推衍出圈圈波紋，落石入水之處，最明顯不過的是眾所周知的事蹟及神話傳說所發生的反應，這些反應並非靜止無聲，而是動盪搖擺，充滿著輻射性。

在長時段的傳播中，佛教傳播者為與具體時空下的中國文化相適應，採取了融入中國的策略。佛教傳入的中國之際，中國已有很長時間的秩序觀念、權威譜系與血緣認同的差序格局等。佛教所宣揚的苦苦、輪迴、解脫等生活和救贖方式對於當時的中國民眾來講異常新鮮。對此，在傳播佛教之人、佛教徒、中國民眾接受之間形成了一種相互間的牽扯博弈，這也早就了「印度佛教的中國化」。漢譯佛經是佛教在中國的傳播的重要載體和媒介，需要融合於中國民眾所理解的話語體系和具體的文化語境，於是有了「格義」一說。比如在魏晉時代，從傳播的廣度和深度看，儘管佛教正在春風化雨般彌漫在中國，逐漸成為中國上層知識階層的主流，但在解釋和理解佛教教義時，又借助了當時流行的玄學語境，把佛教的空翻譯為玄學的「無」，追求內心的寧靜，這都加快了佛教在中國的接受廣度。

在諸多佛教經典中，不同於將大禹列入道教的神仙體系之內，仍然是作為帝王體系而存在的，基本保持了大禹在中國文化譜系和歷史譜系中的本有位置，延續了大禹作為帝王的形象。如元‧覺岸著的《釋氏稽古略》，作為編年體的佛教史，第一部分就收錄了釋迦文佛宗派祖師接受圖略及國朝圖，同時也記載了三皇五帝以來的帝王譜系，兩者並行不悖，並沒有如道教神靈體系一般融於一體。佛教常引「大禹戒酒」的傳說情節作為佛教律令，戒酒本是

佛教中的「五戒」之一，清代《沙彌律儀要略述義》中就有禹妃弟儀狄善造酒，而被禹杜絕的記載。〔註45〕儼然，在律令中，大禹承當了佛教禁忌的標榜，彰顯了佛教所推崇的道德與中國文化中所推崇道德的一致性。

再將眼光轉向洪水神話，在洪水神話中，有一類特別值得關注的現象，即善惡報應的因果觀。洪水發生之際，能夠被獲救遺民往往是因為洪水之前的善行導致洪水中的而獲救。如陳建憲所指出的，在遺民獲救母題中，有內在的價值觀，即「被救者的善行導致了他的選擇，或者借用佛教因果報應觀念，稱其為善有善報，」「正是因為這些價值才使得故事變得有意義，才使一個族群在自己的歷史中對該故事不離不棄」，〔註46〕在這些洪水神話中表現出來佛教所推崇的善惡報應、禍福相依的因果觀，在魏晉之前的大禹治水傳說中不多見，哪怕是在第三章中探討鯀殛禹興時，引文獻《國語》中的記載，說鯀禹治水傳說中有了善惡之觀，該段文字僅體現出來因過失而致罪的觀點，只是一種以人倫秩序重新闡釋神話秩序，而沒有做善惡因果觀上的聯繫。但在魏晉之後，傳說出現了一個轉變，鯀成為四凶之一。在東漢末年荀悅《申鑒‧雜言下》中，載「性善則無四凶；性惡則無三仁人」，將性之善惡與四凶關聯，這一點可能與佛教的傳入有關。魏晉《水經注‧淮水》中曰：「堯疇諮四嶽得舜，進十六族，殛鯀於羽山，是為檮杌，與驩兜、三苗、共工同其罪，故世謂之四凶」，〔註47〕鯀因性之惡而入四凶之列，在宋代時，已經編入水怪之列了。〔註48〕

大禹傳說與格義化的佛教是相契合的。一方面，大禹承當了佛教律令中的正統形象，是佛教聖僧所標榜的表率。另一方面，因佛教善惡因果之觀的介入，也引起了大禹傳說中其他傳說角色的沉浮升降，比如鯀，從有罪之人轉向了水怪之列，而作為「修鯀之功」的大禹，在對比下卻益發地出彩。

三、三教合流下的大禹治水傳說

宗教對傳說的干涉性是顯而易見的，或多或少，在具體傳說中，傳說中

〔註45〕「禹妃弟，善造酒。禹，飲而甘之。曰：『後世必有以酒亡其國者』，遂疎儀狄，而絕旨酒。昔漢邴原，絕酒不飲，人或問之。原曰：『本自能飲，但以荒思廢業，故斷之耳』」。

〔註46〕陳建憲：論中國洪水故事圈〔D〕，華中師範大學博士論文，2009。

〔註47〕酈道元：水經注〔M〕，長沙：嶽麓書社，1995。

〔註48〕李昉等編：太平廣記〔M〕，北京：中華書局，1961。

的宗教因子總是殘留一二，特別是具有百科性質的類書、叢書較為明顯。如宋代的《太平御覽》，其以天、地、人、事為序，包羅萬象，自然包含了諸多大禹傳說的記載。在《太平御覽・皇王部七》之夏帝禹中，將歷代文獻關於大禹的記載都納入了《夏帝禹》條目之下，這些文獻主要有：《易傳》、《春秋左氏傳》、《春秋元命苞》、《孝經鈎命訣》、《蜀王本紀》、《紀年》、《論語》、《越絕書》、《吳越春秋》、《十州記》、《鶡子》、《莊子》、《孟子》、《尸子》、《墨子》、《韓子》、《呂氏春秋》、《賈誼書》、《淮南子》、《說苑》、《黃帝玄女兵法》、《抱朴子》、《史記》等，這些書籍涵蓋了中國文化體系中的多面，從而說明，最遲在北宋時期，已經對大禹傳說的各個層面進行了闡釋和接受，大禹治水傳說呈現了儒釋道三教合流的性質。

　　《太平御覽》對大禹傳說的材料輯錄，帶有選擇性。如其選緯書之中的情節，突顯大禹出生與受命的神異性，意味大禹包含異於常人的品質。但是，相比於緯書中的比如對異貌的誇大，在《太平御覽》中，只擇取了其神異出生與天神授書的情節，並附加了儒家如《論語》、《孟子》中的描繪，突出的是其行事治水中的「禹之道」，以此顯現大禹神性與人性兼具的品格。道家如《莊子》及被納入道教儀禮中的禹步，也被《太平御覽》輯錄，揭示大禹神性的擴展，聯繫上面對鯀之沉浮的釋家闡釋，整體呈現了大禹治水的儒釋道三家合流。

　　《太平御覽》的輯錄行為是帶有主觀性的，有學者曾對皇王部的編纂進行闡釋：「《太平御覽》皇王部的編纂……無論是在材料的選擇輯錄中所體現的嚴謹，還是編目與編次所反映的正統觀念都與北宋初期類書編纂的轉型有密切關係，同時體現了這時期的帝王觀的內涵」，〔註49〕展現了北宋時期對神權和皇權的思考，是對中國帝王性情、能力及中國政治制度的一種總結。

　　在中國傳統文化譜系中，神祇體系和帝王體系兩者往往融合在一起，他們自身都附著了神聖的意志和光環，就是說中國的帝王具有同宗教神祇同等的神聖性。如在山東武梁祠出土的漢代畫像石（見圖4.3.1），伏羲和女媧、祝融、神農、黃帝、顓頊、帝嚳、堯、舜、禹、桀等是處於同一空間場域內，行駛著同樣的神聖功能。

〔註49〕申慧青：論唐宋官修類書中帝王觀的發展變化〔J〕，學術研究，2011（06）。

圖 4.3.1 山東武梁祠畫像石

在權力中心，帝王也運用這種神祇、宗教等進行文化上控制，特別是外來民族，他不斷尋找合法性的手段來進行文化的整合，比如山西碑刻《龍門建極宮記》：

> 臣聞諸先儒，法始乎伏羲，而傳乎於堯，堯是以傳之舜，舜是
> 以傳之禹。三聖相承，而守一道。西漢賈捐之乃謂堯舜聖之盛，禹
> 入聖域而不後，蓋以為堯舜傳之賢，禹傳之子與？抑堯舜之德，禹
> 以功歟？傳子傳賢，出乎天與，孟軻氏說之詳矣。堯有聖德，舜有
> 明德，而禹稱絕德。堯成盛勳，舜有大功，而禹則萬世用賴，而復
> 克勤克儉，不伐不矜，聞善則拜，見有辜則泣。故柳宗元《塗山銘》
> 曰：德配於二聖，而唐虞讓功焉；功冠於三代，而商周讓德焉。由
> 是觀之，則大禹之功德，於堯舜何問焉？祀典曰：能御大菑者祀之，
> 能捍大患者祀之。禹平水土也，挈天下墊溺之民，而實諸安平之地，
> 又溪翅御菑捍患而已哉？歷代綿遠，祀禮沒疏，積習成風，漫步加
> 省……今道者姜公，其人也，公名善信，河東趙城人。年有十九，
> 挺身道流。師蓮峰靳貞常，結居王刁澗籍有道價，屬陝右兵亂，士
> 大夫避地者，往往衣之。一日，語及禹門神祀，因兵而毀，惜無為
> 經書者。時公侍側，乃潛有與復之志。師亡，公抵其所，陋其舊制，

而將益之。鳩眾議工，其鴻基鉅址，當疊以大石，而無隙可攻……
助役者多自負所食，不遠千里，欣欣躍躍，如神使然……陛辭敕賜
宮曰「建極」。殿曰「明德」，閣曰臨思，仍命大司農姚極大書其額，
以示歸戎，別遣右相張啟元詔公鶚為文記。臣聞命悚然曰：三代而
下，世教不明，中材庸士，不為淫祠、曲祠所惑者幾希。道家者流，
作大緣事，以事所事，分內事耳。若夫追崇往聖，不憚勤苦，曠日
持久，為眾人之所不能者。吾皇眷知，為賜嘉名，誠盛世也……為
之銘曰「維禹之功，庇民無窮。維禹之德，庇天無極。世衰道喪，
事及淫祠，明德之遠，誰其思之。粵有斯人，是功作新。爰居爰處，
吾誠感神……神功永賴，國壽其昌。」〔註50〕

　　碑記中，涉及了帝王、儒家、道士、民眾等多方力量，大禹作為溝通道
教、儒家、帝王的中介，成功將三者之間的關係糅合為一體，因此，才有姜道
信將禹廟改為建極功，也才有建極功的「敕賜」之說，龍門建極宮記碑文恰
好體現出神、歷史交織下，通過敕賜，完成對規範與正統的強調。實質上，中
國作為多民族的國家，擁有統一的共同體對於統合民族一體具有巨大意義，
因而常借助漢民族和中原地區共同認同的符號來達到互相融合以及權威控制
的目的，元代作為以外來民族為主的朝代，帝王推崇儒家思想以迄保持意識
形態上的一致性，借助道教勢力，將大禹所標榜的德共同納入到了統一文化
時空下。大禹及其傳說成為達成統一認同的符號之一，特別是在祭祀中，大
禹往往成為帝王祭祀的對象之一。如《元史‧祭祀志‧古帝王廟》中就有「堯
帝廟在平陽。舜帝廟，河東、山東濟南歷山、濮州、湖南道州皆有之。禹廟在
河中龍門。至元元年七月，龍門禹廟成，命侍臣持香致敬，有祝文」〔註51〕
的記載。

小結　何以成聖：人‧神‧歷史的共謀

　　經過讖緯後，大禹具有了神異性的品格，成為具有異貌特徵、感天時而
生同時具有符瑞和天授之命的帝王之一。具有神異性的大禹及相關事蹟，

〔註50〕韓城市農業經濟委員會水利志編纂領導小組編：韓城水利志〔M〕，西安：三
　　　　秦出版社，1991。
〔註51〕元史：祭祀志〔M〕//元史：上冊，長沙：嶽麓書社，1998。

展示了強勁的敘事張力，特別是其神性中對妖魔鬼怪的壓制、接受女神授書等奇幻色彩的母題，成為後世通俗作品中的經典素材，也成為諸多神魔小說或者市情小說的創作原型。

大禹神異傳說形成後，與道教信仰和佛教信仰體系出現了一種互構的狀態，當然，我們沒有確切的證據去說明，大禹治水傳說與信仰互動時兩者的前後順序，但是從上文的探討中，我們可以看到一種趨勢或者傾向，道教借助大禹等上古帝王，將自身的神靈譜系系統化和權威化，可以說借禹興道。同時，也使得大禹治水傳說中浸染了道教文化的因子，擴充了傳說對神聖世界的干涉意義。而在佛教中，佛教所推崇的道德禁律同大禹自身所具有的道德觀是一致的，大禹治水傳說很隱形地受到了佛教善惡觀因果觀的影響，這一影響的結果是作為「惡」之象徵的鯀地位的沉降，鯀之沉降突顯了作為大禹之「善」，反過來增強了大禹的正面符號性。經過幾番傳說同宗教的糅合，大禹傳說內部呈現了儒釋道三教合流的色彩，共同構建了大禹神異傳說的內部空間支架。

從整個過程來看，大禹神異傳說的形成是在諸多力量之下，人、神、歷史共同合謀的結果。在中國傳統文化中，有一個有趣的現象，即古代帝王、宗教神祇是融為一體的，帝王具有神性、神祇具有權威性，神仙體系也對應了官僚權威體系，使得權威體系所推崇的道德具有了神聖性，從而正統、神異成為政治意識形態及大一統的標識。

第五章　文化控制：大禹治水傳說的象徵意義

　　蘇秉琦、徐旭生都曾對傳說時代的古史轉型做過討論，認為上古民族、部落之間的流動、交匯是通過大小不一的戰爭實現的，如炎帝、黃帝和蚩尤之間的逐鹿中原之戰，而這一系列戰爭的後果是中原大王朝聯盟的建立。在這一過程中，歷史的書寫者和記錄者，就將傳說中的古帝王以及其他一些部族的重要人物，按照血緣關係編排譜系，最後溯源於黃帝，從而構成了黃帝以來世代相承的血緣宗法系統。在這種不斷變遷的社會話語體系中，大禹治水傳說不斷成長、壯大起來，並將文化中的物質、精神層面統合在傳說之中。本節將視野回歸到大禹傳說的情節單元內部，以迄闡明大禹治水傳說在整個文化中所負載的功能與意義。

第一節　大禹治水傳說與農耕文明

　　中國是傳統的以農耕為主的國家，尤其是中原地區或者漢民族的聚居地域，主要是以傳統農耕為主，如錢穆所言，中國文化起源與農耕文明，是在一種統一的大環境下，與季風氣候相匹配的古代農業經濟，文化相對和平與保守，因此也具有持續而強韌的連續性。對於農耕文明來說，天、地、人之間的關係，成為農耕文明中的主體，所謂天時、地利、人和，在農耕生活中，人們無時無刻不在祈求天地人的和諧，能夠風調雨順，從而保證國泰民安。大禹治水傳說從上古三代逐漸發展而來，自然擔負和反映了農耕文化裏種種跡象。

一、大禹治水傳說中的天文與曆法

農耕文化史依賴節氣運轉的，節氣對於農耕文明極為重要，這一點從中國龐大的歲時文獻中就可以看出，《夏小正》、《四民月令》、《淮南子·時務訓》及其歲時記等，都透露著人們對節令的重視，依照節令，人們順應天時，循時而動。

大禹治水傳說中蘊含著早期人們對節令的觀察，只不過隨著話語的重構，大禹傳說的曆法形態被歷史和權力話語遮蔽了。在《小戴禮記》有言：「司空執度度地，居民山川沮澤，時四時。量地遠近，興事任力。凡使民；任老者之事，食狀者之實」，〔註1〕緯書《括地象》亦言：「禹長於地理水泉九州，得括象圖，故堯以為司空」，〔註2〕這兩處都論及了大禹為司空。司空所掌管之事，從這兩處記載中看，司空以括象圖來執量土地。所謂括象圖即是為河圖，在緯書所記載的大禹傳說，常有奉河圖於大禹的情節單元存在。對於河圖、洛書的傳說，可能在戰國秦漢間已經廣為流傳了，《論語》載「鳳鳥不至，河圖不出」，此時，河圖還沒有和大禹具有相關性，直到《尸子》中，才有「禹理鴻水，觀於河，見白面長人魚身。出曰：吾河精也。授禹河圖而還於淵中」，〔註3〕才將大禹和河圖正式聯繫起來。

對於河圖為何，漢代以後儒家爭執不斷，並沒有一致的結論。儘管河圖是神龍銜出於河，被稱為龍圖，洛書因為神龜負出於河被稱為龜書，但這都是經過千年演變的結果。天文學家馮時指出河圖或者龍圖，實際就是太極圖，太極圖即為天地自然之圖，天地之間含太極，太極中有陰陽，它的形成可能與陶寺文化中夏社的勾龍形象有關，對於龍形象的正體，馮時進一步說，「龍的形象源於東方七宿的形象……蒼龍七宿中有六宿的宿命分別得自龍體，而位居龍心的心宿三星則是蒼龍星宿的最重要的授時主星……。這些都從出土的巨龍形象得以體現，這使人不可置疑的將此類圖賦予星象的意義，而具有這一意義的圖像，成為太極圖的淵源。」〔註4〕太極圖實際是蒼龍星象圖，蒼龍七宿是古代農耕時期觀象授時的主要星宿，「龍星於黃昏橫鎮南中天的時候則恰是春分前後，正是黃河流域農業播種的理想時節，因此古人將昏中的

〔註1〕李慧玲、呂友仁譯：禮記〔M〕，河南：中州古籍出版社，2010。
〔註2〕出自安居香山，中村璋八輯，緯書集成〔M〕，上海：上海古籍出版社，1994。
〔註3〕孫星衍輯：尸子〔M〕，北京：中華書局，1991。
〔註4〕馮時：中國天文學史〔M〕，北京：中國社會科學出版社，2001。

龍星視為指導生產實踐的標準形象」〔註5〕對古代社會來說，特別是農耕民族來說，掌控了天文實際是掌控了傳統社會中的秩序。大禹被授予河圖，從本質上來講，彰顯的是大禹對農業生產實踐的掌控。在民間，禹以河圖授民以時的觀念仍有存續，在山東濰坊寒亭區禹王臺村的禹王廟中有春夏秋冬四官，禹王居廟宇的中間，整個廟宇的神聖空間以空間的形式展演了大禹傳說中的天文及曆法意義。

在第二章筆者論述過張光直所言的中國古代社會中的「薩滿式」文明，比如絕地天通神話中，除卻宗教意味，更大程度行是一種天文曆法的記錄。如《大荒西經》云：「大荒之中，有山名曰日月山，天樞也。吳姖天門，日月所入。有神，人面無臂，兩足反屬於頭上，名曰噓。顓頊生老童，老童生重及黎，帝令重獻上天，令黎邛下地，下地是生噎，處於西極，以行日月星辰之行次」，〔註6〕此段言重獻上天，黎邛下地，日月星辰行次的描述，可見其天文曆法性。在史記中，將其亦放在《曆法》之中講述，「少皞氏之衰也，九黎亂德，民神雜擾，不可放物，禍災薦至，莫盡其氣。顓頊受之，乃命南正重司天以屬神，命火正黎司地以屬民，使復舊常，無相侵瀆」，〔註7〕說的是禍亂之時，天地之氣雜亂，失序無道，需要重新整頓，由此可見，在中國古代文明中，天文從來不是單獨的知識體系，而是盤旋在政治文明的上空，中國天文學中涵蓋了政治特質，國家往往借助占星術等王朝的天文曆法，通過對特殊天象的解讀，來展現權威、天命、戰爭等問題，在大禹治水傳說中，最明顯的莫過於神異傳說中，大禹的感生面貌和天命觀，他總是和星辰如「玉衡」、「璇璣」聯繫在了一起。

二、大禹傳說與「禹鎖蛟龍」

水、土地是農耕文明得以生成的最基本條件。農耕文明需要適量的水土資源來供給農耕生成。但是對於聽天行事的古代民眾來說，旱澇災害是不可控制的，因而，掌握對神秘泛濫或者乾旱的控制，也就掌握了人們生存的根本。就像埃及人認為尼羅河是生命的泉源，法老王讓民眾相信他掌握著神秘的泛濫，從而得以形成對民眾的控制。

〔註5〕馮時：中國天文學史〔M〕，北京：中國社會科學出版社，2001。
〔註6〕方韜譯注：山海經〔M〕，北京：中華書局，2001。
〔註7〕司馬遷撰：史記〔M〕，北京：中華書局，2011。

在中原地區，人們常將洪水稱為蛟龍，《管子·形勢解》「蛟龍，得水而神，可立也」，〔註8〕避洪水之害，又被叫做避蛟龍之害，也常常認為蛟龍是形成洪水的主要原因。對於這一點，筆者認為，這源於遠古民眾的只有描述沒有概念、只有具體沒有抽象的原始思維，見過洪水災害的都知道，洪水猛如獸，其滔滔之狀如同龍蛇之狀，也由此將洪水等同於龍蛇了。從戰國以降，逐漸將大禹治水的傳說等同於大禹同蛟龍之間的鬥爭。《孟子·滕文公》「禹掘地而注之海，驅蛇龍而放之菹」，〔註9〕《太平御覽》中有大禹通過制服無支祁，而使得河水安流的記載，都解釋了大禹對自然的掌控。

關於大禹鎖蛟龍這一情節，在很多地區都有民間傳說存在。吳越太湖地區，說大禹王來到太湖地區治理洪水，見到蛟龍作怪，引起了湖水的泛濫，就鑄造了一口大鐵鍋，將蛟龍鎮守在鐵鍋的下面，至今太湖地區仍講孽龍還被扣在鐵鍋下面。清代顧震濤在《吳門表隱》也記載了這一傳說，「平台山有砂如鐵大禹鑄鐵釜，復孽龍於此」。有意思的是，民間「蛟龍」的意象是多元的，很多致水致雨神靈都成為大禹的對立面，像山西壺口流傳的《孟門山禹王廟的傳說》：

> 孟門山山前有座龍王廟。每年到了一個時候，黃河兩邊的老百姓都在這裡祭祀龍王。他們稱這個廟會為慶廟會。祭祀的時候，唱戲慶祝，殺牛宰羊慶賀。老百姓說只有這樣，龍王才會昏昏糊糊，不出來鬧事兒。要不然，就會發大洪水，天昏地暗，狂風暴雨。黃河兩岸的莊稼可就遭了殃了，老百姓就更遭罪。慢慢的，孟門山一帶就有了這麼個「慶廟會」的風俗。

> 龍王是個好色之徒。龍宮裏宮娥采女也不少，可龍王還是要擄掠民女。每逢廟會時，只要有民家女子去趕廟會，一眨眼的工夫，人就不見了。就這樣，每年廟會的時候，熱是熱鬧，可女孩子都不敢去。

> 到後來，正好大禹治水經過孟門山，聽說了這件事，就決心好好治治這荒淫無度的昏龍。每到廟會的時候，大禹就派一個威猛的大力士，站在孟門山，把守龍門，不讓龍王出來鬧騰。說來

〔註8〕房玄齡注，劉績補注，劉曉藝校點：管子〔M〕，上海：上海古籍出版社，2015。

〔註9〕焦循撰，沈文倬點校：孟子正義〔M〕//新編諸子集成：第1冊，北京：中華書局，2018。

也巧，這一招果然湊效。至此之後，龍王再也不敢胡來了。女人們也能去趕廟會了。發大洪水的時候，水怎麼也淹不到孟門。多虧大禹派了大力士守著呢。古時候，孟門山前有座龍王廟。黃河兩岸的百姓每年都在這裡聚會兩次，殺豬宰羊，唱戲三天，祭奠龍王，叫做「慶廟會」。只有這樣，龍王才能在陶醉中昏昏欲睡。要不，龍王就會興風作浪，飛沙走石，洪水橫流，淹沒兩岸的莊稼，百姓不能安生。久而久之，慶廟會就成為孟門山一帶的風俗習慣。〔註10〕

這則傳說中的龍王實際上就是蛟龍或者洪水，以比擬化的手法，將大禹治理洪水生動地講述。洪水的代代講述，已經成為人們獨特而沉重的文化記憶，治水似乎是洪水災難中的一劑強心劑，逃不過的洪水中，常有巨大的人力存在，使得洪水退去，心安居定。通常，本民族或者本地區形成重大影響的神靈，他們擁有巨大的神性力量，能夠絕地天通、開天闢地，人類的出生依賴它的神性，人類的生存所需要的河流、穀種、山川、日月都因它而生，這些神靈規定著大地的秩序、歲時節令的變遷等，也有超自然力量的存在，如大禹治水傳說，神龜石獅助它治水，用一把斧頭可以劈開高大的山脈，這些傳說中神性的彰顯，在於對已經存在的自然世界、能夠感受到的世界的無法掌控，憑藉超越自然的神性力量，達到掌控的目的。

第二節　九州傳說與國家治理模型

在書經中，就有了大禹定九州的記載。「禹別九州，隨山濬川，任土作貢」，「九州攸同，四隩既宅，九山刊旅，九川滌源，九澤既陂，四海會同」，講的是大禹在平定洪水的過程中，劃分了九州，在《禹貢》中，九州分別是：幽州、梁州、豫州、荊州、冀州、兗州、青州、徐州。但是按照當時的三代版圖，禹貢中的九州是一種想像，因為夏代在古史傳說中，並未超過河南、山西區域，但是《禹貢》中九州的範圍已經遠遠超過了夏朝的區域，向北到了燕山山脈，向南則到了南，因而大禹定九州可以說並事實，更傾向於是個傳說，但是九州傳說價值卻在後世一步步體現出來了。

〔註10〕中國民間文學集成全國編輯委員會：中國民間故事集成·山西卷〔M〕，北京：中國 ISBN 中心，1999。

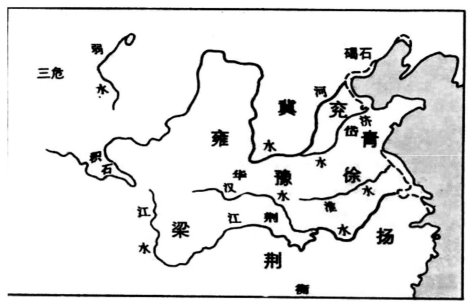

圖 5.2.1《禹貢》九州圖，選自《中國地理歷史》

一、九州的含義

　　九州是九與州在各自意義上的復合。在《說文解字》中，「州」的意思是「水中可居者曰州，水周繞其旁」，《詩經》也說，「關關雎鳩，在河之州」，就是說州是被水環繞的高地，顧頡剛推測，這一塊地和那一塊地之間，因水的分割，相互有區別，類似於今日的區域，因而說「州字在春秋時期是小區域的名稱」。〔註11〕「九」在先秦文獻中很常見，《詩經·商頌》有「天命玄鳥、降而生商、宅殷土芒芒。古帝命武湯、正域彼四方。方命厥後、奄有九有」〔註12〕的說法，其九有對稱與四方，可以闡釋為區域的劃分，正因如此，《毛詩正義》將九有解釋為九州。但在西周時期的出土文獻與考古文獻中，均不見「九州」的提法，直到春秋時《左傳》才有「茫茫禹跡，劃為九州，經起九道」的說法，自此，大禹定九州的說法慢慢發展起來。

　　在戰國時期，九州引發了諸多學者和思想家的討論，對於九州的範圍有不同的闡釋。比如戰國末期的思想家鄒衍的大九州學說，在《史記·孟子荀卿列傳》中載：「中國明曰赤縣神州。赤縣神州內有九州，禹之序九州是也，不得為州數。中國外如赤縣神州者九，乃所謂九州也。於是有裨海環之，人民

〔註11〕顧頡剛：州與嶽的演變〔J〕，史學集刊，1932。
〔註12〕程俊英、蔣見元注譯：詩經〔M〕，長沙：嶽麓書社，2000。

禽獸莫能相通者，如一區中者，乃為一州。如此者九，乃有大瀛海環其外，天地之際焉」，〔註13〕史記所論鄒衍的九州學說，不同於以往在「中國」的內部劃分九州，而是認為赤縣神州是天下九州之一，此外還有其他裨海而存在的區域。因為史料的限制，無法推測鄒衍學說的成因，可能是因鄒衍作為齊人，生而近海，由於周遊各國，形成了不同以往時期的對世界的認知。〔註14〕在這裡，筆者想指出的是，鄒衍借九州的闡釋，表述了戰國時期的宇宙認知模型，其意義在於將九州傳說與時人對生活世界的認知、想像具體的聯繫在了一起。

二、「分野說」與「大禹化熊」

《呂氏春秋·有始》云：「天有九野，地有九州。」將天文星辰與地上的九州對應起來，這種對應被稱為分野。「中國古代的占星家認為，天上的某一區域與地上的某個地域會互相影響，這種影響是固定和持久的，如果某部分天區內部出現不同尋常的天象，這將意味著與這一天區對應的某一地域有大事發生……將地上的州、國與天上的星空區域一一匹配的占星法就叫分野。」〔註15〕《史記·天官書》載：

> 角亢氐，兗州；房心，豫州；尾箕，幽州、斗，江湖；牽牛、婺女，揚州；虛，危，青州；營室至東壁，并州。奎、婁、胃，徐州；昴、畢，冀州；觜觿、參，益州。東井、輿鬼，雍州；柳，七星、張，三河；翼、軫，荊州。〔註16〕

將天上的星辰對應於地上的土地，這種說法很常見。像山東沂源地區的牛郎織女傳說中，沂水就是對應天上的河漢，有「天上銀河，地上沂河」的說法，人們指指星辰，就知道自己的地理位置，仰望星空，就能瞭解星空下的大地，再聯繫星辰所對應的傳說故事，可以說，分野說的闡釋，促進了傳說的講述和傳說的共質性。在分野觀念的影響下，《禹貢》也被用來記載星辰和大地之間的關係。如《漢書·地理志》說：「粵地，牽牛、婺女之分野也。

〔註13〕司馬遷撰：史記〔M〕，北京：中華書局，2011。

〔註14〕也有學者認為，這可能與齊國航海的發展有關，因不是論述重點，筆者暫不贅述。

〔註15〕田天：因襲與調整：晚期方志中的分野敘述〔J〕，中國歷史地理論叢，2010（2）。

〔註16〕司馬遷撰：史記〔M〕，北京：中華書局，2011。

今之蒼梧、鬱林、合浦、交趾、九真、南海、日南皆粵分也。其君禹後，帝少康之子。雲封於會稽，文身斷髮，以避蛟龍之害。」[註17]不同的地區都納入了星宿體系之內，而納入星宿體系的地域，成為大禹的後裔。這種分野說對地方史志也有深遠影響，比如萬曆年間的《紹興府志》，載「地記禹貢，揚州之域當磨蠍斗牛之位列，婺女星之分野，……盛明王道，將相同心，帝命壽天下安，通占大象曆星，經越一星在婺女之南」，[註18]地方志中的記載，不僅是形式上的挪移，也將其文化意蘊吸收，即將星宿與國家形式、帝王受命關聯起來。無論是左傳還是後世的歷史，國家和星宿之間的關係是必備討論到問題，如夏商周三代的演變被套用到了星宿的運行之中，象徵夏王朝的是參宿在日暮時沉入西天，而代表商的心宿卻從東側緩緩升起，其天極中樞為周之代表星宿北斗，當心宿也沉入西天之時，象徵夏王朝的參宿就慢慢升起了，蘊含了夏商周三代的演變。

既然禹平定九州，地上的九州有相應的星辰，那麼推演而來，大禹是否也有對應的星辰呢？在從民間資料來看，作為中原中心的河南地區，有禹為星辰的傳說。在緯書中，言及禹之神聖出生時，常有大禹「胸懷玉斗」或者「玉衡」、「天樞」之說，這些星辰都屬於北斗七星，北斗七星是大熊星座最亮的七顆星，河南的登封地區有作為禹跡的大熊山與小熊山的存在，大禹化熊開山的傳說更是極為常見，在甘肅、河南、山東、四川等地都有流傳。[註19]大禹與熊之間的聯繫，文獻記載並不多，除了楚簡容成氏所載禹在中方以熊威旗號外，在「《左傳·昭公七年》中有「昔堯殛鯀於羽山，其神化為黃熊，以入於羽淵」的記載，兩者如何發生關係，從天維如何擴展到了地象，是值得繼續追究的問題。

三、成為地理志的「禹定九州」

從九州傳說的起源就可以發現，九州事實上只是作為理念或者架構而提出的，實際政治生活中並未加實現，直到了西漢，設立州之後，九州之名才有觀念轉向現實。

漢武帝時期，將全國首都以外的政區劃分十三部分，這十三部分的整體

〔註17〕班固撰，顏師古注：漢書〔M〕，北京：中華書局，1999。

〔註18〕（明）蕭良干修，（明）張元忭、孫鑛纂，李能成點校：《紹興府志》〔M〕，寧波：寧波出版社，2012。

〔註19〕見本書附錄1。

構架是以九州為框架的。該十三州分別是：即揚州、交趾、朔方、豫州、兗州、青州、徐州、冀州、幽州、并州、涼州、益州、荊州。《禹貢》九中的雍州、梁州並為未在這個範圍內。〔註20〕漢武帝劃分的十三州，成為後來中國疆域的一個基礎。

隨著東漢後期黃河安流，大禹傳說的敘事張力和敘述動力減弱，大禹平定九州的敘述慢慢成為地理空間書寫的重點，越來越多的關於大禹及大禹事蹟的記載出現在地理志中，如：

《漢書·地理志》：「堯遭洪水，襄（懷）山襄陵，天下分絕，為十二州，使禹治之。水土既平，更制九州，列五服，任土作貢。曰：禹敷土，隨山刊木，奠高山大川」〔註21〕

《晉書·地理志》有記：「帝堯時，禹平水土，以為九州」，「夏后氏東漸於海，西被於流沙，南浮於江，而朔南暨聲教，窮豎亥所步，莫不率俾，會群臣於塗山，執玉帛者萬國」〔註22〕

《隋書·地理志》又言「是以放勳御歷，修職恭者九州。文命會同，執玉帛者萬國」〔註23〕

從上面所引的地理志內容看出，國家最初的版圖正是大禹在克服洪水之後框定的，九州成為中國疆域的代名詞。顧頡剛曾指出，「戰國、秦、漢之間，造成了兩個大偶像：種族的偶像是黃帝，疆域的偶像是禹」，〔註24〕統合了分散與中國各地的地域，實際上，這種統合是以大禹治水傳說來進行統籌和鉤合的。「本來是作為古代傳說中的平天地的帝王，在始皇的統一反映下，逼得古帝王的土地必須和他一樣廣，於是禹的偶像遂重新喚起……硬叫禹擔負起分州的責任」。〔註25〕大禹劃九州，已經轉變為中國疆域的象徵。這也預示著，九州之內，凡有禹之地必屬華夏。

各地的禹廟成為華夏地域的一個標誌。如《晉書地道記》曰：「縣有禹廟，禹所出也」，《吳錄地理志》曰：「會稽有禹廟，始皇配食」。《吳越春秋》曰：「夏禹廟以梅木為梁」，《風俗通》曰：「夏禹廟中，有梅梁，忽一春生枝葉」，

〔註20〕葛劍雄：統一與分裂中國歷史的啟示〔M〕，北京：商務印書館，2013。
〔註21〕轉引自：59鍾利戡、王清貴輯編：大禹史料彙集〔M〕成都：巴蜀書社，1991。
〔註22〕鍾利戡、王清貴輯編：大禹史料彙集〔M〕成都：巴蜀書社，1991。
〔註23〕鍾利戡、王清貴輯編：大禹史料彙集〔M〕成都：巴蜀書社，1991。
〔註24〕顧頡剛：古史辨自序〔M〕，北京：商務印書館，2011。
〔註25〕顧頡剛：古史辨自序〔M〕，北京：商務印書館，2011。

各地禹王廟的建立，這些遺跡及大禹的文獻口碑，不斷再造和重複著大禹定九州的文化象徵意義。馮夢龍在《醒世恒言》中，有「薛錄事魚服證仙」一回，〔註26〕講到山西的平陽府，便引用了大禹開龍門的情節單元。

《禹貢》中大禹定九州的地理意義也是具象化的。比如《水經注》中，很多水系都同大禹及「九州」有關，這種禹化九州意義的具象化，促使了大禹治水出說的落地。提及一處地理位置，其源頭往往回到大禹處尋找，九州傳說從理念到具體地理位置的理念實踐的轉變，意味著將九州所統合的疆域在大禹這個認同符號之下，從而形成了地緣的集權性質。

第三節　禹德的散播

禹娶塗山、塗山化石、石破生啟是大禹治水中關於塗山傳說的主要情節單元，塗山氏的身份及形象是逐漸演變的，從其身份、形象的變化，可以窺見文化的塑模作用。

學界對塗山氏的考察有兩種傾向：一種是將塗山氏作為族姓的象徵，此時的塗山並不具備個體意義，只是作為一個族群名號，另一種是將塗山作為個體存在的，其形象能在眾多女神傳說中尋覓到原型或者早期的相關形象。

前者的研究是受早期國家理論的影響而出現的，認為塗山屬於江淮地域，在族群容融合過程中，通過聯姻的形式，達成兩個族群的共處。如葉舒憲認為，禹會塗山傳說背後有真實的考古學背景，以二里頭為主的夏文化已經發展到了豫東地區，說明先夏文化與先商文化已經有很長時間的交流了，但是「商人和東夷的密切關係對於夏人來說是一種威脅，於是夏人與淮夷聯姻結盟就成為一種遏制商人與東夷的極有價值的戰略，這也許是『禹娶塗山』的根本原因」。〔註27〕相似的觀點再如謝維揚，他從早期國家的形成過程，指出禹會塗山的政治意義，塗山作為地方小政治實體，對早期國家

〔註26〕「元來河伯詔書上說充東潭赤鯉，這東潭便似分定的地方一般，不論游到那裡，少不得要回到那東潭安歇。單則那一件，也覺得有些兒不在。過了幾日，只見這小魚又來對薛少府道：「你豈不聞山西平陽府有一座山，叫個龍門山，是大禹治水時鑿將開的，山下就是黃河。只因山頂上有水接著天河的水，直沖下來，做黃河的源頭，所以這個去處，叫做河津。目今八月天氣，秋潦將降，雷聲先發，普天下鯉魚，無有不到那裡去跳龍門的。你如何不棄辭河伯，也去跳龍門？若跳得過時，便做了龍，豈不更強似做鯉魚。」

〔註27〕葉文憲：禹娶塗山的考古學考察〔J〕，中原文物，2002（4）。

制度的建立極為重要，他認為：「禹會塗山傳說的核心寓意就是展現政治實體的超強性性質，同時從傳說的細節上我們也看到，早期對國家制度形成有特殊作用的超強政治實體是對其他地方性小政治實體的控制和組合上表現」。〔註28〕

後者的研究是在人類學和文化學影響下產生的，如聞一多的《高唐神女傳說分析》，〔註29〕就將塗山傳說與高唐神女傳說聯繫起來，聞一多認為，《詩經》中的《候人詩》朝　即《高唐賦》中朝雲，同時，援引《呂氏春秋》的記載：「禹行功，見塗山之女，禹未之遇而巡省南土。塗山氏之女乃令其妾待禹於塗山之陽，女乃作歌，歌曰『候人兮猗』，實始作為南音。周公及召公取風焉，以為周南、召南」，塗山歌候人歌」，進而聞一多將《天問》中的關於禹會塗山的記載作為證據，〔註30〕」推斷出來高唐與塗山之間的密切聯繫，從而將塗山的形象認定為「奔女」。

在我看來，上述兩種傾向的研究，都將塗山女傳說同大禹治水傳說意義分開了，塗山女傳說的後續發展得益於大禹治水傳說在文化傳統中的重要性，因此，將塗山傳說置放在中國傳統文化的背景之下考察，或許可以更能揭示傳說的應有之義。

一、大禹與女媧的分流

梁啟超指出，中國洪水神話有三類，其一為共工觸不周山，其二為鯀禹治理洪水，其三是女媧補天，且看《淮南子》中關於女媧補天神話的記載：

> 往古之時，四極廢，九州裂，天不兼覆，地不周載；火濫炎而不滅，水浩洋而不息，猛獸食顓民，鷙鳥攫老弱，於是，女媧煉五色石以補蒼天，斷鼇足以立四極，殺黑龍以濟冀州，積蘆灰以止淫水，蒼天補，四極正；淫水涸，冀州平；狡蟲死，顓民生。〔註31〕

這段記載中，洪水漫天，蒼生受害，女媧以殺黑龍、積爐灰等手段來使得洪水消退，對比與此前鯀禹治水神話，鯀禹治水時，同樣要「鯀竊息壤」，

〔註28〕謝維揚：禹會塗山之意義及早期國家形成過程的特點〔J〕，蚌埠學院學報，2014（4）。
〔註29〕聞一多：伏羲考〔M〕，上海：上海古籍出版社，2009。
〔註30〕「禹之力獻功降省下土四方，焉得彼塗山女而通之於台桑？閔妃匹合厥身是繼，胡維嗜不同味而快鼂飽？」
〔註31〕陳廣忠譯注：淮南子〔M〕，北京：中華書局，2011。

兩者在深層結構上是同質的。如息壤和蘆灰，實際上在神話象徵意義上指代統一意義，《淮南子》「禹乃以息土填洪水，以為名山」，郭璞注《山海經》解釋何為息壤，「息壤者，言土自長息無限，故可以塞洪水」，息壤是一種帶有神性的無限生命力的土壤，同現實生活中以蘆灰為產婦止血具有相似的功能，而且兩者在平定洪水之後，都出現了「平定九州」、「冀州平」的結果，可以說，在平定洪水方面，大禹同女媧兩者是等同的，兩人共同擔負起平定洪水的職能，是同一洪水神話的兩種表述。

在後世記載中，大禹與女媧的關係慢慢有了變化。《史記索隱》中記載：「塗山氏女名女媧，是禹娶塗山氏女號為女媧也。」《史記正義》說：「禹娶塗山氏之子，謂之女媧，以生啟也」，兩處文獻都將塗山看做女媧，說明塗山的本源問題，但是，在這些記載中，塗山與女媧只是名號上的相同，而其實際和表達則轉向了另一面。先從女媧的神格變化說起，《說文解字》中，說「媧，古之神聖女，化萬物者也」，指女媧本身具有始母性，特別是伏羲神祇出現之後，其女性始祖的性質體現愈發明顯，漢代墓葬中，就有了伏羲女媧交尾圖的畫像石存在，《獨異志》載：「昔宇宙初開之時，只有女媧兄妹在崑崙山，而天下唯有人民，議以為夫妻，又自羞恥⋯⋯二人即結為夫婦」，伏羲女媧相遇之後，其出現總是與伏羲同時的，兩者共同成為中國神話中的創世大神。而塗山則不同，除卻部分史書言及其是女媧外，在主流講述中，實為獨立存在的，出現塗山的書寫總是同大禹同步。這就表明，在文化譜系中，大禹與女媧經歷一個共同作為洪水神話或者創世神話存在而又分流的局面，大禹、塗山——伏羲、女媧各自在獨自的文化邏輯中運轉。

二、塗山形象的變化：啟母及啟母神

西漢之際，大禹治水傳說被重構從而定型，在之後的文獻記載中，塗山形象也逐漸被定型，比如《列女傳‧啟母塗山》：

> 啟母者，塗山氏長女也。夏禹娶以為妃。既生啟，辛壬癸甲，啟呱呱泣，禹去而治水，惟荒度土功，三過其家，不入其門。塗山獨明教訓，而致其化焉。

從這段引文中可見，一是塗山氏的身份有了改變，《列女傳》中將塗山的身份歸結為「啟母」，並推崇塗山對啟的道德教化意味。當然，這也與《列女傳》典籍的性質有關，其按照儒家道德，塑造一批具有道德光輝的女性形象。

　　「啟母」身份塑造影響深遠，西漢時期，漢武帝就在河南建立了啟母廟，《漢書》「武帝祀中嶽，見夏啟母石」，是也。應劭云「啟生而母化為石」。《淮南子》亦同。《嵩山記》：「陽翟婦人，今龕中鑿石像其石，漢安帝延光三年立」，從出土文物來看，有漢厥啟母石，其厥上有「夏禹化熊」的圖像。至此，啟母的地位仍附著在大禹傳說之中，身份從禹妻變為了啟母。

　　在唐代之後，啟母的神性地位提升了。唐武則天時，因道教地位的提升與道教中對女神的重視，加上嵩山地區的祭祀地位，武則天通過冊封女神（包括女媧、孟姜女、啟母）等，為自身的政權尋找合法性的來源。比如崔融所做的《啟母廟碑》可以看出啟母身份的變化過程：

> ……臣謹按啟母廟者，蓋夏啟之母也。漢避景帝諱，改啟之字為開，厥後相傳，或為開母。而顧野王《輿帝志》、盧元明《嵩高記》，並不尋避諱之旨，以為陽翟婦人。事不經見，諒無所取。粵若玉斗璇璣，李母之居鄰北極；金臺石室，王母之宅在西山。……故華胥履跡而雄氏孕，女登感神而炎運作，星流華渚而白帝生，月貫幽房而黑精降。明明有夏，穆穆塗山，予娶於度土之辰，女婚於臺桑之地。……士歌南國，徒聞禹之祠；石破北方，終見生余之兆。……周穆王來遊太室，先徵夏啟之居；漢武帝有事嵩丘，即訪姒開之石。……雖周人作詩，自得后妃之美；而魏臣獻賦，終慚神女之功。……九州地險，五嶽中天。蛟龍洞穴，日月仙宮。蓄泄雲霧，震盪雷風。笙歌近接，鍾鼓遙通。昔在姒帝，洪泉未塞。昏墊下人，泛濫中國。於鑠大禹，顯允天德。……八年不顧，四載維荒……家室誤往，熊羆方作……〔註32〕

　　上述這段對碑文的摘錄，一方面看出從西漢以來禹娶塗山的情節逐漸過渡到了啟母生啟的情節，啟母身份日益顯現。另一方面，啟母的神性比附於上古傳說中的女神，如王母、女媧、洛神、玄女等，為啟母身份增添了一層神性的光輝，啟母等上古傳說中女性的神靈化，為武則天作為女性帝王的政治合理性提供了依據。在對啟母神性化的過程中，與「德化」始終是一體的，比如江蔭香《九尾孤》第一回中，就敘述塗山身份「若古時大禹皇帝，姿女於塗山氏，自稱九尾天孤，禹頗得其內助，而夏遂以興」，此中可見，哪怕是作為九尾天狐，也是依照了「禹之內助」的形象而塑造的了。

〔註32〕常松木編：登封與大禹文化〔M〕，鄭州：河南文藝出版社，2012。

　　從大禹與女媧的分流，大禹與塗山的結合，及塗山形象由塗山女變為啟母和啟母神來看，在大禹同女媧分離之際，塗山身份已經沾染了大禹傳說中所強調的「禹德」之色彩，換句話說，塗山傳說始終是大禹主體傳說的分支，無論怎麼演變，始終表達著大禹所攜帶的主流意義，儘管中途有因政治原因帶來的神性的升級與地位的提升，但是始終與大傳統所倡導的倫理是一致的，也就是同大禹傳說內部所倡導的禹德是一致的。

小結　古史傳說的象徵內涵

　　從傳說的主體情節單元來看，大禹傳說與天文、地理、社會結構等諸多方面進行了闡釋和規置。作為農耕傳統為主的國家，大禹傳說中所反映的天文與曆法知識，從本質上是對社會秩序掌控，傳統農耕文明正是通過天文曆法秩序達到文化控制和文化秩序有序進行的目的。而大禹定九州傳說，通過梳理九州概念的演變，進一步展示了九州由概念走向了實踐，使得大禹傳說具有了地緣的集權性質。再看另一個主要傳說情節單元——塗山傳說，從塗山傳說發展來看，將其置入大禹傳說的整體空間內，哪怕是後來成為獨立的啟母神，其所展示的意義仍然是控制在大禹傳說所標榜的主流規範之下，即言啟母之德性。這些規範和傳說的意義，彰顯了大禹傳說的文化控制功能。

　　文化控制是社會控制的主要手段，指的是：「文化對人的情感、思想、觀念、價值認知等產生的潛移默化的影響，從而約束、規範人的行為以實現統治意志的一種社會管理模式。」〔註33〕從傳說的主體情節單元來說，大禹傳說滲透到了情感、思想觀念等各個方面，一定程度上反映了主流傳說所展現的文化控制功能。在我看來，傳說中所反映的規範與控制不僅僅凸顯在大禹傳說中，而且也顯現在其他古史傳說中。例如黃帝傳說，他在秦漢間成為華夏共同的始祖，而這一共祖現象的形成使得黃帝成為中華民族的一體的象徵。黃帝傳說中所揭示的治世之道、崇古之觀、尊聖之心也與政治文化的需求密切相關，因而可以說，傳說中所與蘊含的政治象徵意義和政治實踐意義，成為一種獨特的實現文化控制的方式。

〔註33〕落孝高、羅超：論文化控制的作用機制及實現途徑〔J〕，吉林省教育學院學報，2009（1）。

第六章 由聖至凡：大禹治水傳說的
民間形態與民間轉化

　　文字產生之前，事件的記錄和流傳主要以口頭形態存在。可以想像，在以口耳為載體的代際流傳中，若沒有文獻的記載，伴隨著族群的遷徙、社會的動盪等，很多傳說會隨風而散。這些以固化的文字形態而存在的文本，往往借助地方文獻和地方風物，生發出眾多的異文，並對地方歷史的構建與地方知識的形成產生重大影響。在大禹治水傳說中，透過史學文獻和考古材料，窺其主體情節單元，在中國傳統文化中展現了文化控制的功能。當我們的視野轉向歷來被文化主流和文獻所忽略的地方口頭資料時，則顯現了不同的心性意識。本章擬在搜集而來的地方傳說文本的基礎上，對大禹傳說的另一側面進行剖析，以迄使那些被主流歷史所遮蔽的傳說暗流一一浮現。

第一節　登封大禹治水傳說的民間形態

一、資料的科學性

　　登封位於河南省中部偏西地區，中嶽嵩山南麓。東臨河南的新密、南與禹州、汝州交界，西側緊接伊川，北與鞏義、偃師接壤，總面積約 1220 平方公里，現有漢族、回族、滿族、蒙古族等 24 個少數民族。其衛星圖見下：

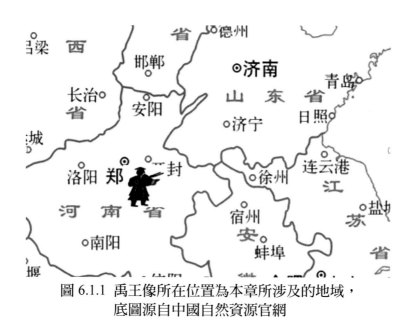

圖 6.1.1　禹王像所在位置為本章所涉及的地域，
底圖源自中國自然資源官網

　　登封自古屬於嵩山文化圈，數千年前的文明波動已經將登封納入中原文明的萌芽之中。眾所周知，中原地區為中國傳統文化的發源地之一。狹義上，中原為河南府，廣義則包含黃河水系流經的中下游地區。從最初的夏代開始，河南依山傍河，佔據重要的位置。例如夏朝數次遷徙，「從山西西南，跨越黃河至新鄭、密縣間，繼居洛陽，輾轉遷徙，東至河南陳留、山東，向北至河內濮陽，西至陝西東部」遷徙的範圍「不越黃河兩岸」，〔註1〕黃河水系對文明建立的重要性顯而易見。《史記．夏本紀》載：「帝舜薦禹於天，為嗣。十七年而舜崩。三年喪畢，禹辭辟舜之子商均於陽城。天下諸侯皆去商均而朝禹。禹於是遂即天子位，南面朝天下。國號曰夏后，姓姒氏」，〔註2〕對陽城所在地，《太平御覽》中有「夏都陽城，嵩山在焉」的提法，因而大禹治水傳說在此流傳時間最長。加之河南省內水系發達，水災最為頻繁，〔註3〕外部自然環境與內部文化、歷史背景的共同支撐，使得河南地區的大禹治水傳說異文眾多，並以豫西地區最為豐富，形成了獨特的豫西傳說圈。

　　河南流傳境內的大禹治水傳說既有其他傳說圈的共同之處，又有因地域關係所持有的特殊性。截止 2010 年，民間文學工作者所搜集整理的大禹傳說文本主要集中在黃河與長江流域，在歷史上，這兩條水系洪患嚴重，因而

〔註1〕丁山：古代神話與民族〔M〕，南京：江蘇文藝出版社，2011。
〔註2〕司馬遷撰：史記〔M〕，北京：中華書局，2011。
〔註3〕鄧雲特：中國救荒史〔M〕，北京：商務印書館，2011。

說明大禹治水傳說的產生、講述與傳播與洪水災荒息息相關。長江流域以湖北
三峽地區最為常見，洪水的起因往往是蛟龍作孽，「禹斬蛟龍」為普遍存在的主
題，以此為基礎，借助文獻記載和其他民間信仰如魯班等，形成三峽傳說圈。
長江下游的浙江地區，因文獻記載中有「防風後至，禹殺防風」，形成以「禹錯
殺防風」為核心的浙江傳說圈。在傳說流傳的黃河流域內，山西河津和陝西韓
城兩相往來必經龍門渡口，兩地圍繞大禹開龍門，進而出現獨特的龍門傳說圈。
登峰大禹治水傳說圈以嵩山周圍的登封為主要傳說分布地，筆者所應用的傳說
異文主要來源是《民間故事集成‧河南卷》和地方學者主編的如《大禹與嵩山》
等刊物，約 40 則。搜集整理跨越的時間從 1960 年至 2008 年，搜集整理者主
要是在當地文化幹部韓有治、常松木兩人。韓有治收集的資料集中在上世紀 80
年代之前，常松木搜集的傳說集中在近十年時間，韓、常兩人對該地區大禹治
水傳說的保存、傳播、研究等頗有貢獻。在嵩山地區，有啟母石和啟母廟等存
在物，圍繞啟母則流傳獨立的傳說，如《啟母石》、《太室山與少室山》等。文
本搜集整理中，涉及的群體來看，包含知識分子，如文聯幹部、教師，也有不
識字的村民和以中嶽廟道士為代表的道教群體。文本來源的長時段、傳說紀念
物的存在、傳說不同講述群體等，為文本研究提供了科學性。

二、共生：登封大禹傳說的民間形態

　　搜集出版的登封大禹治水傳說中，有一部分傳說是對文獻記載的口頭表
達；還有一部分，既有文獻因子的存在，也包含通過民眾口頭講述而黏合的
情節，形成共生現象。所謂共生，最早為生物學概念，指代不同種屬的生物
按照物質聯繫共同生活，生物不是單純的同達爾文所認為的，被動的適應生
態環境，相反，生命有機體與新的生物群體融合的共生，是地球上所發生的
進化過程中最重要的創新來源。由於傳說文本自身所具有書面和口頭的交互
性，並在相互影響中流傳的特性，這種特性如同有機生物中，不同生物群體
的共生。登封大禹治水傳說文本的共生形態一覽表如下：

表 6.1.1　登封大禹傳說共生表

名　稱	文獻文本	口頭文本
大禹轉世、下雨王下凡、借屍轉世、文命領教	代父鯀治水	因癩蛤蟆改雨簿，下雨王被貶人間治水。借禹屍還魂

諸侯山治水	大禹治水	禹在蜘蛛山制訂疏通方案，開鑿河道
邙山的傳說	大禹治水	長庚星相助，神斧砍黃蟒
大禹鎖蛟	大禹治水、鎮龍	大禹將麵條化成鐵鍊鎖住蛟龍
大禹開挖大河口	大禹別塗山	塗山化望夫石
迎春花	禹治水，塗山化石	迎春花的來歷
白疙瘩廟傳說	大禹鎖蛟龍	武則天詢問白疙瘩廟的來歷
挪宮	禹受命治水	玉皇獎勵大禹治水
焦山斬甥	協助治水	外甥庚辰協助治水，因怠慢導致蛟龍火中逃走，捉回蛟龍，將功折罪
火燒蛟河	蛟龍治水	黃河老龍的小舅子潁河蛟龍發洪水
照爺石	禹娶塗山	黃河老龍挑唆潁河發大水，禹治水，塗山秉燭夜照
崇伯點化	鯀治水失敗，禹續治水	老人託夢，玉皇相助
定刑律治水	協助治水	庚辰、狂章、玉溪老人的兒子潁龍協助，制訂獎罰政策
負黍廳對	文命變堵為疏	舜訪玉溪老人，玉溪薦文命治水，伯益、應龍協助
玉溪垂釣	薦鯀的兒子於舜	玉溪老人垂釣待禹
大禹與掌中萬曆	鯀盜息壤，鯀腹生子，禹帶父治水	禹治水時候發明掌中萬年曆
啟母還陽	大禹化熊，塗山化石	因啟之孝心，塗山氏還陽
啟母冢	大禹治水過家門不入	紀念塗山氏的嬤嬤家，紅白喜事焚香祭告，求待客用的家什
景店小米		王母協助，送小米湯
大禹與筷子		發明筷子
大禹趕山擋水	治水完畢耕種	趕山
前孟村的獨腳舞	禹步	基本情節與文獻記載相同
大禹劈龍門	大禹劈山龍門	
禹都陽城	定都陽城	
禹生鯀腹	鯀生禹，禹續治水	
禹鑄九鼎		
大禹娶妻，	大禹娶塗山	

啟母石、石開得子，五指嶺	塗山化石，石開得子	嵩山地區有啟母石，啟母厥，在傳說《太室山》與《少室山》中存在類似的表述

　　從圖表中可以明顯的看出，對於豫西大禹治水文本而言，書面形態與口頭形態是共生狀態，如同發生某一事件後，既有文字的描寫，又有口頭的講述，兩者交互纏繞，共生於傳說文本中。傳說文本共生形態之所以存在，源於傳說的真實性。日本學者柳田國男在論述傳說與昔話的區別時，認為區別在於傳說「有人信」，「在核心必有其紀念物，這個紀念物，不僅是傳說產生的客觀憑藉，而且增加了它的可信性，」〔註4〕而昔話則無此特徵。中國傳統文化中，文獻記載同口頭傳統相比，文獻暗含著真實性的價值取向，大禹傳說的文獻記載很大程度承擔了歷史的功能，正如古史辨所論證的那樣，中國古代的歷史敘事其實承擔了等同於西方總價敘事的全民信仰功能。可以說，傳說真實性和可信性往往來自於歷史的介入，其本質命題是傳說與歷史的關係。

　　鍾敬文對傳說與歷史的關係有過很深入的探討。他認為「傳說大都跟神話和民間故事一樣，是一種虛構性的作品，並不是一種真實的歷史事實。它跟那些史書上記載的事件，是有顯然的區別的」，同時也強調「傳說的歷史意義」，〔註5〕認為傳說的產生都有一定的歷史事實為依據。對此，鍾敬文分別以張良和《搜神記》中的宮人草為例進行了深入探討。張良傳說主要講述的是，張良外出多年，歸來後不認識女兒，向女兒唱起情歌，被女兒辛辣嘲諷。宮人草講的是楚靈王時期，數千宮女被埋葬，宮女的墳上長出了宮人草。前者說明張良雖是真實的歷史人物，但情節是虛構的，後者則認為，儘管宮人草沒有確指，卻暗含了一種歷史事實，即宮廷中存在怨女。這兩種傳說與歷史的關係共同指向了歷史的真實性問題。

　　在傳說與歷史關係認知的基礎上，鍾敬文對劉三姐傳說繼續深入研究，「劉三姐傳說，由民間之口頭流傳，開始被記錄於文字，至今已有七百多年的歷史，最初作為地方傳說出現，即南宋王象之所著《輿地紀勝》中之《三妹山》，文字極簡略，只指明山之得名，與劉三姐有關而已，至明末清初，學者所記略詳」，〔註6〕由此推斷，劉三姐傳說顯示出文本的共生形態。鍾敬文將

〔註4〕（日）柳田國男著，連湘譯：傳說論〔M〕，北京：中國民間文藝出版社，1985。
〔註5〕鍾敬文：民間文藝談藪〔M〕，長沙：湖南人民出版社，1981。
〔註6〕鍾敬文：民間文藝談藪〔M〕，長沙：湖南人民出版社，1981。

劉三姐文本分為三類：一是幻想成分占壓倒優勢；二是現實成分較多，幻想限於局部；三是基本依據真人真事而做。〔註7〕這三種文本分類實質是將傳說介入幻想和現實之間。柳田國男在談及傳說的兩極時，將傳說的兩端定位在歷史和文學，與鍾敬文現實和幻想相一致。鑒於此，筆者對豫西大禹治水傳說文本分類作出探討。

對於登封大禹治水傳說，如共生形態表格所示，文本無論怎樣變化，其核心或者共項為大禹治水，但表現出兩方面的不同趨勢：一是側重為歷史文獻記載的傳說表達，可以稱為「偏歷史型」。二是對圍繞核心人物「大禹」與核心情節「治水」進行了文學式的虛構，稱之為「偏文學型」。文學式的虛構，側重點不同於文獻記載與歷史真實的敘述，生發出不同於歷史型的新的內容與情節。根據這兩種趨勢，將豫西大禹治水傳說文本分為偏歷史型文本和偏文學型文本，「偏」的含義正是無限接近卻不重合，以此兩種看法將這近 40 則民間大禹治水傳說分類如下：

表 6.1.2　登封大禹傳說分類

文本分類	傳說篇名	整理者
偏歷史型	禹都陽城、禹鑄九鼎、禹生鯀腹、大禹娶妻、啟母石、太室山與少室山、盜土治水、石開得子、五指嶺、石門溝、禹王鎖蛟、河伯授圖、前孟村的獨腳舞	常松木整理前 6 則，韓有治 3 則，其他 4 則
偏文學型	大禹與筷子、大禹與掌中萬年曆、景店小米、石簸箕、沁水的故事、啟母冢、禹拒美酒、啟母還陽、借屍轉世、文命領教、下雨王下凡、玉溪垂釣、負黍廳對、火燒蛟河、焦山斬甥、白疙瘩廟傳說、挪宮、照爺石、諸侯山治水、迎春花、舜訪賢臣	常松木前 8 則，韓有治 9 則，其他 4 則

從表格看，民間形態的大禹傳說文本呈現出一種有互動關聯性的二元模式：歷史和文學。歷史和文學是兩個抽象概念，筆者將大禹治水傳說偏歷史型概括為兩種情形，一是與古籍文獻中涉及情形類似，如《石開得子》，搜集而來的傳說內容與文獻記載吻合。二是偏歷史型記載兼包有真實紀念物或者存在物的傳說，針對存在物進行敘述。如「啟母石」、「禹洞」、「太室山和少室山」等，這些紀念物確切存在於登封嵩山地區。例如啟母石，唐朝武則天時，

〔註 7〕趙世瑜：傳說、歷史、歷史記憶——從 20 世紀的新史學到後現代史學〔J〕，中國社會科學，2003（2）。

武則天封禪嵩山，同時拜祭男神和女神，女神有兩位，即是西王母和啟母，並有崔融所做《啟母廟碑》碑文存留。偏文學型文本多是圍繞大禹專名而來，或與日常事物的產生發明相關，如筷子，景店小米，或與其他類型如玉溪垂釣、道教借屍還魂的故事結合，如《負黍廳對》、《借屍轉世》。

這一模式為我們分析傳說的民間性轉化提供了一種支撐。二元共生在諸多古史傳說中常見，這種二元並非對立，而是處於一種有序的關聯之中。這種二元模式的共生狀態，亦展示了後現代歷史學的思潮，當我們將主流歷史的思潮轉向民間時，將情感、心性、心智和理性回到歷史現場中時，會發現「國家—地方」、「精英—民眾」這些二元對立的概念，具有極大的闡釋性，地方或者區域歷史的脈絡，也蘊含在國家制度和國家話語之中。

第二節　大禹身份傳說與民間倫理的彰顯

在上文所所闡釋的大禹傳說的民間形態中，我們再解讀傳說則具有了顯性的特點——具有道德、規範、秩序性的大禹身份被逐漸解構，形成了更具人性化、凡俗性的身份，大禹作為人所具有的親密關係和人倫情感突顯出來。

一、分類

傳說分類一直是民間文藝學研究中的一個重點，而且由於傳說的枝椏多變，涉獵範圍廣泛，分類也是錯綜複雜。國內學者將傳說分類有兩種傾向，一是受到阿爾奈、湯普森的民間故事類型索引的影響，將傳說以情節單元為核心進行分類編排。張紫晨指出：「傳說在世代口頭傳承過程中，要靠傳說的情節結構的穩定性。沒有一定的穩定性，則不可能傳承下來。與此同時，人們在創作傳說中，也需要一定的模式和結構形式作為借鑒。許多新產生的傳說也是在這互相參照之下才逐漸完善起來的，」〔註8〕傳說的情節單元具有穩定性及較小的變異性，因此可以概括情節進行傳說分類。以歷史人物型傳說為例，張紫晨將歷史人物傳說分為「英雄人物傳說」、「文化人物傳說」等類型，這種分類方法儘管選擇將具有穩定性的類型作為分類原則，能將大部分民間傳說納入分類體系之內，但是在這種分類中，傳說類型之間互相重疊性

〔註8〕張紫晨：中國古代傳說〔M〕，吉林：吉林文史出版社，1986。

較大，忽略了民間傳說本身的特異性。民間傳說的講述場域是隨機性的，它可能依附儀式，在儀式場合講述，可能圍繞某一具體的傳說的客觀存在物，如景觀等進行闡釋，或者可能在某一對話性語境中，談及某一具體傳說。傳說的講述者與傳說的聆聽者始終處於平等講述場域內部，因而有了傳說之間的對話和傳說文本的異質性。

第二種分類方法則是以傳說的講述內容為分類標準，國內學者多採用此種分類，這種分類方法彌補了按照類型分類的短板，滿足了傳說，特別是現代口承資料中傳說的巨大差異性、地方性和解釋性色彩。比如將傳說分為「人物傳說」、「史實傳說」、「地方風物傳說」、「風俗傳說」、「動植物傳說」等，〔註9〕使得具有地方性和民間性的傳說得以展現。上述傳說分類方法是適應於防風傳說的，比如登封地區現代口承資料中的大禹傳說，確有地方風物傳說，如《太室山》、《少室山》、《少姨廟》，風俗傳說如《掌中曆的發明》、《猩猩怪》、史實傳說如《大禹戒酒》、《禹鑄九鼎》等，動植物傳說如《迎春花的來歷》等，這種分類方法將該地區的大禹治水傳說基本悉數納入，突出了傳說的解釋性和描述性功能。但是儘管這種分類方法突出了地方性、地方感，卻忽略了關係場域下的民間視野。

關係場域下的民間視野，是針對「民間」二字的意義來講的，民間不是一種客觀的存在，而是在他者的塑造中不斷建構起來的。回歸到這種關係視野下的民間，在對口承資料中的傳說分類時，我們一方面借鑒了前人的分類經驗，另一方，更多的是考慮到在口頭資料中，大禹傳說材料的特殊性和複雜性，因而以大禹的多重身份進行分類，〔註10〕如大禹的領袖身份對應的是神祇轉世、變堵為疏、老人授書等類型。大禹發明家身份歸納為曆法的而制定和民俗事項的發明，而將大禹的世俗性身份歸納為大禹娶妻等。

一、大禹身世

（一）神祇轉世

1. 夏禹的原神是天上的下雨王

〔註9〕林繼富：民間敘事與非物質文化遺產〔M〕，北京：中國社會出版社，2012。

〔註10〕陳金文在對口承資料中的孔子傳說進行分類時，也選擇了將傳說中孔子的多重身份為標準，將孔子傳說分為幾類：如將孔子的政治家身份歸納為孔子的從政和觀政、論證的主題類型，將孔子的教育家身份歸納為孔子辦學主題類型，將孔子的儒家領袖身份歸結為儒學與道、釋之學的主題類型，觀點源自：陳金文：孔子傳說的文化審美研究〔M〕，濟南：齊魯書社，2004。

2. 下雨王因過失，造成民間洪水滔滔，被貶值人間，轉世為禹

（1）附身到「文命」

（2）向玉皇請求下凡，治理洪水

（二）奇異出生

1. 鯀治水失敗，被貶羽山，三年後鯀腹生禹。

2. 鯀為白龍神馬，治水失敗，祝融劃破鯀的肚子，跳出黃龍。

二、大禹領袖身份

1. 大禹治水時候遇困境，總也不成功

2. 玉溪老人以神書相助

（1）玉溪老人告知他治水的方法

（2）老人打破碗，碗中的水流出來了。

3. 大禹治水成功後，傳位於伯益

三、大禹的文化英雄身份

1. 大禹因治水需要，發明掌中曆

2. 大禹發明筷子

3. 禹步

四、大禹的俗民身份

1. 大禹忙於治水，年過三十未娶

2. 大禹儀表堂堂，塗山嫁於禹

（1）塗山是九尾狐

（2）塗山嬌與其妹塗山姚共嫁大禹

　　大禹的神異出生在很多英雄出生傳說中見到，英雄的誕生總是伴隨著奇異性，「神奇受孕」、「動物育人」、「神奇的誕生」等都是常見主題。民間將英雄出生神奇，以區分於普通人，而聖人或者英雄得助，特別是授書主題，為傳說更增添了異界或者異方色彩。不同於文獻中大禹角色的單一，在口頭資料中，大禹還是眾多事項的發明和創造者而存在的，他和其他帝王如伏羲一般，有諸多文化創造和發明，而且民俗生活中的具體民俗事項也同大禹相關。而大禹避賢和大禹娶妻的主體，從傳說具體內容來說，有一部分是為了突出大禹作為大人物的品質，另一方面則是民眾對於「人」這一身份的設計。

二、大禹的身份傳說

在河南登封地區的民間講述中，大禹的身份並不單純是帝王，而是具有了其他性質。民間講述的大禹也不乏在帝王體系中佔據一席之地，如敦煌變文中的民間通俗讀物《開天闢地以來帝王紀》、《孔子備問書》、《雜抄》等，大禹作為仁君帝王的史傳，但是更多的是其對帝王或者國家隱喻身份的脫離，形成了「人」的身份。所謂身份傳說，一方面包含大禹本身來歷的身世傳說，另一方面也包含大禹的血緣身份，如其為父、為夫、為子的角色。

關於大禹的身世有不同的講述：第一類是大禹王的原神是從天上管行雲布雨的下雨王，主要是講下雨王下了一場雨後，回宮時候感到累，手中的雨簿掉在地上，蛟龍拾到後造成大惡，下雨王便被貶到人間，變成了少年禹（《下雨王下凡》、《下雨王借屍轉世》、《文命聆教》）；第二類身世傳說是大禹作為治水有功之人，受玉皇等神祇冊封成為雨王或者禹王。如《祖家莊》的傳說，就說到下雨王完成治水任務，舜王年紀也大了，看到自己的兒子商均不太爭氣，就降天下轉給了下雨王，玉皇大帝封他為下雨王，人們也叫它禹王。這兩類關於大禹身世的傳說中，大禹總是與「水」及「雨」有關聯，無怪乎在河南豫西地區，大禹是與河伯、黃大王〔註11〕等並列的黃河水神。在傳說《河伯授圖》中，有大禹作為黃河水神的講述。

> 有個叫馮夷的人，被黃河水淹死，一肚子怨恨，就天地那裡去告黃河的狀。天帝聽說黃河危害百姓，就封馮夷為黃河水神，稱為河伯。他已年邁體弱，想著世上總有一天會有人能治理黃河的。為著叫後人治水少費點勁，他天天奔東走西，跋山涉水，察看水情，畫了一幅黃河水情圖，準備把它授給能治理黃河的能人。後來幾經周折，將黃河水情圖交給了大禹，大禹根據黃河水情圖，疏通水道，終於治住了黃河。〔註12〕

除卻身世傳說，民間講述中的大禹身份更體現在其作為普通人的諸多角色中，如「父親」、「兒子」、「丈夫」等血緣身份或者契約身份。在傳說中，

〔註11〕黃大王又稱「黃河大王」、「河大王」、「大王爺」等稱呼，大多由治水的官員和河工轉化而來。據《黃河史志資料》載，黃河水系有六大王和六十四將軍之說，也有說黃河有金龍四大王、九大王、黃大王等等。

〔註12〕中國民間文藝研究會、河南大學中文系編纂：河南民間故事集〔M〕，北京：中國民間文藝出版社，1985。

作為兒子，他要「弄清父親的死因，天天背著乾糧到處打聽」〔註13〕，作為丈夫，「到處治水，到自己家門口也不回家，使得塗山埋怨不斷，」〔註14〕作為父親，他看見夏啟，眼淚汪汪，〔註15〕這些講述中，將大禹作為普通人的情感講述的淋漓盡致，並通過其在為父、為子、為夫的諸多關係場域中，立體性地展示了民眾對大禹的塑造，凸顯了民眾所需求的男性氣質，如傳說《大禹開挖大河口》：

> 相傳夏代時，中嶽大地上暴雨不斷，洪水泛濫。大禹在嵩山巡察，見到窮苦百姓受苦，他痛心疾首，見到遠處有個衣衫襤褸的老太太，懷裏抱個四五歲的小孩子，十分可憐，便走過去坐在老太太身邊的石板上。老太太見到一個大漢坐在身邊，就泣不成聲地哭起來了。大禹聽到老太太的哭訴，一拳砸在石板上，發誓說「不把這害人的禍水制伏，我誓不回家！」大禹下了龍台山，立即安排治水事宜，並同妻子告別。塗山氏端來飯菜，他也無心吃，只是對妻子說要挖開龍台山，疏通河道。塗山氏一聽，覺得丈夫為民除水患的決心這樣大，非常感動，但是看看自己有孕在身，行動多有不便，就想讓大禹緩一緩。大禹是個直性子，他想要辦的事十頭驢也拉他不會。不等妻子說完，他大手一揮走了。大禹走後，塗山氏盼呀盼，一個月過去了，兩個月過去了，依然不見丈夫回來，於是拿了幾件衣服，急忙去找大禹去了。但想起大禹臨走前的話，塗山氏怕耽誤丈夫治水，只好站在石頭堵上望啊望。終於，在大禹和眾人的努力下，河口被挖開了。人們為了紀念大禹，將挖開口瀉水的地方叫做大河口，把塗山氏站立的地方叫做望夫石。〔註16〕

「男性氣質」的表達，是通過權力關係、象徵關係及情感關係等折射出來的，在大禹傳說中，男性氣質主要表現為大禹的能幹、善良、為公（三過家門而不入）等，同時也有凡俗之人的情感和情緒。在身份傳說中，正統文化中的大禹轉變成了具有男性氣質的凡俗之人。在上一章筆者論述神異傳說的象徵意蘊時，其內涵始終架空在政治文化和正統文化之內，並沒有將大禹作為

〔註13〕講述人：孟明林，男，70多歲，1982年整理，整理者：韓有治。
〔註14〕講述人：孟明林，男，70多歲，1982年整理，整理者：韓有治。
〔註15〕講述人：李有德，2003年，常松木整理。
〔註16〕選自常松木：大禹與嵩山〔M〕，鄭州：河南文藝出版社，2012。

普通人來演繹。帶有神異帝王身份的大禹人格化——實質上所彰顯了一種傳說民間性轉化，並顯現了民眾生活世界的倫理問題。

三、身份傳說與民間倫理的彰顯

民間倫理是相對於與正統倫理而說的，它從普通民眾的生活實踐中得來，〔註17〕因此，也能等同於生活倫理。有學者對生活倫理做過闡釋，認為「生活倫理存在於民眾的實際生活中，人們主要根據生活方式和實際需要，從生活實踐經驗中得來並適合與生活的原理」，〔註18〕民間倫理具有邊緣化和實用性的特點，其邊緣化指的是儒家倫理規範的民間化，在正統文化的壓制下，民間充斥了大量的忠、義、孝等修辭，這一點恰恰建構起來民間所描述的大禹的男性氣質。民間倫理的實用性特徵基於民間所依賴的日常環境。「民間的生活世界是一個日常生活的世界，日常生活是以個人的家庭、天然共同體等直接環境為基本寓所，旨在維持個體生存和再生產的日常活動等……它以重複性思維和重複性實踐為解百納存在方式。」〔註19〕民間因為貼近現實生活，面向日常生活時，往往做出功能性的選擇。

傳說中民間倫理特徵在祭祀或者信仰中體現尤為明顯。祭祀儀式是身份的象徵，大禹在國家祭祀體系和民間祭祀或者民間信仰中，處於兩個不同的位置。在國家祭祀體系中，儘管也強調大禹的治水之功，但是仍是以「社神」對大禹進行祭祀，所謂郊鯀而宗禹。《夏本紀》載「天下皆宗禹之明度數聲樂，為山川神主」，證明國家借助祭祀儀典不斷強化著大禹所涵蓋的社稷意義，這一點在民間傳說，特別是關於大禹身份的傳說中並沒有表述。實際上，正如楊慶堃對中國的民間信仰與儀式的看法，他認為中國的民間信仰具有很大的靈活性，普通老百姓可以將不同體系的神靈置在同一神聖空間之內，靈不靈成為信仰的最大動力。大禹的身份在民間或者地方，只是按需所求，不同區域各自賦予「禹王」以獨特的意義，使其承擔某些具體的功能。

對於大禹身份傳說所顯現的民間倫理，不僅在登封地區比較明顯，在其他有大禹傳說或者禹跡存在的地方，也十分活躍。如太湖地區，將禹王看做「漁神」，在《太湖備考》載：「靠唯北昂最稱靈異。六梡漁船歲祭，禹王廟

〔註17〕溝口雄三：中國儒家的十個方面〔J〕，孔子研究，1991。
〔註18〕肖群忠：生活倫理論〔J〕，中國人民大學學報，2006（1）。
〔註19〕賀賓：論民間倫理的特徵〔J〕，中州學刊，2006（5）。

右有鐵色砂粒如菜子畝許，不堪種植，相傳神禹鑄鐵釜覆孽龍於此」，[註20]
清吳莊詩云：「一年生計三冬好，吃飯穿衣望有餘，牽得九囊多飽滿，北昂山
上獻頭魚。」吳詩所載意為內年正月，擁有漁船的人都要去平台山禹王廟祭
祀燒香，逐步演變成漁業行會性質的集會，燒香、賭博、看齊，整個禹王廟會
帶有民間的狂歡[註21]。也有將大禹看成保佑行船的神靈，如山西有《艄公
廟的傳說》，說大禹鑿開龍門後，水流急湍，在龍門山拉炭運客做生意的，都
要通過龍門的禹門渡口，[註22] 每次到龍門段，都祈求禹王爺保佑。可以說，
大禹根據不同的民眾需求，為不同地區的民眾提供了相似的精神慰藉。

　　傳說中的民間倫理還體現在對普通民眾世俗性的情感和願望的重視，是
民眾情感的體現。在文本中，父子之情、母子感情、夫妻之愛的情感都有充
分的表達，如《玉溪垂釣》中禹對父親鯀的父子情、《啟母石》中夏啟對塗山
的感念、《負黍廳對》文本體現的大禹離家別母時的不捨等，這些在文獻記載
中很少看見。特別是對母子情深的描述，將這種血濃於水的天然情感講述地
真摯動人，如《啟母還陽》：

　　　　登封市西北軒轅關下，有個還陽鎮。傳說夏啟的母親塗山嬌就
　　是在這裡還陽的。大禹治水十三年，建都陽城。這時候，九州安定，
　　五穀豐登。有一件事常常讓他傷心苦惱，啥事呢？他與塗山嬌成親
　　以後，曾經三過家門而不入，夫妻倆沒安生的團聚過幾天。特別是
　　為了打通軒轅關，他化成黑熊，害得妻子變成石頭。

　　　　大禹兒子夏啟，從小就聽父親講母親化成石頭死去。經常跑到嵩
　　山啟母石前痛哭。一天，夏啟在啟母石前哭叫一陣後，便睡著了。這
　　時候他朦朦朧朧聽到「啟兒，啟兒」的喊聲，夏啟睜眼一看，有個

〔註20〕金友理：太湖備考〔M〕，南京：江蘇古籍出版社，1998。

〔註21〕此處參考自吳縣水產志：其載太湖中東西南北四〔山昂〕皆立大禹廟，報震
　　　澤底定之功也。甪里鄭涇之東北曰「北〔山昂〕」，廟貌較諸〔山昂〕為最。
　　　乾隆戊子，里人鄭氏、沈氏重修之，於梁木上得「梁大同三年重建」之識。
　　　夫曰，重建則非創明矣，梁以前無碑可考，不足證也。自梁迄今千二百餘歲，
　　　其間踵而修者諒不下數十次，亦無碑可考，不足證也。戊子之役，閱工二稔
　　　有餘，費計千緡有奇，凡殿宇廊廡暨旁落土穀諸神祠，以及南北河堤皆是也。
　　　工作浩大，經營相度殊苦心不記，董其事者，蓋鄭沈諸同人，實有力焉。嘉
　　　慶乙丑春，里人復集議捐資，生息以為歲修之費，永懷明德，善繼前人，乃
　　　於己巳正月重修之。僉曰：是不可不有以示後來者，爰為之記。

〔註22〕禹門渡口就是山西通向川、陝、甘、寧等地的主要門戶會議，貿易往來一向
　　　繁忙，西北地區商人內年都要販運打量生出、皮毛到禹門渡口成交集散。

女人。那女人說「我是你的母親。」原來，中嶽大地知道治水有功的大禹思念妻子，便啟奏玉帝，讓塗山氏在嵩山北麓還陽，使其全家團聚。於是，塗山從天而降，叫醒了夏啟。大禹恰好過來，看見塗山嬌大吃一驚，塗山嬌對大禹說，「中嶽大帝為你們父子之心感動了。啟奏玉帝，讓我還陽與你們重聚」，大禹熱淚盈眶，忙叫夏啟與塗山嬌相認。塗山嬌還陽的地方後來形成了個鎮子，就叫還陽鎮。〔註23〕

從敘事學角度而言，文獻中啟母生啟的傳說闋包含大禹，啟母和夏啟三方，他們之間的關係形成一種穩定的三角，敘事順序呈線性，依次講述。而在《啟母還陽》中，附加了「還陽」的情節，是對禹化熊——塗山變石——石開生啟的補充，文本呈現開放結構。這種開放結構是一種文學式的表達，著重情感表達的自由和敘事視野的開闊。柳田國男曾指出，傳說的兩極是「歷史」和「文學」，對於大禹傳說來說，歷史之極是大禹傳說承擔的真實的古史那一面，而文學這一極則是依賴於傳說講述者這一極，脫離了歷史敘事和歷史真實的束縛，更貼近民眾的深層心理。

傳說在民間的流散衍播，往往映像了人們對所在世界的瞭解與同情。一個傳說故事被講述的時候，講述者內心的所思所想，或多或少的會呈現在文本之內。大禹傳說也是如此，借大禹傳說訴說人們最為基本的願望：繁衍與創育也生動的表現其間。因此，在如今被保存下來的大禹治水傳說中，如河南、四川的「啟母石」和「石頭崇拜」，以及安徽的塗山廟會等民俗事項中，將大禹傳說和生殖、創育等崇拜信仰黏合在一起。安徽的塗山廟會，最晚在宋代，就有春、夏、秋三祭廟會，塗山山下的禹會村有塗山廟，據載是明萬曆四十二年（1614年）修建，蘇軾曾作《上巳日與二子迨過遊塗山荊山記所見》，「淮南人謂禹六月六日生，是日，數萬人會山上，雖傳記不載，然相傳如此，」描述了禹王廟會的盛況。又有石碣曰：「有夏皇祖之廟（塗山禹王廟），明定祀典，有司以六月六日致祭。」在廟會上有抱泥娃習俗，即有已婚夫妻不育者，敬香後在廟裏抱泥娃娃，回家放在床下，第二年生子後，將娃娃送回廟中，並燒香還願，另有不育夫妻往往要搶抱送還的「老娃娃」。

大禹在正統體系之外，化身為具有民間倫理所需要的諸多面相，既可以成為水神、可以是漁神、或者掌管渡船的神靈，也能夠同民眾最為基本的願望

〔註23〕講述人：陳文學，男，40歲，2008年整理，整理者：常松木，選自常松木編著《大禹與嵩山》。

達成一致。正是藉此種帶有人性的身份，大禹傳說才能穿透國家意識形態，滲入到人們的日常生活之中。

第三節　大禹治水傳說民間性轉化的有限性

大禹身份的變化，為民眾去接受和進一步闡釋大禹傳說打開了一道裂縫。通過這道縫隙，國家意識形態所涵括的權力和意志也滲入到了民眾的日常生活中，抑或是民眾以自己特有的方式糅合了共同體的權力和自身的情感與需求。那問題緊接而來，這種糅合是否有限度呢？首先看登封地區流傳甚廣的一則傳說《焦山斬甥》：

嵩山根兒下，潁河邊有座小山坡，當地人管它叫焦山。這裡邊還流傳著一則大禹焦山斬甥的傳說呢。

相傳有一次大禹在治理嵩山南面水患的時候，並沒有像以往那樣劈山開河，而是打算用火燒。點火前，大禹派外甥庚辰去把住蛟河下游的口子。他叮囑外甥：「好好看住蛟河口，不要讓潁河蛟龍順水跑了！」庚辰不解地問道：「舅舅，火燒會傷害很多無辜的生命，為什麼不用以前的法子呢？」大禹說：「這回跟以前不同，如果用疏導的法子，蛟龍就有空子可鑽，他一旦順水跑了，我們一走，他還會回來，禍害百姓」。庚辰知道了舅舅的意圖，二話沒說，趕到蛟河口的山頭，手拿大戟，緊緊地盯著蛟河方向，不放過一絲一毫的動靜。不一會兒，只見蛟河濃煙滾滾，火光衝天。庚辰想「哼！這麼大的火，老蛟龍還有活處！」這麼一想著，坐在地上就昏昏糊糊地睡著了。

這邊兒，大禹放火之後，順著火勢邊走邊看。沿途看到燒焦的河灘上，魚呀、蝦呀、蟹什麼的，被燒死了不少，唯獨沒見潁河蛟龍的屍體。大禹心想：「不妙！」趕緊率部下火速追趕。追著追著，追到庚辰把守的下游河口。一看，外甥正呼呼大睡。大禹怒火中燒，氣不打一處來，狠狠地踹了庚辰一腳，罵到：「畜生，山都快燒焦了，蛟龍都跑了，你還不快醒！」庚辰這才睜眼，一抬頭，看見舅舅怒氣衝衝地站在面前。趕緊跪下，等著被砍頭。大禹要斬外甥，兵將們沒有一個敢出面求情，只有伯益開口說話：「庚辰確實犯了嚴重的錯誤，按刑律當斬。可我們也不能效法舜王，像他對待老崇伯那樣，

犯了錯就殺！」大禹反問道：「那你說，該咋辦？」伯益說：「既然
潁河蛟龍是庚辰貪睡給放走的，要不就讓他把它捉回來吧。」大禹
再問：「捉回來之後呢，咋辦？」伯益答道：「將功贖罪。」大禹為
難了：「古往今來，就沒這麼個先例！」伯益說：「我們來開這個先
例，往後不就可以由效法之處了嗎。」大禹搖搖頭，說：「可這沒法
律依據啊！」伯益答道：「過去的刑律只有賞罰，咱們就增加一條將
功補過，不就行了嗎。」。大禹想了想，覺得有道理，就給了庚辰一
個將功折罪的機會，讓他去追趕逃跑的潁川蛟龍。為了活命，庚辰
可不敢大意，順著蛟龍逃走的方向追去，雖然只捉住了潁河小蛟，
但大禹最終還是赦免了他。〔註24〕

在民間傳說中，大禹身份更傾向與一個自由人，抖落了官僚模式中的諸
多框架。比如傳說中，「按照刑律來說，庚辰是要被殺的」，即是說按照正統
秩序來說，庚辰所犯錯誤沒有被原諒的餘地，但是在民間，這種「刑律」附著
了更多的彈性，更具人性化，「除了賞功罰過」的律令，還可以擁有「將功折
罪」的章程，但是否這種「自由」是無限的呢？

在這則傳說中，最大的轉變來自於幾位治水能人的稱呼上。主流文化中，
大禹與協助治的伯益、后稷等助手之間是上下級的官僚關係，而在民間講述
中，上下級別的官僚體系隱藏了，轉化為帶有宗族性質的親屬關係，大禹的
助手成為大禹的外甥，將在帝王傳說中的上下級關係轉變為親屬中的舅甥關
係。舅舅在親屬關係與日常生活中展現重要功能，母舅是親屬關係中的重要
成員，在諸如喪葬、嫁娶等儀式中扮演非常重要的角色。特別是在漢族社會，
女性在婚姻中的確定權通常由母舅來行使，潘光旦就此做過詳細描述，「在華
北江南的漢族中，女子出嫁須由舅舅背上喜轎；成年的兄弟吵架，到不可開
交時，總要請娘舅出來調解；兄弟分灶分家，也要請他來做中證人」〔註25〕。
那麼鑒於母舅地位和特殊的文化意義，民間大禹治水傳說中的舅甥關係也生
發出了獨特意味。

舅甥關係在歷史中常以形容唐代王朝與蕃地之間的和親關係。唐代在和
親的關係中，中央王朝佔據主導地位，而吐蕃地區居於從屬的位置，「通過和
親使唐朝和吐蕃建立一種政治上的隸屬關係或者依附關係，進而試圖把握吐

〔註24〕常松木：登封大禹神話傳說〔M〕，鄭州：河南文藝出版社，2014。
〔註25〕潘光旦：論中國父權神話對舅權的抑制〔J〕，新建設，第3卷第5期。

蕃王朝的發展方向，」「通過舅甥式關係的和親，儘管不隸屬與中原王朝，但是也接受舅甥之間的尊卑序列，從而開始對中原王朝實行納貢」，〔註 26〕由舅甥式的和親關係到隱喻的供奉關係，實際上彰顯了一種中央與邊緣的權力圖景。

在此可以說，大禹傳說進行民間性轉化時，將原本屬於官僚體系中的上下級關係轉變為具有權威差序格局的舅甥關係，顯現了民間轉化的一個限度問題，這種有限性是在象徵—結構的體系下作用於民間的。正統中所標榜的規則，在民間雖然經過了民間化的多層變異，但是這些變異是有限的，往往承載了正統文化的深層敘事結構。這種深層結構的一致性在大禹身世傳說中較為明顯，在主流話語下，帝王授於天命，地方傳說裏則是大禹來自玉皇的冊封，兩者都存在一種上（天命／玉皇）對下（帝王／普通神靈）的隱喻結構，或者說，地方話語中大禹的身份儘管具有世俗性，但是仍是對主流傳說深層敘事結構的模仿。

這種轉化的有限性還體現在該地區流傳的塗山化石傳說中。登封地區關於塗山氏的講述，充滿冷暖人情。費孝通認為，中國鄉村社會夫婦之間，沒有兒女感情可言，缺少西方浪漫戀愛中的狂熱。其實細讀登封傳說，在民眾的口中，塗山和大禹之間有很多隱秘而含蓄的情感表達。無論是塗山看到大禹時的嬌羞還是塗山和婆婆對話時擔憂，儘管未確切的告訴我們具體的婚姻和家庭生活內容，但我們也切實的感受到了他們彼此間的深情和溫柔。她埋怨因治水不回家的大禹「從咱大門過去，都不回家看看」（《照爺石》），甚至罵大禹「是個不顧家的死鬼」（《過門不入》），看到疲憊的大禹，又心疼地說「快回家歇歇吧！看你累哩，給你換身衣服」（《過門不入》），其實從這些細小的描述中，我們能看到尋常百姓家的夫妻之間，細微而靈動的日常生活。但在文獻記載中，塗山氏的形象就單一了很多，第四章已經有不少提及。這些描述中，都沒有對塗山化石做出解釋，此點在民間傳說中有了彌補：面對洪水，大禹常化熊開山泄水，同時囑託來送飯的塗山氏，只有聽到咚咚咚的聲音時，才能來治水的地方送飯，有一次誤打誤撞，錯聽了大禹的信號，提前來送飯，結果碰見化成熊的大禹開山，塗山因此化成石頭，石開後生了啟。傳統歷史文獻中出現的大禹化熊和啟母化石情節，但在民間傳說中，將這兩點聯繫為一體，並解釋了啟母化石的原因：違禁。這段傳說裏有一個十分

〔註 26〕張云：舅甥關係、貢賜關係、宗藩關係及供施關係〔J〕，中國邊疆史研究，2007（3）。

清晰的情節模式：設禁—違禁—懲罰。普魯普說，禁令和違禁是一對不可分割的概念，有了禁令才能有違禁之說。該傳說中，禁令由大禹設置，聽到信號才能過來，違背禁令的是塗山，受到懲罰的也是塗山。這一脈絡涉及了兩組獨立性的模式：男性—女性，公共空間—私人空間，治水可以看做一種公共事務，參與者大多數為男性甚至是規避女性身份的進入，抑或是將女性身份置放在男性主角身份之下，她只能在男性准予之下或者作為參與者存在。在啟母化石中，塗山只有在大禹准許的情形下方能出現在治水的場合，否則，就會收到懲罰。這裡面的隱喻在於，男性空間對女性的區隔，女性被規置在家庭等私人空間之內，其參與進入公共空間的條件是男性的准許或是作為參與者、輔助者的角色存在。在關於塗山形象的民間口述中，儘管她可以自在的表達自身的情感，但是這種表達的背後隱藏著中國主流文化的機理，即對男性和女性的不同塑模，女性在公共空間的中的地位始終是低於男性的。

登封傳說中，所顯示正是大禹所攜帶的大傳統對小傳統的一種高壓。大傳統儘管和作為小傳統的地方文化存在一種張力關係，但是，除了一個常見於文獻，一個流傳與民眾口頭中，兩者在結構上沒有本質性的差別，兩者運用了同一套話語，可以說，大禹地方傳說和主流傳說的內在結構具有一致性。

小結　共祖傳說的私有化

大禹治水傳說的民間狀態是一種文獻與口頭的共生，在民眾視野裏，傳說和歷史的體裁意義並非涇渭分明，而是處於一種心性的感受與體驗性的表達之中。他們認可這件事情的真實性，因為真實，使得其成為可以援引到自身表達中的敘事實踐。在這一實踐過程中，民眾又藉以自身在歷史和生活之流中的感受，重新表述了該傳說的意義和價值。

對於地方性和民間性的大禹傳說來說，其最主要的改變在於「大禹話多了，人也活潑多了」，如同在經過民間之風薰染過的歌聲一樣，離近大地和人群。正統傳說中的大禹形象慢慢被民風消解，變成了擁有喜怒哀樂的常人。這一點正是展示了民間真正意義所在：民間是一個愛與自由的世界，沒有聖人，只有懷有人之常情的常人。這種民間性的轉化帶來的，使得原本屬於華夏文化認同表徵的大禹成為了帶有地方和「私人」屬性的傳說，原屬於共同體的公共資源被私有化，成為地方社會用以表達文化訴求的話語。

第七章　道義表達：浙江德清大禹治水傳說的地域訴求

　　從文獻記載看，防風傳說與大禹治水傳說往往糾結環繞，學界常將防風傳說看做大禹治水傳說的一個分支形態。關於大禹殺防風的傳說，在《國語·魯語》中就有記載，在第三章筆者也提及過，大禹殺防風傳說單元是整個大禹傳說中，獨立且獨特的情節單元。對於主體形態的大禹傳說來說，傳說成為一種歷史的範式，用以規整和框範人類的秩序感。但在浙江德清境內關於防風傳說的民間講述中，存在諸多含義和指向不同的傳說內容，形成了獨特的意蘊。本章擬在當今依然流傳的防風口頭文本的基礎上，揭示大禹治水傳說的民間話語與地域訴求。

第一節　德清與德清防風傳說

一、德清與良渚文化

　　德清縣現位於浙江湖州市內，它是古防風國的中心地域，其內有封、禹二山。據《德清縣志》載，德清在春秋、戰國時期分屬越國和楚國，唐前屬武康縣，《武康縣志》中有防風氏國的記載，「古防風氏國於封嵎，為今武康之地，考之記傳，足徵也……」〔註1〕。在唐之後，才正式命名為德清縣，其毗鄰長江三角洲，衛星圖如下：

〔註 1〕明·嘉靖《武康縣志》，上海古籍書店據天一閣藏本影印本，轉引自鍾偉今：防風氏資料彙編〔M〕，天津：天津古籍出版社，1964。

圖 7.1.1 禹王像所在位置為本章所涉及的地域，
底圖源自中國自然資源

　　官網關於防風國的地域在文獻中已有確切地記載。《史記》集解徐廣注，防風氏國境內的封禺山在武康縣南即今日的環太湖地區，其區域包括安吉、長興、德清三縣，江蘇的吳江與餘杭的良渚一帶也都是防風國的範圍。

　　對於防風國的時間段，當代考古學者經過推測，亦基本達成共識。他們認為，防風國的下限與良渚文化的下限是一致的。從考古遺址看，良渚文化的時間段在公元前 5000 至公元前 4000 年之間，由此推測，防風古國的下限為公元前 4000 年之前，在夏代建立第一個文明國家之前已經因了某些理由滅亡。塞維斯認為，早期國家是建立在酋邦制度之上的，加之蘇秉琦在提出的太湖流域的古文化、古城、古國」的課題，認為在文明形成之前，不同地域文化經歷了一個古國時期，環太湖地區是良渚文化遺址的集中地區，單在這個範圍內，「目前已經發現有五十多個記載與目前發現的良渚文化的實物遺存，有的還緊鄰著連成一片，」〔註 2〕可以說，防風氏國的屬性應該是良渚文化時期的古國，防風古國與良渚文化有緊密的聯繫，它是良渚文化的一個主人。〔註 3〕

〔註 2〕方苜生：良渚文化與防風古國〔C〕，百越文化研究，廈門：廈門大學出版社，2005。

〔註 3〕這一點學界也達成共識，參見：夏南星：論防風古國與良渚文化〔J〕，史前研究，2000。

二、德清防風傳說的描述和解釋功能

（一）防風傳說的文獻記載

最早的關於大禹殺防風的文字載錄於《國語·魯語》中，其載如下：

> 吳伐越，墮會稽，獲骨焉，節專車。吳子使來好聘，且問之仲尼……仲尼曰：「丘聞之：昔禹致群神於會稽之山，防風氏後至，禹殺而戮之，其骨節專車。此為大矣。」客曰：「防風何守也？」客曰：「人長之極幾何？」仲尼曰：「僬僥氏長三尺，短之至也。長者不過十之，數之極也。」〔註4〕

這段文字不僅記載了「禹殺防風」情節，而且對防風氏的身份譜系、族群地望、外貌特點等有了完備的敘述。其一，防風氏骨節專車，即是說其外貌高大。這點在諸多後世的記載中多有表述，如《論衡·齊世》中，言「天地初立，始為人時，長可如防風之君，色如宋朝，壽如彭祖乎？」，〔註5〕防風之長可以同彭祖之壽相比，其長百尺。其二，其族群在夏商時被稱為汪芒氏，在周代則稱長狄，而在春秋時期則被稱大人，其為漆姓。但是這些資料，並沒有特別揭示防風族群的來源，學界儘管在上古族群的背景下做出猜測，但是仍沒有切實的證據證明，亦無法解釋為何傳說中會有防風治水等情節。在諸多描述中，最為人所樂道的是關於防風的死因。孔子回答是因為「禹致群神於諸侯……防風後至，禹殺而戮之」，但是「後至」和「殺戮」之間夠不夠成因果關係並沒有清晰表述，只是從後來的論述中，才有可以解釋兩者之間因果關聯的證據。

《韓非子·飾邪》云：

> 昔者舜使吏決鴻水，先令有功而舜殺之；禹朝諸侯之君會稽之上，防風之君後至而禹斬之。以此觀之，先令者殺，後令者斬，則古者先貴如令矣。〔註6〕

韓非子的意思是要依法行事，儘管鯀治水有功，但是他沒有遵從法理，所以被殺，舉一反三，防風後至，也沒有遵從該有的法理，所以被殺，從這裡看出，防風被殺的原因的確是「後至」。不同於文獻記載中的適可而止，民間的大禹傳說，不僅以生動合理的闡釋，描述述了大禹殺防風的經過，而且對防風後至被殺的「實情」進行了重新的解釋和獨具異格的闡釋。

〔註4〕左丘明撰：國語〔M〕，上海：上海古籍出版社，2015。
〔註5〕王充著，陳蒲清點校：論衡〔M〕，長沙：嶽麓書社，1991。
〔註6〕高華平、王齊洲、張三夕譯注：韓非子〔M〕，北京：中華書局，2010。

（二）描述性和解釋性的德清防風傳說

根據德清地區現流傳的防風傳說〔註7〕，當代搜集而來的防風傳說，主要是從上世紀80年代後期，由鍾偉今等人逐漸搜集而來的。筆者選取典型文本擇錄如下：

表 7.1.1 德清大禹傳說匯總表

序　號	題　目	情　節
1	大禹找防風	華胥履防風腳印生伏羲，伏羲畫八卦圖。大禹治水到南方，求助於伏羲，防風氏及十八個兄弟一同隨大禹治水。
2	防風立國	大禹治水，求助於小漆氏，小漆氏受命後，和四弟相公開鑿八十一條河巷，大禹見其治水有功，賜防風氏。
3	防風塔	大禹開龍門後，將水趕到南方，防風和鯀在南方治水遇到很大的困難，鯀被舜殺。防風按照大禹的方法，將洪水注入大海。建立防風塔。
4	大禹封山訪巨人	漆氏最小的名號為防風，手下有四弟相公一起治水。華胥履防風腳印受孕生伏羲。大禹訪防風治水之道，由此，六賢一同治水。
5	防風著書	防風治水得力於禹王重用，蕭伍嫉妒防風氏，赴會遲到歸鄉休養。著書「地隱伐蕭」，禹王認清蕭伍面目，斬蕭伍，為防風舉辦祭祀。
6	防風之死	夏禹治水成功後，會群臣，防風因遲到，被殺。防風被殺後，一股白血衝天，禹王懊悔誤殺防風，敕令防風王，建防風祠。
7	防風三難大禹	夏王朝第一次祭天，防風三問大禹，大禹懷恨在心，殺害了防風。
8	刑塘戮防風	夏禹王登記大會諸侯，防風氏因治水遲到，下雨網因防風再三頂撞，懷恨在心斬其頭。後來夏禹在太湖視察時候，遭遇三位勇士襲擊，驚嚇過度，葬在會稽山。
9	防風舞	防風不辭勞苦治水，並救了五個山區巫婆的養女，防風被大禹殺害後，部落首領舉行祭祀，五個孤女跳防風舞。

〔註7〕傳說大部分由鍾偉今採錄，主要收集在鍾偉今主編：防風氏資料彙編〔M〕，天津：天津古籍出版社，1999。

10	禹殺防風求天助	由於路遙遙迢迢遲到，大禹想砍其頭。防風法力無邊，大禹向天祈禱讓防風法力消失，禹由此砍下了防風的頭。防風國祭典防風為長人菩薩。
11	防風王神耖治洪留石浪	大禹會稽山召開慶功會，愛民如子的防風用耖治水，因而在慶功會上遲到，被大禹所殺。後來，三兄弟向大禹復仇。
12	防風樹	大禹在防風和伏羲父子的幫助下，治水成功，卻被大禹所殺。後來，大禹反省自己，每天八月二十五舉行祭祀，防風被昭雪，變成了紅葉。
13	防風之死	夏禹治水成功後，因防風遲到，防風被殺後一股白血衝天，禹王懊悔殺防風，敕令防風王，建防風祠。
14	防風井	防風和鯀治水，鯀被殺害後，防風挖井探測水情。後因忙於治水，開會時候遲到而被斬，防風挖的井被成為防風井。
15	十里湖塘七尺廟	會稽洪澇嚴重，有十里長的湖塘，築土挖塘的時候，挖出骨頭七尺長。問孔夫子骨七尺長，孔夫子說是防風氏的腳脛骨。因為當時官府衙門都尊重夏禹王，不敢公開稱它為防風廟，但總會在春秋祭祀這位古代的治水英雄。
16	武康防風廟的來歷	防風廟因違反朝廷禁令不敢造。縣老爺說其被錯殺，禹王都後悔了，武康人塑了防風神像，還有禹王的神像，八月二十五祭祀防風，六月初六祭祀禹王。

在上一章中，將大禹傳說放在特定的背景下，提出身份傳說的類別，在諸多傳說分類中，也有學者根據傳說講述的功能，分為解釋性傳說和描述性傳說。程薔曾指出，以時間段分類，比如分古代傳說、近代傳說等傳說分類方法，具有年代的不確定性，「產生於晚世的傳說很可能採取『託古』的手法，附會在更早的歷史時代上，流傳與早世的作品很可能經過較長時間才能被文人、史家行諸文字、收錄於典籍中。」〔註8〕這段話點名了傳說產生時間和流傳時間的不同步性，因此吸取這些傳說分類的不確定性，分類時抓住每種傳說的核心，將傳說分為了描述性傳說和解釋性傳說。前者指代的是描述人物的事蹟、事件發生過程的傳說，後者往往和地方風物聯繫在一起，解釋其起源來歷或者形成原因的傳說。

〔註8〕程薔：中國民間傳說〔M〕，杭州：浙江教育出版社，1989。

上述 16 則傳說中，描述性的防風傳說主要是在於描述防風協助大禹治水的過程及防風立國的過程，如《大禹找防風》、《防風立國》、《大禹封山訪巨人》、《防風著書》等，這寫傳說中，防風和大禹一起充當了主角的功能，兩者同樣出於集體感奔波於各方治水，同樣成為國家或者地方的君王。而在解釋性的防風傳說中，又可分為兩類，一是涉及德清的地方性知識，如《防風樹》、《防風塔》、《防風舞》等動植物傳說或者民俗傳說。二是解釋了防風為何被殺的原因，如《刑塘戮防風》、《大禹殺防風》等，這一類傳說佔據大多數，並成為整個德清防風傳說的核心。無論是文獻的記載，還是口頭的流傳，離最初防風古國或者良渚文化時期已經極為久遠了，因此，回歸到良渚文化的背景之內，我們方能發現防風傳說的初始含義。

第二節　防風傳說的原型

上文提及防風古國的時間段可能在公元前 4000 年到公元前 5000 年之間，這段時期中，環太湖地域的文明恰好是為良渚文化時期，德清縣也是良渚文化的主要遺址之一。

一、良渚文化中的日、鳥崇拜

良渚文化時期，稻作農業發達。地處長江中下游的河姆渡遺址和桐鄉羅家角遺址出土的大量栽培稻穀，已有七千年的歷史。良渚文化遺址也發現大量的稻穀遺存，證明古越地區稻作農耕的悠久。稻作生產自然離不開太陽，幾乎世界每個農耕民族都有對太陽的崇拜因子存在，這種對太陽的崇拜，在當代吳越地區仍有留存，如「招米魂時，要念《太陽經》，收割脫粒時，也要念《太陽經》」。

> 太陽明明珠光佛，四大神州照乾坤。太陽一出滿天紅，曉夜行
> 來不住停。行得快來催人老，行得遲來不留存。家家門前都行過，
> 碰著後生叫小名。惱了二神歸山去，餓死黎民苦眾生。天上嘸我嘸
> 曉夜，地下非我莫收成。世間嘸我來行動，晝夜不分苦萬分。太陽
> 三月十九生，家家念佛點紅燈。〔註9〕

上面這段關於「太陽」的吳越歌謠，證明在民間，該地區現在對太陽的崇拜也十分普遍。再回到良渚文化中，從出土器物的圖像來看，良渚文化時期，

〔註9〕姜彬：姜彬文集〔M〕，上海：上海社會科學院出版社，2007。

其祭祀神祇主要包含「太陽」文化因子，特別是「太陽神徽」（圖一〔註10〕、二〔註11〕），如下圖所示，出土的玉器、陶器中的圖案或者紋飾證明良渚時期的太陽崇拜。

圖一　　　　　　　　　　　　　　圖二

　　對於稻作生產的鳥崇拜，一是稻米穀種的來源與鳥有關。陳勤建在論述古越鳥崇拜與稻作生產時，搜集到三則鳥盜穀種的傳說，傳說大體意思是「穀種只有天上有，老鼠和麻雀一起偷穀種。天上的穀種被大肚羅漢掌管，大肚羅漢將穀種裝在麻袋裏。老鼠咬破麻袋，穀種漏了出來。麻雀叼走穀種，從此，人間就有了穀種，所以，每到稻穀成熟時，他們首先到田裏嘗新」。〔註12〕其二是吳越地區流傳著「鳥田」的神話傳說。本身越的自然環境與氣候條件優越，東漢王充說「會稽，眾鳥所居」，從考古發掘看，生活在餘姚河姆渡一帶的動物群中能辨認的鳥類就有近十種，〔註13〕《吳越春秋》和《越絕書》中皆有鳥田及記載：「少康恐禹祭之絕祀，乃封其庶子於越，號曰無餘。余始受封，人民山居，雖有鳥田之利，租貢才給宗廟祭祀之費」。〔註14〕「大越海濱之民，獨以鳥田，小大有差，進退有行，莫將自使」。〔註15〕同時，在良渚文化的祭祀體系中，有「陽鳥祭壇圖」，亦表明了「鳥」與稻作生產之間的關係，如下圖圖三〔註16〕、四〔註17〕。

〔註10〕良渚出土玉鐲上的太陽神徽，美國弗利爾美術館館藏。
〔註11〕餘杭荀山出土的陶豆內部所見太陽神徽。由幾個同心圓組成的太陽居中，火焰紋分居兩側。
〔註12〕轉自陳勤建：古越地區鳥信仰與稻作生產〔C〕，中國民間文化——民間稻作文化研究，上海：學林出版社，1993。
〔註13〕浙江省博物館自然組：河姆渡遺址動植物的鑒定研究，〔J〕考古學報，1978（1）。
〔註14〕趙曄撰：吳越春秋〔M〕，北京：中華書局，1985。
〔註15〕越絕書，杭州：浙江古籍出版社，2003。
〔註16〕良渚出土玉鐲上的太陽神徽，美國弗利爾美術館館藏。
〔註17〕餘杭荀山出土的陶豆內部所見太陽神徽。由幾個同心圓組成的太陽居中，火焰紋分居兩側。

圖三   圖四

　　防風傳說與日、鳥崇拜有何關聯呢？中國自古來就有太陽為天神之眼的傳說，比如中國的盤古化生神話，左眼化為太陽，右眼化為月亮，眼睛與太陽崇拜是密不可分的，在防風神話中，民間關於防風神的記載同防風祭祀儀式是一體的，任昉《述異記》中載：「今吳越間防風廟，土木作其形，龍首牛耳，連眉一目。……今南中民有姓防風氏，即其後也。皆長大。越俗，祭防風神，奏防風古樂，截竹三尺，吹之如嘷，三人披髮而舞。」〔註18〕從《述異記》所錄，可見防風神的形象為「龍首牛耳，連眉一目」，而這種形象的神祇在傳統文化中並不多見。再次是描述了關於防風神的祭祀儀式，「吹之如嘷」、「披髮而舞」，表明祭祀過程有音樂和舞蹈等固定行為。防風的相貌是「連眉一目」，其與良渚時期的太陽神徽和鳥圖案類似（參見圖二、圖四），說明防風神話中所隱含的良渚文化的神性因子，崇鳥和崇拜日的集體意識深深地印在吳越民眾的心靈上。且以後世文獻觀之，防風的祭祀儀式有春祭和秋祭兩種，春祭在開春三月，秋祭時間為每年的農曆八月二十五，春秋兩個祭祀分別是農耕稻作開始和結束的時間，〔註19〕因而，我們可以推斷，防風氏神話與稻作祭祀可能有關聯。

二、原型：稻作祭祀儀式

　　在原始崇拜中，儀式比神話更具有穩定性。「神話根本不是古代宗教的必不可少的內容，在原始時代，宗教不是一套附有實際應用方法的信仰體系，而是一套固定的傳統行動，每一個社會成員都把它作為理所當然的事情來遵從。」〔註20〕這一固定的「傳統行動」即是我們所說的儀式。對於

〔註18〕任昉：述異記〔M〕，北京：中華書局，2003。

〔註19〕高福進：太陽崇拜與太陽神話：一種原始文化的世界性透視〔M〕，上海：上海人民出版社，2002。

〔註20〕（英）埃里克·夏普著，呂大吉、何光滬、徐大建譯：比較宗教學史〔M〕，上海：上海人民出版社，1988。

儀式在原始崇拜中的重要性，弗雷澤認為「神話其產生於巫術向宗教的過渡階段」，「在巫術失敗後，人們想像大自然是由神來操縱的，關於神的故事也由此產生，神話產生的時代是巫術與宗教交替時期，所以神話中保留有巫術信仰的殘餘」。〔註21〕就是說神話在儀式之後產生，比如弗雷澤認為狄俄尼索斯是象徵一年四季循環，能夠週期性復活的神靈。

正如弗雷澤所說，巫術儀式不發揮作用力，就產生了神話。原本稻作祭祀儀式的神聖性在遭遇洪水時破滅了。稻作生產本身依賴於正常的水分和陽光，水分過多，會導致淹泡絕收，水分過少，水稻則暴曬缺水絕收。考古跡象顯示：「良渚文化時期太湖流域仍屬地勢平坦、水網密布的湖沼平原。上海馬橋一直Ⅰ區 T1011 西壁剖面的地層堆積資料也證實了良渚文化在其發展過程中，平原地區曾多次遭遇洪澇的侵害。」〔註22〕儘管當時已經水網網絡，但是，氣候的巨大變遷加之人地關係平衡的打破，使得稻作生產發生大的潰敗，也導致了良渚文化走向末路。

稻作生產碰上洪水潰敗了，證明稻作祭祀儀式的失常，導致神話的產生，這也可以解釋，為何防風神靈在民間講述中，防風會治水的緣故。防的本義是堤案、堤壩，《周禮·稻人》言：「稻人掌稼下地，以瀦蓄水，以防止水也」，坊就是豬旁堤的意思。對於「風」的意思，「在甲骨文中只有從鳥的鳳字，沒有從蟲的風字。甲骨文從鳥的鳳字，絕大多數假作風雨之風。因古人以為以鳳鼓翼而生風，故鳳風同字。」〔註23〕可見風字本是從鳥的鳳字，和祭祀儀式中鳥崇拜有關。如上文圖示，其連眉一目的形象正是稻作祭祀中日、鳥崇拜的人格化和形象化。

三、防風神形象的增飾與大禹傳說的並接

對於防風傳說為何後來與大禹傳說並接，在我看來，得自於族群融合的關係，春秋時期是民族融合的重要時期。《國語》中說：

> 仲尼曰：「汪芒氏之君也，守封、嵎之山者也，為漆姓。在虞、夏、商為汪芒氏，於周為長狄，今為大人。」客曰：「敢問誰守為神？」
> 仲尼曰：「山川之靈，足以紀綱天下者，其守為神；社稷之守者，

〔註21〕孟慧英：神話儀式學派的發生與發展〔J〕，中央民族大學學報，2006（5）。
〔註22〕蔣衛東：自然文化變遷與良渚文化興衰關係的思考〔J〕，華夏考古，2003（2）。
〔註23〕董楚平：《國語》防風氏箋證〔J〕，歷史研究，1993（5）。

為公侯。皆屬於王者。」〔註24〕

這些描述可以窺見其所殘留的狄族文化因子。「乃出仲尼推測，非謂其人如是，了無足怪矣」。〔註25〕在諸多文獻記載中，「百尺巨人」、「巨人」等都指向了狄族的支系長狄。關於「長狄」的稱呼在《左傳》中就有，《傳》曰：「長狄也，弟兄三人，佚宕中國，瓦石不能害。叔孫得臣，最善射者也，射其目，身橫九畝，斷其首而載之，眉見於軾。」〔註26〕長狄作為夷狄的一個支系，最大的特點是「身長」，《疏》引《關中記》曰：「秦始皇二十六年，有長人十二，見於臨洮。身長百尺。皆夷狄服。」《穀梁疏》引《考異郵》曰：「兄三人，各長百尺，別之國，欲為君」，〔註27〕長狄為身長百尺的巨人、怪人已廣為流傳。

再看《博物志》中記錄的防風氏：「禹致群臣於會稽，防風氏後至，戮而殺之，其骨專車。長狄喬如，身橫九畝，長五丈四尺，或長十丈」。該段記載將防風之高與長狄之長並列。《說文解字》言：「北方長狄國也。在夏為防風氏，在殷為汪茫氏」，可見長狄與防風之間的緊密聯繫，長狄與防風有諸多相似點。學界認為其是春秋時期地狄族的一支，與白狄、赤狄並列，因其身形巨大，被成為長狄。《義疏》又云：「曰此《傳》文，長狄有種。種類相生，當有支胤。惟獲數人，其種遂絕，深可疑之。命受封禺之山，賜之為漆姓」，同時又質疑「世為國主，經歷四代，安得更無直屬，惟有四人？」意指長狄受命守封山、禺山，應為國主，後代難道只有四人嗎？對這一質疑，呂思勉認為，《疏》中的質疑，是因為身長三尺是孔子的推論，而非事實。「不知鄭瞞遂亡，惟防風氏一族。蓋泰伯、仲雍。竄身揚越，君為姬姓，民則文身。設使當日弟昆，並被異邦餐殺，南國神明之胄，固可云由是而亡。汪茫本受會稽，長狄跌宕兗、冀，蓋由支裔北徙，君臨群狄；……至於封禺舊守，原未嘗云不祀忽諸也」，〔註28〕此段意為春秋時期的長狄支系鄭瞞為防風氏族，後來為齊國所滅，在戰爭中，防風族群可能遷徙到了吳越江南地區。

防風族群遷徙到吳越地區之後，受到吳越文化的深刻影響。載此段記載比較與《國語》和《傳》及其義疏中的記載，防風氏已成神靈，並帶有吳越

〔註24〕左丘明撰：國語〔M〕，上海：上海古籍出版社，2015。
〔註25〕左丘明撰：國語〔M〕，上海：上海古籍出版社，2015。
〔註26〕李學勤主編：春秋左傳正義〔M〕//十三經注疏：標點本 7，北京：北京大學出版社，1991。
〔註27〕呂思勉：中國民族史兩種〔M〕，上海：上海古籍出版社，2008。
〔註28〕呂思勉：中國民族史兩種〔M〕，上海：上海古籍出版社，2008。

地區的文化特色，逐一分析，可以看出，吳越地區的防風氏形象融合了楚（苗）、狄、吳越等多種文化因子。民間的防風神像，其特點是「龍首牛耳，連眉一目」，上文言連眉一目自是古越文化的遺存，但龍首牛耳可能是受楚地苗族蚩尤的影響。楚國同吳越地區的關係緊密，文化必然也不斷的交流融合。任昉《述異記》說：「冀州有蚩尤神，謂蚩尤人身、牛蹄、四目、六手，涿鹿間往往掘地得髑髏如鋼鐵者，即蚩尤骨也。齊梁尚有蚩尤齒，長二寸，堅不可碎。」〔註29〕

　　龍首與牛耳是蚩尤的典型形象，冀州舊樂有《蚩尤戲》，戲曲中表演者三三兩兩，頭戴角相互牴觸競力，模仿蚩尤。因為族群交流的密切，使得防風神也有了蚩尤的想像，折射出苗族同吳越地區的廣泛交流。正是由於不同族群的交流，促成了防風形象的衍化，同時借由不同路徑的多元融合，中原地區大禹治水傳說中的深層結構慢慢並接到了防風傳說中。

第三節　喊冤：表達反抗的形式

　　在德清地區的 16 則大禹傳說中，1～4 則傳說主要是描述防風對大禹治水的協助，而 5～14 則傳說中，其主要描述的是禹會諸侯之時，防風因治水後至而被冤殺。這兩類傳說，大禹和防風的關係出現了不同的描述。前者如傳說中的 1 至 4，防風充當了協助者的角色，後者如 5 至 16，大禹在禹殺防風的民眾口頭講述中，充當了反角的功能，反而是防風充當了英雄主角的角色。1 至 4 則傳說，同主流傳說類似，顯現了大禹的勞苦功高和品德意志，但在 5 到 16 則德清大禹殺防風傳說中，彰顯了主體傳說和國家意志之外的民間話語與民間訴求。有一則傳說是這樣的：

　　　　大禹治平地上的洪水，來到會稽茅山開慶功會。各路治水的領頭人陸續前來，到了開會的日子，夏禹王和各地部落首領都興高采烈，一連三天，慶功歡宴，喝得酒醉昏迷。

　　　　突然，天氣驟變，漫天烏雲翻滾。風慘慘，雨淒淒。風雨中急衝衝走來了渾身濕淋淋的巨人防風，只見他全身赤裸裸，只在腰間圍著一條豹皮圍裙，手拖著一柄石製巨斧，十分疲勞地用沙啞的嗓門呼喊道「祝賀禹王登基！恕我來遲了！」

　　　　夏禹王平時對防風三番五次頂撞他，早就記恨在心。如今在歡

〔註29〕任昉：述異記〔M〕，北京：中華書局，2003。

樂的慶功會上，見他這副不成體統的狼狽模樣，衝進會場，何況竟敢小看我禹王，遲到了兩三天。一時怒火滿腔，沉下臉來，屬聲喝道：「大膽防風，你來幹什麼？」「我來參加你的登基慶功大會啊！」「那為何姍姍來遲。手執巨斧，用意何在？」夏禹王不容他分辨，就令左右衛士：「快給我綁了！」

天不怕地不怕的防風，為了怕引起夏禹對他更大的誤會，才讓他們綁了。但是，他還口口聲聲爭辯說「我手執巨斧，是正在苕溪上游治理山洪暴發啊！治理好洪水才趕來，所以來遲了！」

夏禹王剛登上王位，想顯顯自己的威風，正好來一個殺一儆百，威壓各部落的諸侯，於是不管防風如何解釋，還是屬聲命令道：「防風不滿本綱，故意遲到，左右給我斬啦！」

防風知道夏禹早對他記恨在心，今天假公濟私，在各路諸侯面前要弄個罪名殺他。就一蹬腳，悲憤地「哼」了一聲，說要殺就殺吧！

這時，天昏地暗，各部落見心直口快的防風，只因防風遲到就遭夏禹王如此殘暴的殺害，就嚇得酒也醒了，一邊逃散，一邊為防風喊冤：「唉！好一位英雄，死得實在可惜！」是啊，防風死得太冤了！後來，防風臨刑而築的塘，至今在紹興還留下了型（刑）塘這一地名，型塘後面德那座山，就叫做防山。〔註30〕

在中國政治文化體系中，大禹會諸侯於會稽是一種象徵性的儀典行為，其目的在於使得政治政治內在的神聖性具有意義。如格爾茲對君主的巡行儀式的解釋，「君王的御駕巡行定位了社會的中樞，並透過將一塊疆域鈐印在支配的儀式性標記，藉以斷定該中樞與超越塵世之存有的關係」〔註31〕也就是說，大禹通過巡行，使得會稽具有了神聖的地位，而巡行的區域通過與中樞會稽的鏈接，以會稽為中心，也確立自身的地位。大禹傳說中，禹會諸侯於會稽，防風後至被殺，防風後至實質是對神聖性卡利斯瑪意義的瓦解，但民眾的理解與儀典的象徵性發生了摩擦和不協調。

在這則傳說中，民眾藉以合理性的想像，為防風敲響了冤屈的聲音。防風後至的原因同大禹一般，都是為了替民治水，耽擱了時間。但大禹卻出於嫉妒和對防風的懷恨，不管青紅皂白，將防風冤殺，這一冤殺帶來了是民眾

〔註30〕選自鍾偉金：防風資料彙編〔M〕，天津：天津古籍出版社，1988。
〔註31〕格爾茲著，楊德睿譯：地方性知識〔M〕，北京：商務印書館，2014。

對防風的懷念和祭祀。可以說，民眾對防風所遭遇的不公，並沒有實質性的反抗，而是始終以「喊冤」表達對權威的對抗。斯科特在《弱者的武器》中，通過對馬來西亞地區長期的田野調查，作者指出不同於傳統的針對社會運動和社會反抗等的宏大研究，更加注意到對於大多數下層階級來過於奢侈，相比於採取公開的、有組織的自取滅亡的政治運動，農民的反抗形式通常是隱藏的及不明顯的，他們通常包括偷懶、裝糊塗、開小差、假裝順從、偷盜、裝瘋賣傻、誹謗等等，這些被稱為弱者的武器。〔註32〕它是作為弱者群體的武器，以抵抗權力或者權威所造成壓迫，德清地區的防風傳說，正是作為一種非公開性質的隱藏文本，避開了掌權者的監視，隱藏在後臺，以喊冤的形式解構著公開文本所表達的內容與權威。本來在正統權威中，其被殺的原因根節在於對中心神聖權威的打破，但是民眾對這種瓦解有了自己的解釋，這些解釋正是一種潛在的反抗。

「喊冤」作為一種反抗權威的形式，並沒有實質性的內容。傳說中的 15 與 16 則傳說，其敘述中都有「因為大家都敬重禹王，不敢公開稱防風」與「因防風廟因違反朝廷禁令不敢造」的口述記載，兩處講述的核心在於強調禹王的公開性與防風廟的隱匿性。防風廟是民眾在民眾情感的推動下，藏匿於民間，未公開也未獲得准許，因而反抗始終是一種隱藏的形式，以「喊冤」、「明屈」的形式來表達。

第四節　申義：防風傳說中的英雄道義觀

從搜集而來的傳說去解讀民眾的意識並非易事，這是由於傳說講述的非均質性，這一非均質不僅僅是傳說的流傳區域，也有傳說講述群體的非均質性。在此，筆者只能將這些傳說看做地域性文化的折射，將其講述和流傳皆看做均質性的，以迄對為何民眾會講述這種傳說，還抒寫了如此多的傳說細節等問題做出解釋。

地方社會存在一個矛盾的地方，地方民眾既需要一個具有同大禹相似「力量」的神靈存在，同時需要一個自由表達自身邏輯的空間，因而，使得地方傳說充滿了雜糅性和包容性。德清地域的防風傳說情節，替代性的轉化了

〔註32〕斯科特著，鄭廣懷等譯：弱者的武器：農民反抗的日常形式〔M〕，上海：譯林出版社，2007。

禹之治水情節，將大禹治水傳說情節挪移至防風，防風所具備的德行正是大禹所具備的。每個能領導治水之人或者成為君主者，都必須帶有某種超常的特質。韋伯在分析統治結構的類型時，將這種支配型社會所依賴的非理性化的人格特質稱之為卡利斯瑪，擁有卡利斯瑪的人往往被認為是超凡的或者神聖的。〔註33〕這種特質表現在必須拋棄個體情感，轉向對權威模式的趨同。地方傳說中的防風同大禹一樣，具有了這種卡利斯瑪特質。與大禹為「天下」國家所樹立的秩序類似，防風傳說對大禹傳說所攜帶的德性與規則進行了模仿，兩者都出於集體利益而東奔西走，治理水患。

同時，民間或者地方始終是一個具有自在和自為性質的文化空間，是一個充滿野性的存在。當相似的文化結構並接於此禹殺防風傳說之中時，傳統文化與文明秩序被置身於一場經驗性的冒險。中國政治文化所標榜的德與行，通過文化的挪用和傳說的重新表述，其意義在歷史中被再生產出來。對民間和地方社會而言，情感實際上是一種「維繫著私人的道德」，而這種道德是以自己作為中心的推延出去的差序格局的道德體系。正如費孝通指出的鄉村社會中的差序格局那樣，王子犯法庶民同罪的法治在鄉村社會中講不通，每個人總是視乎與自己的親疏關係再做定奪，標準總是富有彈性，這也是由鄉村具有的「家」的伸縮自如與界限模糊形成的差序格局決定的，環繞差序，宏觀至家族，秩序，權力，微觀到村落的空間分布、民間信仰等等都出現了漣漪狀。因而，民眾在面向家庭、社會、宗教三個維度生活時，〔註34〕就有了一種國家意志和地域道德之間的衝突，支撐德、行的「道義」是一種自發的追求。如傳說《大禹找防風》中，就說到，防風有八十一個兄弟，大禹來尋防風治水，防風卻讓大禹去尋伏羲，因為自己還要為八十一個兄弟尋找食物。家庭之間的情義放在了首位，超越了集體性的情感追求。

對於德清民眾來說，防風氏很大程度上以地方「治水英雄」的身份存在的。尚力和尚義是對英雄的雙向標準，因尚力，所以防風體格魁梧，「站著像一座小山，躺下像河一樣長」，這種描述幾乎見於每一則傳說中。對於尚義，更體現在防風對待死亡的態度和死亡的價值上。對生和死的思考本身就是世界各民族文化的共有命題，防風傳說中涉及了大量關於防風死亡的描述。

〔註33〕劉琪、黃建波：卡里斯瑪理論的發展與反思〔J〕，世界宗教文化，2010（4）。
〔註34〕歐達偉在《中國民眾思想史論》，就以家庭、社會、宗教三個維度進行了民眾思想史的討論。

如《防風之死》中，說大禹盛怒之下，要殺掉防風：

> 禹王耳朵裏，這幾天塞滿了奉承話，對防風遲到格外惱火，一時怒氣衝天地說：「防風國離茅山最近，可是偏偏遲到，你不是居功自高，目無君王是什麼？」於是要殺掉防風，可是防風氏生就匹長匹大的架坯，劊子手的頭還夠不到防風氏的大腿，防風就說「禹王，我要站著死，你要殺我，快用木頭搭一隻刑臺」於是禹王就選擇了一條河塘，令人在塘上用木頭搭起一個三丈六尺的高臺作為「刑臺」，但是劊子手砍了幾刀防風氏的頭才落地，頭落地卻沒有見血，過來好一會，突然一股白血衝天直噴！
>
> 禹王和各路諸侯十分震驚，親自盤問左右官員，同時派人到防風國去察訪實情。幾天後，察訪的人向禹王稟報，防風的確在來的路上遇上出蛟，忙得幾天飯也顧不上吃，所以才耽誤了會期。禹王聽了，想到錯怪了防風，留下了眼淚。〔註35〕

此類英雄死亡主題在傳統文化，特別是通俗小說中有諸多描述。如《三國演義》，在群雄逐鹿的戰爭背景下，一個個體英雄的死亡造就了整部小說的英雄群體的悲壯，「捨生取義」和「殺身成仁」成為英雄個體的追求。在防風傳說中，同樣存在一種英雄的道義觀，寄託著民眾的心情，從而也造就了群體內部自我認同的關鍵：道德的優越性。社會心理學指出，自我的存在是在同一情境下通過比較而得出的，與他人的微妙差異造就了對自我的認同，儘管，這種差異對他人是不足道，但對自己確實給予了某些標杆的作用。〔註36〕

傳說中所體現的道德優越性，將傳說、個體和群體的認同糅合於一體，形成了講述群體內部的「優越性」認同。如《雌雄井》中，說：「德清有一口防風井，山東有一口楊府井，防風氏雄井，楊府是雌井。楊府的井本是一口普通的井，每年會渾濁一次，只要倒入防風井的水，渾水就會變得清澈。因此，楊府內年照例要派人從山東到二都防風井取水。混合了雌雄井的井水，楊府的人喝了它就會力大無窮，精忠報國。」〔註37〕防風井中的水對楊府

〔註35〕鍾偉今：防風資料彙編〔M〕，天津：天津古籍出版社，1988：192。

〔註36〕（美）米德著，趙月瑟譯：心靈、自我與社會〔M〕，上海：上海世紀出版集團，2005。

〔註37〕韓吉初講述，文盲，俞武龍採錄。選自湖州市故事卷〔M〕，浙江省民間文學集成辦公室，1990。

井中的渾水起到了「淨化」作用，並賦予了楊府中人無與倫比的力量。這種「淨化」正是藉由道德上的優越性帶來的。

小結　從國家意志到地域道德

在防風傳說中，防風最初是酋邦古國的農耕祭祀儀式，但隨著儀式中，神聖功能的消退，儀式逐漸蛻變為神話或者傳說，同時伴隨著民族的交流與族群的融合，防風傳說並接到了大禹治水傳說中，彰顯了大禹治水所具有的大傳統的意義與內涵，其反轉發生在民間的訴說中，在民間，防風蒙上一層冤屈，其冤屈的原因是由於防風因治水，擔憂民眾安危而未及時歸來，導致大禹錯殺，民眾以「喊冤」的形式將大傳統中的觀念以民眾能接受的方式表達，並進行了民間性的轉化，以隱蔽的形式表達了對權威和中心的反抗。防風傳說中，家庭生活中有與家長權威的摩擦、社會生活中有道義之心的追求和不仁之事的爭執，而中國民眾所依賴的信仰，本是以「靈驗與否」為核心，但人生的無常使得不是任何人與事總是順心順意，諸多衝突，導致了民間以特有的形式表達著自己的所思所想。

大禹傳說在國家層面所塑造的傳說是官僚模式，而當這種傳說或是進入民間、或是在民間重新呈現的時候，就顯出來傳說的二元模式，或者追溯於地區道德訴求的道義觀等，成為民眾得以品評國家意志的話語，這可能也是傳說能夠得以擴大和流傳的根源所在，傳說能夠適應所有立場，並成為表達自身願望的工具。對於人文學科來說，研究儘管沒有終點，但總是指向人的價值與人的意義。洪水神話中的「好人得報」、「善惡觀念」框範和規整著人之所以為人的價值判斷。在鄉土社會中，傳說置在地方性知識的內理中，既被地方歷史文化背景環繞，又折藏了民眾精神、地方社會變遷的因子，因此具有歷史真實和文學虛構的合謀性質，對於長時段的傳說更是如此，在經歷了許多世代後，疊加了不同時代講述者的記憶的歷史，成為了一種不斷沉澱、層累的歷史文本。這些文本更接近於安德森所言的「想像的共同體」，「不是虛構的共同體，不是政客操縱人民的幻影，而是一種與歷史文化變遷相關，根植於人類深層意識的心理的建構」，[註38]因而傳說成為認識和理解民族和地域文化的一種途徑。

〔註38〕（美）本尼迪克特·安德森著，吳叡人譯：想像的共同體〔M〕，上海：上海世紀出版社，2011。

第八章 遺產化與資源化：大禹治水傳說的當代轉化

　　十餘年來，非物質文化遺產保護一直在如火如荼的進行。毫無誇張的說，傳統與民間文化進入了遺產時代，對傳統和民間文化的認知已從「追求本真性轉移到了建構性上來」〔註1〕，霍布斯鮑姆提出「被發明的傳統」，正是對具有流動性和建構性的傳統所做的回應。當「傳統是被建構的」成為共識後，我們繼續發問：傳統在被重新發現的過程中，其生發和展現出了怎樣的價值？誰擁有建構的主導權？傳統文化被建構的前後發生了怎樣的變化，建構的實質為何等等。對於具有遺產性和資源性的古史傳說，在非遺時代，被納入了資源重新分配的意識之下。

第一節　精英群體對傳說的推動與規範

　　在本文的上述章節中，無論是傳說的經典化、還是大禹神異傳說的形成，都離不開「士」，或被後世稱為知識分子、精英等這一群體的推動。

一、古代知識分子對傳說的推動

　　「精英」這一詞源於 Elite，指代的是某個具體群體內部，最富生命力、精最為精明能幹之人。余英時將古代中國的精英知識階層稱為「士」，「中國古代知識階層在春秋戰國時代崛起，從社會學背景來看乃是貴族階層的分離，

〔註1〕劉曉春：文化本真性：從本質論到建構論〔J〕，民俗研究，2013（04）。

成為四民社會中的一員。而從思想史的背景考察，則憑藉與哲學的突破，構建了自己的文化之道。士志於道，知識分子們以道自任，以道自勉，立志於道的實現」，〔註2〕即是說中國傳統知識分子，一直徘徊於作為士的文化傳統與權力話語之間，道與勢的矛盾不可避免。特別是儒家，正如余英時自己所言，儒家之道的實現仍歸結在能夠和君主之間保持適當的個人關係。

精英群體或者中國傳統知識分子對大禹傳說的形成、闡釋、流傳等起了推動作用。一再提及的諸子百家，秦漢之際的史官、術士等都對傳說的易貌和改弦有重要的推動性。以《呂氏春秋》為例，文獻本身是呂不韋召集門下賓客百家合輯九流而成，是戰國後期文化的集成之作。書中記載了大量和大禹相關的傳說事蹟，關於大禹傳說的記載如下：「禹行功，見塗山之女，禹未之遇而巡省南土。塗山氏之女乃令其妾待禹於塗山之陽，女乃作歌，歌曰『候人兮猗』，實始作為南音。周公及召公取風焉，以為周南、召南」。〔註3〕當然，《呂氏春秋》中關於禹的記載不止上文所引之處，但以此處為代表，得以窺見編撰者的多元化造就了傳說記載內容的多元化，既有禹娶塗山的情節單元，也有在陰陽五行觀等術士推動和書寫的大禹。一言蔽之，編纂者的多元促成了文獻記載中觀念體系呈現的多元。從搜集到的資料來看，這種多元性主要體現在三個方面：禹德的稱讚、作為「水利」專著的《禹貢》、大禹傳說的地方化。

（一）禹德的稱讚

費孝通在《皇權與紳士》中，對傳統社會中的精英群體—紳士做過定義。費孝通認為，「在中國傳統社會裏，知識分子作為一個階級來說，是不懂技術知識的。他們的壟斷權是建立在歷史智慧、文學消遣記憶表現自身的藝術才能的基礎之上的。中國的文字語言非常不適宜用來表達科學或者技術知識。這就顯示出，在傳統模式裏，既得利益沒有改進生產的願望，而只是想鞏固他們的特權。他們的主要任務是使傳統規則永久化。」〔註4〕換句話來說，在費觀點中，中國傳統社會的知識分子借助文字的權威性，使得社會需求的規則定型和定性，此時，知識分子一定程度承當了國家組織的合作者，這一點對於大禹傳說尤為明顯，特別是體現在知識分子對「禹德」的稱讚之上。

〔註2〕余英時：士與中國文化〔M〕，上海：上海人民出版社，2003。
〔註3〕許維遹：呂氏春秋集釋〔M〕，北京：中華書局，2009。
〔註4〕費孝通：中國士紳〔M〕，上海：生活‧讀書‧新知三聯書店，2009。

如曹植有《夏禹贊》、《禹治水贊》、〔註5〕《禹渡河贊》〔註6〕、《塗山氏贊》等，以此抒發對禹德的推崇。

在中國傳統文化結構內部，一直有文官傳統，文人即是官吏，官吏亦為文人。在大禹祭祀中，諸多祀文都是由傳統文人所掌握，這一點在古今都有所體現。如黃河中下游地區存在不少如「觀禹跡題刻」、「神禹導洛處」、「重修禹王廟碑記」等關於大禹治水的碑刻記載。這些記載中，文人起到最為關鍵的作用，他們重新編排和組織了大禹治水傳說的情節單元，以元代元貞元年的《重修禹王廟碑記》為例，該碑文介紹了禹王廟的歷史及重修狀況，碑文也進一步闡釋了大禹治水之功：

> 大禹之聖，先乎三靈之上，涵乎八紘之外……其德配天無極，明遠不爽，美之於左氏；其仁則貫徹幽微，惻隱泣辜，論之於唐史；其義則兵伐共工，公行天下，議之於荀聊；若乃東郊養老，學校教命，敷於四海，昭其文也；董之用威，舞羽兩階，有苗自格，彰其武也；統一憲度，殺伐防風，遺骨專車，明其刑也；會朝俠衛，會稽塗山，萬國畢至，立其政也。〔註7〕

碑文的作者是中書吏部的官員，從這段碑文表述的內容來看，其基本涵蓋了大禹治水傳說的主體情節單元，並將大禹作為仁君的代表，呈現了中國傳統知識分子在維護國家之「勢」所做的傳承和延續。正是這些中國古代知識分子的不斷書寫，一定程度上，促成了大禹治水傳說的穩定性與持續的傳承性。

（二）《禹貢》：作為治水之法的經典

《禹貢》中對大禹治水的記載主要是圍繞大禹導弱水、黑水、河、淮、渭水、洛水等水系，導水的結果是「九川滌源，九澤既陂，四海會同」，因《禹貢》有相關治水的地理、河流等信息載錄，在後世中成為地理表達的標誌。《水經注》中，《禹貢》、「禹跡」往往成為地理歷史梳理的源頭，這一點具體在第五章中已有詳細的論述。

在北宋時期，《禹貢》的性質發生了轉變。北宋水災頻繁發生，結束了東漢

〔註5〕磠夫夏禹，實勞水功。西鑿龍門，疏河道江。梁岐既闢，九州以同。天錫玄圭，奄有萬邦。

〔註6〕禹濟於河，黃龍負船。舟人並懼，禹歎仰天。予（授）〔受〕人運，勤功恤民，死亡命也，龍乃弭身。

〔註7〕《重修禹王廟碑記》選文，轉引自范天平編著：豫西水碑鈎沉〔M〕，西安：陝西人民出版社，2001。

以來黃河長期安流的局面，這一改變也使得知識分子、官吏開始從經典中尋求治水之法。鑒於北宋時期河防對政治形勢的巨大影響，「北宋學者治《禹貢》以水學為核心：一則從經典求治水之方法，本之以為河議；一則將《禹貢》視為水學，從治水的角度詮釋經典，二者互為表裏。」〔註8〕這些學者開始從經典文獻中尋求路徑，闡釋治水之法。這一轉向也影響力後世學者對《禹貢》的解讀，如顧炎武在《日知錄》中，已經將《禹貢》與治水之法聯繫起來，例如，其引丘仲深《大學衍義補‧言禮》：

> 曰：「四瀆視諸侯。謂之瀆者，獨也，以其獨人於海，故江、河、淮、濟謂之四瀆」

> 「今觀之，其所空之地甚廣，所處之勢甚易，所求之效甚小。今之治水者其去禹也遠矣，而所空之地乃狹於禹，所處之勢乃難於禹，所求之功乃大於禹。禹之導河自大丕以下，分播合同，隨其所之而疏之，不與爭利，故水得其性，而無沖決之患。今夫一杯之水舉而注之地，必得方尺乃能容之，其勢然也。河自大懷以上，水之在杯者也；大懷以下，水之在地者也。」〔註9〕

此處言「禹之治水應該隨地施功，無所拘礙」，主要辯論的是大禹治水的水利方法，《禹貢》本身所具有的地理和文化意義已經轉向了水利意義。《禹貢》的轉向，預示了後世將大禹作為「治水」和「水利」工程的典範，正是藉由傳統精英或者知識分子的闡釋，其作為現實意義上「治水」之功得以實現。

在民間流傳著關於大禹治水方法的傳說。像河南地區的《諸侯山治水》、山西地區的《夜訪漁婦》、《梳頭啟》、《大禹渡神柏》、還有山西、陝西地區皆流傳的「龍門」開山等傳說，都以大禹治水的方法為主要內容。這些傳說儘管講述各異，卻都強調了大禹變堵為疏的治水策略。

（三）傳說的地方化

當然，儘管傳說的地方化是由多種因素促成的，但是精英知識分子在期間發揮的作用不可小覷。杜德喬在《妙善傳說》中，隱性地展示了傳統精英知識分子對傳說重構和傳說地方化中發揮的實質性作用。作者通過傳說的寫本，發現妙善傳說落地於杭州，可能是隨著董必善偶然的官職調任，重修廟宇

〔註8〕潘晟：宋代的《禹貢》之學——從經學專著走向地理學〔J〕，歷史研究，2009（3）。

〔註9〕（清）顧炎武：日知錄校注〔M〕，合肥：安徽大學出版社，2007。

碑記而生根的，我們可以想像，當一個廟宇或者碑刻生成之時，對當地民眾是一件值得討論和興奮的大事，其所書寫的內容，成為民眾賴以解讀這個事件的標準，也因此形成了傳說落地生根的源頭。

對於大禹治水傳說，借助知識精英推動，促成了的大禹傳說的在地化。有些地方本身並未廣泛流傳大禹治水傳說，只不過在精英分子的推動下，回歸到了民眾的視野。明清之際，留存了諸多「重修禹王廟碑」的碑文資料，如清代貼步民的《神柏峪重建禹王廟碑記》，碑文先述該處廟宇為禹王導河之處，但：

> 惜經始洛成，碑碣無存，不知興啟之為何代也。逮勝萬曆年間，鳥飛剝落，風雨飄搖，戶牖網以蟭蛸，堂廡籍為茂草，渡頭居民，目睹心傷，移其廟於村中，春祈秋報，常祀不忒，神錫遐福，人慶安泰，已三百餘年於茲矣。自我朝嘉慶十四年，稍存率意，貪賈離心，舟楫上下，陷溺者時有。說者謂，河水沸騰，惟建大禹行宮，是以鎮之。〔註10〕

從該段碑文看出，在地方社會中，大禹廟的存續並不是從一始終，連貫不斷的，而是處於動盪變遷，時存時無的狀態。識文斷字的文人或者知識分子，依照書面知識傳承的連貫性，將大禹治水的記載不斷地重新納入民眾視野，從而推動了傳說在民眾中間的流傳，進而促成了傳說的地方化。

二、當代地方精英對傳說的推介與規範

將「地方精英」這一群體獨立出精英群體中討論，是由於兩方面原因造成的。一是精英概念的發展，杜贊奇曾對「士紳模式」進行批判，他認為地方精英具有獨特的行動特點，接合於國家和民眾之間。從概念源頭來說，地方精英的概念源自於對地方歷史的關注，以往對中國傳統的研究並未關注到縣級以下的行政機構，而主要以縣級官吏為主要研究對象，而當向下的眼光聚集在縣級以下、城鎮甚至村落時，地方精英的靈活性、自主性以及其溝通國家、普通民眾的作用就凸顯出來了。對此，周錫瑞，蘭金曾認為：「所謂地方精英，指的是地方舞臺上（指縣級以下）施加支配的任何個人和家族，這些精英往往比士紳的範圍廣泛得多，也更具有異質性，既包括持有功名的士紳，也包括韋伯論述過的地方長老，此外還有各種所謂職能性精英（functional elite），如晚清的士紳─商人，士紳─經濟，以及民國時代的教育家、軍事精英、

〔註10〕張學會主編：河東水利石刻〔M〕，太原：山西人民出版社，2004。

資本家、土匪首領等」。〔註11〕另一方面，當眼光轉向實地的田野調查，結合非物質文化遺產申請與保護這一背景，則發現地方精英對地方文化的至關作用十分顯眼。筆者以河南登封地區的田野調查為例，闡釋地方精英對傳說所產生的影響。

（一）推介

河南登封地區於 2008 年設置了中國大禹文化研究會，該研究會是承擔登封大禹傳的推介的主要力量。研究會的主幹是常松木，作為地方精英的典型代表，常松木在當地被稱作「地仙」。地仙這種稱謂，指的是對當地文化極為瞭解，自身也非常熱愛該地區文化的人。以常松木為代表的地方精英，積極的參與到了對地方文化深層內涵的挖掘和推介上來。

近十年以來，登封地區政府、民協、研究會等舉辦了一些列大禹有關的文化活動，常松木是這些活動主要參與者和促成者。暫列活動如下：

2004 年登封大禹文化研究會成立。

2005 年登封作協會員喬文閣歷時十年創作的歷史演義小說《大禹演義》出版。

2006 年登封市文聯組織專家評選了登封市一系列民間故事，其中大禹治水、三官廟的傳說、啟母石、五指嶺、石門溝、照爺石、火燒蛟河等被評為十大神話故事。

2008 年，河南省登封市、禹州市被中國民協命名為「中國大禹文化之鄉」，中國民協並在登封設立中國大禹文化研究中心。

2011 年由登封市大禹文化研究會，嵩山文化研究會主辦首屆中國大禹文化之鄉民間藝術節在河南省登封市大冶鎮沁水村舉行。

2011 年 7 月 31 好，第二屆中國大禹文化之鄉民間藝術節在大冶鎮五里廟舉行。

2012 年，在登封大禹園和祖家莊刻立「大禹之碑」與「禹生石紐記碑」。

2015 年 7 月在登封舉行中國登封大禹文化研究，同年 8 月舉行第三屆大禹文化節暨大禹像揭幕儀式。〔註12〕

〔註11〕袁海燕：士紳、鄉紳與地方精英——關於精英群體研究的回顧〔J〕，武漢：華中農業大學學報，2005（2）。

〔註12〕活動整理出自《大禹文化研究》，內部刊物。

這些不同形式的活動，推動了當地民眾對大禹治水傳說的認知與認同。筆者在祖家莊進行訪談，詢問起大禹治水傳說時，當地村民經常以「以前不知道，現在知道了，大禹是我們的祖先」等，帶有宣傳色彩的籠統解釋來應對筆者的提問，這一點也彰顯了大禹治水傳說被發明的一面。正是由於以常松木為代表的地方精英的推動，使得大禹傳說成為登封地區進行城市建設的一部分，現在登封的公路，以經典和典型的地方文化命名，如大禹路，少林路，可見地方精英對公共領域的介入。這種介入，使得登封地區的每個區域幾乎都有了大禹治水傳說的相關，暫列表格如下：

表 8.1.1　登封市大禹風物圖

地　點	風　物	地　點	風　物
穎陽鎮	夏莊、水王廟、勾龍廟	大冶鎮	大禹廟、秦五龍、石簸箕
嵩陽辦事處	太室山、啟母石、啟母廠	告成鎮	啟母冢、王城崗
	三官廟、禹王廟		玉仙廟
少林辦事處	少室廠、少姨廟	君召鄉	三過堯
	祖家莊，一溜石紐屯		禹王廟
	禹王溝		獨腳舞
唐莊鄉	禹王廟、白疙瘩廟	中嶽辦事處	蛟河

地方精英群體對傳說的推介是通過參與大禹傳說申請非遺開始的，主要表現在依照申遺的需求，重新建構並整合出新的傳說資源。在《登封大禹治水傳說國家級非物質文化遺產申報書》中〔註13〕，按照傳承人一欄的要求，「主動」梳理出了登封講述的十幾代傳承人譜系：

　　　　第一代：崔應科，明代中後期（約 1565～1644）人。

　　　　第二代：耿介（1623～1693），明末清初人。

　　　　第三代：景日昣（1661～1733）、梁樹柏，清康熙、雍正年間人。

　　　　第四代：常鳴崗，清代中後期（約 1796～1874）人。

　　　　第五代：常崇德，清末民國（1875～1949）人。

　　　　第六代：常廉棟（1895～1970），韓三池（1902～）、趙宗義。

　　　　第七代：常雲（1916～1995）、甄秉浩（1932～1998）、耿直

〔註13〕選自登封市整理的大禹傳說內部資料。

（1933～2008）。

第八代：韓有治（1935 年生）、耿炳倫、常興元等。

第八代：常松木（1969 年生）、秦福傑、郜南松、傅占軍、喬文閣。

第九代：常澤儒（1998 年生）、傅凌雲、曾麗。

這一譜系的整理正是在非遺傳承人背景之下所為的，以此來作為斷定當地傳說資源具有長遠歷史，為申請成為非物質文化遺產奠定基礎。我們仔細來看這些傳承人，儘管其具有時間順序上的連續性，但從實際情況看，這些在譜系整理背景下成為代代相傳的傳承人，並不完全具有連續性，他們是以地緣性質聯繫起來的，即皆曾經或者正在生活在登封的地域上的人們。

此外，在常松木等人的推動下，通過調查，發現在大禹的民間傳說中，有「一溜石紐屯」的說法，因此將「祖家莊」命名為「大禹故里」（見圖 8.1.1）並在祖家莊村內樹立了大禹碑刻，碑刻全為由常松木撰寫。村中的「禹王廟」，也是在後來大禹故里祖家莊被命名之後，才重新修建，置啟母石於廟內。

從述可以發現，當代地方精英對傳說的推介，往往是一種傳說或者傳統的再發明。他們以作為權威標準和參考的文獻為依據，將古史人物和傳說落戶本地。通過舉辦會議、創立刊物、立碑立志、編纂和建構系統化的傳承人身份等形式，將本地化的傳說向世人推介。

（二）規範

陳泳超在對「接姑姑迎娘娘」的信仰活動調查時發現，「地方民俗精英存在著對傳說的規範行為，該行為即是將地方活潑多變的傳說內容向著主流傳說的框架靠近，對原生性質的傳說進行了全方位的改進和整合，這一成為地方精英的文化實踐理念」。〔註 14〕筆者在採訪常松木時，發現其作為主流傳說和地方傳說的雙重承載者，也存在著「規範傳說」的理念傾向，對一些傳說進行了塗改和修訂。

筆者整理了同一傳說兩則講述，一則是在登封大禹文化節當日，由北五里廟村村民講述的《沁水》的傳說，一則是由登封大禹文化研究會成員秦福傑〔註 15〕對《沁水》的書寫。

〔註 14〕陳泳超：規範傳說——民俗精英的文藝理論與實踐〔J〕，文化遺產，2014（06）。

〔註 15〕秦福傑的身份比較特殊，一方面是大禹祭祀的主祭人，另一方面是大禹研究會成員。

先看當地村民的講述：

> 北五里廟這裡發大水了，大禹治水正好來到這裡，手裏拿著一個耙子。

> 耙子原來的主人是八戒的。大禹來到這裡一看，就將耙子在地上劃了一下，就成了五道溝，沁水的水都流淌出去了。

相比於村民講述的簡短，秦福傑的講述就顯得豐滿許多。

> 大冶發了大洪水，茫茫一片，老百姓餓殍滿地。大禹看到這種情況，很是擔憂。於是，帶來以對人馬，開始治水。在牛嶺、香山中間開了一個口子，好讓洪水流出去。洪水流出去的地方是沁水，但是不巧，沁水還是一湖黃湯。

> 大禹到處走，發現原來沁水是個風水寶地。因為是風水寶地，大禹就決定在沁水的北部鑿開一個口子。這個地方就是北五里的五指嶺。這個地方以前人信佛教的特別多，大禹就變成一個和尚，與老百姓一同治水。最終，疏通了五條排水的水道，所以這個地方又叫秦五龍。

> 沁水的湖水泄了出去，人們在這裡開始生活。在秦五龍的南邊的小山頭上，有「福祿壽喜」四樣寶物，傳說就是大禹治水成功後，臨走時留下的。〔註16〕

秦福傑的講述，相比於村民的講述，除卻情節的豐滿外，他更傾向於樹立大禹為「仁君」的形象，如大禹為治水，化成和尚同民眾一起。而且，地方精英運用自己的知識涉獵，附加了更多的風物傳說和如風水等傳統文化的遺留等。秦福傑明確的指出了大禹遺留下了福祿壽喜等寶物，不帶有任何含混性質，至於村民講述的「劃了五道溝」讓水流出去，則在秦文中消弭不見了，他更傾向於運用自己的理解和見識，對傳說重新整合和規範。在訪談過程中，他也一再強調，作為大禹祭祀的主要祭祀者，他所擁有的解釋的權威性。

地方精英通過自身擁有的話語權威，借助他們在地方生活中的對口頭傳統的解釋權，對大禹治水傳說進行了規範性的處理。規範之後的傳說，更靠近主流意義，承載了更多的傳統文化因子。通過地方精英的推介和規範，

〔註16〕該文見於內部刊發的報刊《大禹文化研究》，筆者在文化節中，也聽秦福傑講述過這個傳說。

大禹傳說已經演變為彰顯地方文化的資源。地方精英依託自身對地方文化的權威，將傳說資源日益本土化，凝聚了諸多地方性知識。

圖 8.1.1　登封市「大禹故里祖家莊」碑刻

第二節　大禹治水傳說的資源化與遺產化

　　遺產自身帶有歷史感，它是在長時段的歷史中層累而成的。以華夏文化認同為核心的大禹敘事形態，在四千多年的歷史中，慢慢擴展到漢民族各個區域，形成了神話、傳說、景觀、祭典等不同形式的敘事遺產。在非物質文化遺產保護思潮的敦促下，使得出現對大禹及治水傳說資源的競相爭奪現象。

一、幾煮沉浮：川豫之爭

　　在生活世界中，如此眾多的大禹治水傳說，自然出現了傳說資源的再分配現象，這種再分配是伴隨著眾多地域對「著名」傳說資源的爭奪、搶佔、重新命名而展開的。大禹傳說作為古史傳說，與歷史聯繫緊密，地方文化在尋求相關性的聯繫時，從歷史文獻中發現蛛絲馬蹟的勾連是最主要的。依附於歷史記載，使得本土中的文化具有了時間的延展性和生命感，更具有遺產的價值。在上文十二項大禹傳說遺產中，河南的登封、四川的羌族、都展開了對建立在本地文化之上的歷史追溯。兩地因地處不同的自然社會背景，所以他們的尋根之旅也依附了不同的根據。且看兩地對大禹生平及事蹟的敘述：

表 8.2.1　川豫公開出版物中的大禹身份對比

四　川	大禹是眾所周知的偉大英雄，率民治水，為華夏民族的昌盛與繁榮做出了巨大的貢獻，……根據歷史遺跡、民間傳說和典史記載：禹是羌人，誕生在今北川縣禹里羌族鄉。〔註17〕
登　封	大禹，名文命，姒姓，河南登封石紐屯人，中華民族的人文初祖、立國始祖。大禹是定居在嵩山周圍的夏部落酋長、原始社會最後一位部落聯盟首領……他生於嵩山，家於登封，治水與嵩山，建都於陽城。〔註18〕

　　在公開出版的書籍中，關於大禹身份的論爭異中有同，其相同點在於對大禹地位的界定：華夏族群的文明始祖，而其相異在於大禹何處治水及其歸屬問題，特別是汶川與登封。四川汶川的羌族，它自身並沒有登封地區的考古遺址存留，但是正統史學文獻中有「禹興於西羌」、「禹生於蜀之廣柔縣石紐村」等記載，讓該地的文化學者興奮起來。以謝興鵬為主當地文化學者，懷著幾分熱情和對文化由衷熱愛參與到了尋根之中。以謝慶鵬的研究性論文為例，有《大禹治水與巴蜀文明》、《大禹文化——城市文明建設的靈魂》、《與紀連海先生關於大禹的婚外情一文的商榷》等，並組織出版了《大禹史料彙集》、主編《全國第二屆禹羌文化學術研討會》論文集等，這些論著將大禹與羌族文化聯繫起來，特別是羌族六月初六的大禹文化節，為四川羌族作為大禹故地打響了名號。但人生沉浮就在幾何間，謝興鵬在四川大禹文化研究蓬勃發展的時候逝去，伴隨它逝去的，大禹文化繼續挖掘的失落。如其他地方文化學者所參透而形容的那樣，「以前大禹文化研究在四川，但是謝興鵬去世了，現在轉移到了登封」。

　　當然，這一轉移也是鑒於登封地區的文化根脈。登封地區文獻記載就有禹都陽城之說，也有夏文化早期的王城崗遺址出土，其遺址內又發現小城和大城，碳十四斷定與鯀禹時期基本重合，在登封西鄰偃師市有夏文華晚期的二里頭遺址，關於古史時代中的歷史因子在考古中有了合理的推測。正是因為考古遺址的存留，為登封地區在向上追溯的時候，將考古遺址和陽城作為論證的中心。由於如此多的背景性材料的存在，登封在汶川被授予大禹文化之鄉後，也緊接著開始了登封地區自己的文化鄉的建構中來了，「他們經過下鄉調查，走遍了各鄉鎮與大禹有關的文化勝蹟，採訪搜集到了50多個民間傳說，

〔註17〕鍾利戡、王清貴輯編：大禹史料彙集〔M〕，成都：巴蜀書社，1991。
〔註18〕常松木主編：登封禹大禹神話傳說〔M〕，鄭州：河南文藝出版社，2013。

拍攝了 5000 多張圖片資料，召開了大禹文化研究會的二屆二次與三次理事會……並帶領專家組考察、走訪等」，[註19] 政府終於授予登封為「中國大禹文化之鄉」，成立了登封大禹文化研究園。登封被授予文化之鄉的過程，彰顯了本地政府、地方精英、非政府民間組織等圍繞國家權力話語的不斷博弈。如齊澤克所言，歷史是當下的，在奪取「大禹之鄉」這一符號資源的過程中，地方也不斷借助符號資源來建構著自身的歷史。

圖 8.2.2 為災後汶川大禹廟

川豫之間的爭奪，正是從羌族成立大禹研究會開始的，在羌族成立大禹研究會的第二天，登封緊接著成立的登封大禹研究會，以迄組織有效的形式來證明大禹的故里在登封。「禹都陽城」成為他們論述重點。除此之外，大禹傳說中的幾乎多有資源，在兩地都能找到完整的形式，比如禹跡，汶川地區有禹生石紐的是石紐屯，有啟母化石的石頭崇拜，有羌民傳承悠久的大禹祭典。同樣登封地區，有西漢時期的啟母祠記載，啟母廟、禹王廟及大禹祭祀等，兩地之間形成「我有你也有，你有我會有」的局面。

川、豫兩地對大禹傳說的本土化建構構成了相似的模式：官—商—民—學的四位一體模式。大禹治水在兩地都是作為華夏文明始祖而存在和塑造，

[註19] 選自常松木：登封與大禹神話傳說〔M〕，鄭州：河南文藝出版社，2013。

與官方所推動的文化主流是一體的，政府希冀借助這一周知的符號，來建設自身地方文化品牌。瞭解此意，能夠溝通國家與民眾之間關係的正是以謝興鵬、常松木為代表的地方文化學者，得益與他們都搜集、整理及改造、規範，民間的傳統與傳說的主流意義靠攏，形成了依賴地方文化特色的傳說資源。

二、傳說資源的昇華

在浙江紹興地區，大禹治水傳說資源，並沒有四川、河南兩地出現互相爭奪的局面，紹興地區的傳說資源主要出現在大禹祭典和以大禹陵為主的文化景觀上。通過地方學者的整理和普查，將大禹祭典按照時間順序重新編排組織起來，使得今日流行的祭典有了歷史的根脈。筆者在此想借用這些被重新拾錄的譜系來說明在非遺背景下，這些作為對歷史講述、國家治理的大禹傳說資源，怎樣從地方資源逐漸被昇華成為國家公祭。

紹興在建構祭典譜系時，將國家祭典、地方祭典、民間祭典糅合。從歷史上來講，祭典有多種，一種是國家祭典，比如先秦君主對日月的祭祀，《國語·周語上》記：「古者先王既有天下，又崇立於上帝，神明而敬事之，於是乎有朝日夕月，以教民事君。」〔註 20〕國家祭祀須有君主或者君主象徵的參與，《周禮·春官·典瑞》中有「朝日」的記載，東漢鄭玄注釋說：「天子當春分朝日，秋分夕月。」〔註 21〕《管子·輕重己》記載了天子祭月的隆重場面：「秋至而禾熟。天子祀於太惢，西出其國百三十八里而壇，服白而絻白，搢玉總，帶錫監，吹損篪之風，鑿動金石之音，朝諸侯卿大夫列士，循於百姓，號曰祭月。」〔註 22〕祭月由此而來，此時的祭月仍是被框定在由國家主導的統治階層層面，這也是祭祀意義上的國家公祭。地方性祭典在不同，他是以地方權力中心或者某個族群為中心的祭祀，比如壯族的敢壯山、瑤族的密洛陀等。而民間祭祀往往是民眾自發組織的，國家和地方很少參與，比如浙江德清的防風神祭祀。這三種祭祀各自承擔了不同的文化功能。

在紹興大禹祭典中，其將三種祭祀形態都納入了譜系之中，三者化為時間

〔註 20〕左丘明撰：國語〔M〕，上海：上海古籍出版社，2015。
〔註 21〕呂友仁、李正輝注譯：周禮〔M〕，鄭州：中州古籍出版社，2010。
〔註 22〕左丘明撰：國語〔M〕，上海：上海古籍出版社，2015。

鏈條上的補充。的確，西漢至清之間，紹興都能在文獻中找到國家公祭大禹的記載，如《史記·秦皇本紀》中載「上會稽，祭大禹」，《禮記》中載「夏后氏廟祭以顓頊為祖，禹為宗」，以及南朝時期的宋文帝、梁武帝的《祭禹廟文》等。而在唐朝之後，對禹的祭祀則以地方性祭祀為主，元稹、李紳等越州刺史都祭祀大禹陵廟，這些官吏代替帝王形式祭祀權力。清代的祭祀時最為頻繁的，「康熙帝親祭 1 次，遣特致祭 10 次，乾隆皇帝親祭 2 次，遣特致祭 19 次，1933 年、34 年曾大修禹廟」，〔註23〕「1936 年，紹興縣政府一改明清兩朝歲時春、秋二仲月祭舊例，釐定一年一祭……是年，紹興縣政府按新定祭日，於 9 月 19 日舉行例祭之禮」，這一祭祀也成為建國以前的最後一次祭祀典禮，只到 1995 年，由浙江人民政府和紹興市人民政府聯合舉行公祭大禹陵典禮，有政府承擔的祭祀並非連貫，常是起因於地方政府打造文化品牌的需求，比如 1995 年恢復祭祀後，直到 2000 年、2005 年才有了才有了第二次第三次的祭祀，這些祭祀同茶文化節、書法節等結合在一起。同時，在紹興的禹陵村每年都有宗族祭祀大禹的活動，也有姒姓族譜流傳下來，大禹作為姒姓之祖先存在，成為宗族祭祀代表。「民間的祭祀在政府的統籌下，作為公祭的補充存在，但是實質上它並不是傳統的再生而是一種現代創新。……參祭人群是通過政府安排的」，〔註24〕民間的祭祀一般都是後裔宗親的祭祀典禮，這些祭祀形式在非遺的背景下，重新整合，直至 2006 年，成為國家級的祭祀典禮，並規定了統一的而祭祀程序。至此，紹興地區的大禹祭祀正是納入了國家「公祭」的行列，在現代意義上連接了從古傳承至今的國家認同與民族認同，「大禹」在當代社會中成為認同的符號性表達。

　　在非物質文化遺產運動的推動下，這種從民族走向國家或著從地方走向公共視野的資源轉化，在眾多領域和資源內部發生輻射，比如壯族的布洛陀信仰，就是在學者和地方社會的參與下，將布洛陀文化重新定位，使其從與國家力量有所對抗的敢壯山民間信仰一躍成為進入國家文化中的壯族文化象徵，賦予了布洛陀新的文化含義。大禹的情景類似，通過梳理譜系，地方學者尋找了其合法性和正統性的來源，藉以國家公祭的現代形式進行「包裝」，同時順非遺之東風，從而完成了同黃帝祭祀擁有同等祭祀格局的資源的轉化。

〔註23〕陳志勤：非物質文化遺產的創造和民族國家認同〔J〕，文化遺產，2010（2）。
〔註24〕陳志勤：非物質文化遺產的創造和民族國家認同〔J〕，文化遺產，2010（2）。

圖 8.2.3 2015 年紹興公祭大禹

三、傳說資源的標準化實踐

　　紹興的大禹祭典成為國家級非物質遺產之後，正因為作為國家的公祭，引來其他地方的模仿與實踐。為充分利用當地的傳說資源，如登封地區，不斷借鑒紹興地區的申遺經驗與傳說資源的整合觀念，由表及裏，力圖在本土資源的基礎上，建構起自己的「大禹文化」。在此以河南登封為例，闡釋傳說資源在非遺保護背景下的標準化實踐問題。筆者於 2015 年 8 月 14（農曆七月初一），前往河南登封市參加第二屆大禹文化節暨大禹雕塑開光儀式，當時參加會議的代表有三類，一是政府官員，二是商人，如大禹文化園的董事長，三是以夏、鮑二姓為主的宗親代表。此屆文化節舉行的地點是大冶鎮北五里廟村。

　　本屆文化節的主要內容是禹王像的揭幕與開光，在筆者看來，文化節提供了一個製造、傳播規範傳說的地方。開幕時間定於 9 點 50，象徵九五之尊，其具體程序如下：鳴禮炮（9 響，象徵劈九山、治九河、劃九州、鑄九鼎）、擊鼓（13 響，象徵大禹治水十三年）、獻牲（牛、羊、豬）、獻五穀（小麥、玉米、高粱、黃豆、穀子）、獻珍果（桃、蘋果、西瓜、甜瓜、葡萄、棗、核桃、花生、桂圓）、獻黃淮聖水（從黃河支流狂河之源、淮河支流潁

水之源取水）、獻酒（三楂紅、鮑氏家酒）、讀祭文〔註25〕、沐手敬香、樂舞告祭。據大禹文化研究會的會長夏士延說，其實登封的文化節是模仿和參照了紹興地區的大禹公祭。紹興地區的大禹祭典程序如下：9 點 50 分公祭典禮開始，象徵九五之尊。鳴銃（9 響，寓意大禹治平洪水續奠九州的不朽功業），擊鼓（33 響，全國省、市自治區、直轄市及港澳兩地，合為 33 響，寓意九州攸同）、撞鐘（12 響，代表華夏 12 億人子孫的心聲）、奏樂、敬酒、向大禹像行三鞠躬、讀祭文、獻舞告祭，可見兩地之相似，只不過在登封祭典儀禮中的具體事項被替換成了帶有登封地方性知識的文化事項。

對這一以地方性知識來替換國家公祭中標準化儀典的行為，筆者認為彰顯的是文化整合的縱向結構，這一點在中國文化中並不鮮見。如華琛曾以媽祖信仰為例，對文化整合的縱向結構進行了討論。他認為國家實現對地方差異性的統合，往往借助了官方所認同的信仰。國家所推行的某一信仰進入地方之時，信仰的內容是被忽略的，進入地方的是信仰的形式。也因這種形式，地方文化方有了表達的多樣性。〔註26〕紹興地區依據國家正統所推行的公祭祭典與大禹符號的象徵性，在現代公祭典禮的標準下，逐漸建立起來供其他地得以模仿和操作的經驗性範式。將具體的大禹信仰的形式推廣至地方，地方也為了儀式所具有的權威感和歷史感，樂於向其看齊，「國家被認定是推動者，或者被視為有意推動標準化過程的力量，地方精英在整個標準化過程中起到了至關重要的作用，他們在此過程中與國家合作，普通民眾作為積極參與者，接受或者拒絕」，〔註27〕比如在 7 月份的調查中，登封大禹研究會的人還在強調，「要將祭典中的祭品換成牛羊豬」，「因為看到紹興的祭典是這樣的」。國家和地方呼應造就了傳說資源的標準化實踐，並借助共有的傳說

〔註25〕 祭禹文：神州首嶽，中華聖山。天地之中，華夏之源。禹生石紐，疏瀹潁源。化身為熊，開鑿軒轅。三過亡人，範防百川。地平天成，明德永遠。帝賜玄圭，告成於天。禹避商均，堯舜風範。定都陽城，夏朝開篇。鑄造九鼎，九州又安。下車泣罪，儀狄疏遠。聞善則拜，吐脯禮賢。五音聽政，金鐘玉盤。六符三事，九功洽歡。德惟善政，敬人畏天。禹無間然，萬事垂範。吳越巍巍，四海蕩蕩。華裔夏胄，世代敬仰。吾族恩德，山高水長。謹備薄祭，伏惟尚饗。

〔註26〕 王霄冰、林海聰：媽祖：從民間信仰到非物質文化遺產〔J〕，文化遺產，2013（06）。

〔註27〕 王霄冰、林海聰：媽祖：從民間信仰到非物質文化遺產〔J〕，文化遺產，2013（06）。

資源，達成了文化縱向整合的意願。文化縱向整合是儀式或者表現形式在前，信仰在後的，只要能夠納入國家所推崇的文化譜系之下，地方將何種內容納入體系之內，就具有很大的彈性了。如本次登封大禹文化節中，貫穿儀式的是儀式起初對大禹神性敘述，及儀式中間中嶽廟的道教群體對大禹像的開光儀式。

四、兩個場域中大禹傳說的演述

正如論述，登封地區的文化節中，面向公眾、媒體或者受約而來前往拜祭的社會各界人士，他們所面向的大禹或者對大禹治水傳說的演述，始終是國家正統所推崇的陽面。在這裡，之所用大傳說的演述，正是因為大禹講述納入了儀式表演的時空中，場域中的物、儀式空間、祭典等都承載和表演著大禹治水傳說。相比於文化節的鞭炮齊鳴，熱鬧非凡，倒是居於偏隅之地的「禹王廟」稍顯冷清。據當地人說，「禹王廟」以前並不成為禹王廟，而是叫做「五里廟」，﹝註28﹞供奉的是山神像，禹王像不過是前一年（2013年）剛請過來的。

圖8.2.4 為北五里廟村大禹文化節大禹廟內的民眾祭祀

﹝註28﹞也有人說，很早以前也叫禹王廟，後來改成了五里廟。

對於禹王的來歷，廟裏的人並不是太清楚，聽說「書裏有記載，是真的」，也有人受訪者能夠關於當地大禹治水的傳說，比如大禹用靶子疏導了沁水，留下了福祿壽喜羊馬豬羊等寶物的故事，這也說明傳說演述的非均質性，一個傳說在文化空間內部流傳，並非是人人皆知的均質狀態，但是當傳說的資源進入了民間信仰空間之內，其傳說又變成均質的了，在禹王廟中，禹王同雷神、山神落於同一空間中，在祭祀的人來看，誰在神聖空間的中間領域，誰的神性愈大，同其他彌散性的信仰一樣，具有祈福禳災的功能，在廟中祭祀的民眾，依據自己的文化邏輯進行祭祀。不同於熱鬧非凡的文化節，禹王廟內的禹王同其他民間眾神一樣，其帶有象徵性的九五之尊、一心為民的德全部融化於了功能性的信仰之內了。

第三節　當代大禹傳說中的信仰認同

文化遺產的形成是長時段文化層累的結果。隨著大禹敘事的傳播，在漢民族聚居區的大地上，地方性的大禹敘事如雨後春筍般生長，尤其是在以水利、土地為重要影響因素的農耕流域，大禹敘事結合地方文化傳統，成為地方社會重要的文化遺產，並發展為深廣的大禹遺產敘事。大禹遺產敘事不同於其他敘事形態在線性歷史上的衍生，體現了深厚的地域道德和地方民眾情感。

當代大禹遺產敘事主要以被列入國家、省、市三級非物質文化遺產名錄為典型。截止到 2020 年，在非物質文化遺名錄中，圍繞大禹的文化遺產有十二項，其中國家級有兩項，分別是由四川省汶川縣、北川羌族自治縣共同申報的大禹傳說，以及由浙江地區申報的大禹祭典。省級非遺有六項，分別是河南禹州市的大禹治水、山西運城市的禹王傳統祭祀文化、山東寧陽縣的大禹治水傳說、安徽蚌埠的塗山禹王廟會與塗山大禹傳說、浙江紹興的大禹傳說。市級則是武漢市的晴川閣、河南鄭州市的大禹傳說，以及浙江紹興地區的公祭大禹後裔姒氏譜系、湖南耒陽的公祭大禹傳統等四項。除此之外，在不少其他非遺項目中，大禹傳說作為其間重要的組成而存在，例如重慶的巫山神女傳說，其神女授書於大禹是傳說的重要部分，河南邵原的邵原神話群，對邵原地區流傳的八個上古神話做了整合性質，以神話群性質進行的申報，其中大禹治水神話便是其一。此外，黃河中下游、長江中下游等區域分布著

廣泛的禹王廟及與禹王廟會，形成以寺廟景觀和祭奠儀式為主的大禹敘事實踐形式。如陝西韓城黃河沿岸有「韓城黃河十八村，村村都有大禹廟」的傳說，〔註29〕山西諸多碑刻中有專門的《重修禹王廟碑記》，〔註30〕而在河南多地，有較多祭祀大禹的河神廟、濟瀆廟和夏王廟，展現了民眾對大禹治理洪水功績的讚揚。

　　當代大禹敘事形態的空間分布廣泛，由於地域文化差異性較大，不同群體對大禹敘事的講述與演繹具有多元化特點。在十二項非物質文化遺產名錄中，大禹遺產敘事的講述的變異性主要體現在細節上，並演變為四種遺產敘事圈：一是以黃河中下游為主的大禹遺產敘事圈，主體以河南登封、禹州以及豫西北地區的濟源、武陟為主，此處大禹遺產敘事的主體部分同《夏本紀》中經過重塑和集成後的敘事形態有相似性，主要以禹出生、治水、婚姻等生命歷程與功績的描述，這也是與歷史敘事形態差別最小的流域，如河南登封地區的大禹遺產敘事，主要涉及大禹借斧頭劈龍門、大禹鎖蛟、禹娶塗山、禹趕山導水，與文獻記載出入不大；二是以長江中游為主的大禹遺產敘事圈，主要以重慶、四川和湖北地區為主，在這以遺產敘事圈中，主要體現了道教對遺產敘事的影響，如湖北地區的三峽、巫山峽、潛江、宜昌、武漢等地區，大禹遺產敘事的情節單元在「疏通」治水的方法上，加入了神女授書、大禹降龍、大禹斬龍、玄龜負土堵水等情節，具有明顯的道教色彩；三是淮河流域大禹遺產敘事圈，主要是安徽省的蚌埠的塗山氏協助大禹治水為主要情節單元；四是長江下游大禹敘事遺產圈，主要以浙江紹興地區為主，該地區所流傳的主要是大禹殺防風傳說，在口頭傳說中，防風被殺的原因，是因防風氏治水遲到，禹冤殺防風，同其他遺產敘事相比，具有較大的差異性。從四種敘事圈分布來看，大禹遺產敘事主要圍繞江河淮漢流域分布。儘管敘事遺產具有多元化特點，其共同點在於突出了對禹德的讚賞和推崇。儘管長江中下游的紹興地區與其他敘事圈區別較大，但是紹興的大禹傳說並非對否定大禹的認同，而是民眾以冤屈作為弱者的武器，對權力中心的一種反抗。

〔註29〕陝西《韓城縣志》記載韓城的周原村、史帶村、梁帶村、咎村等皆有禹王廟。

〔註30〕山西《芮城縣志》記載大禹廟於清代嘉慶年間重修，廟有道光碑記「以禹稷行宮」鎮河妖；《晉中‧溝北村志》載溝北村的禹王廟坐落在禹王山之巔，廟前石碑記載清代咸豐年間重修禹王廟和戲臺等。

圖 8.3.1　當代大禹禹跡圖分布〔註31〕

　　大禹遺產敘事的多元化源於敘事的地方化，但是並不影響其大禹遺產敘事格局的穩定性。以江河淮漢流域為主要分布地域的大禹敘事，具有以大禹信仰為主體的一體格局，發展為共同的大禹信仰認同。信仰認同主要表現在兩個方面：第一方面是以「平定洪水」為中心的民眾生活需求。大禹遺產敘事分布的區域江、淮、漢、河是漢民族的重要聚居區，以農耕為主要生產方式，因而水利對其社會發展至關重要，且在大禹遺產敘事生發的自然環境中，水患災害也是最威脅民眾生活與生產的自然災害之一，因而，基於大禹敘事自身攜帶的「洪水平定」之意，產生了諸多以大禹為中心的信仰和信仰實踐。如紹興《嵊縣志》載：「禹王廟在縣北遊謝鄉禹糧山，禹治水畢功於此，後人立祠祀之」，諸如此類的記述在地方縣志中較多，〔註32〕在這些記載中，立廟的主體往往是地方官員，代表了大禹治水功績中的國家治理成分，民眾在禹廟的祭祀實際上成為表達國家認同的實踐；第二方面是以「禹之後裔」為中心的民眾心靈需求。當代中國面臨著現代的文化定位與文化認同焦慮的情境，

〔註31〕大禹禹跡圖拍攝於武漢晴川閣大禹博物館，據館員介紹，該圖是由晴川閣工作人員，通過文獻資料和深入的田野調查之後，繪製而成，共涉及禹跡 300 餘處。

〔註32〕再如武漢《漢陽縣志》記載禹王廟香火甚盛，成為武漢祭祀大禹的場所，每逢水旱災荒，地方官吏和百姓都來祈禱；陝西韓城禹王廟嘉慶年間的楹聯「功蓋萬世導水千河澤華夏，德昭千秋鑿山萬嶺享庶民」等等，皆凸顯了大禹信仰對民眾平定洪水的意義。

幾乎每一個納入非物質文化遺產目錄的傳說資源地，都成為宗族尋根之地。在紹興公祭中，來自臺灣、韓國及中國內地的諸多省份的夏姓都會在公祭中祭祀，將大禹作為夏姓始祖的祖先，並出版了諸多關於夏姓譜系的刊物。再如河南的登封，在第二屆大禹文化節中，其參與主體就是以夏、鮑二姓為主的宗親參與，申明作為夏禹後裔的身份的榮耀。從筆者訪談來看，夏氏宗親這個群體，並沒有特別關心大禹的主體事蹟是怎樣，只是瞭解大禹作為華夏文明早期國家的建立者，自身作為大禹的後裔和血脈是身份光榮的事情。大禹遺產敘事在當代尋根思潮的推動下，為個體生命感的延伸提供了契機和依託，這個維度的大禹信信仰成為民眾表達自身歷史認同感的信仰實踐。大禹遺產敘事，從共時性解析了大禹與文化認同之間的緊密關係，即多元的大禹敘事形態與共同的大禹信仰認同，構築了大禹遺產敘事的多元一體格局。

當代大禹傳說遺產的空間分布廣泛，但不妨礙我們窺見其中所包含的形態格局，在十二項非物質文化遺產名錄中，大禹傳說的核心始終是大禹不辭勞苦，治理洪水，其變異性主要體現在細節上，如羌族的禹化成黑豬疏通河道、巫山地區的神女授書，這些變異是大禹傳說的地方化引起的，但是並不影響其主體的穩定性。因而，以江河淮漢流域為主要分布地域的大禹傳說，具有以中原或者黃河流域為主體的一體格局，形成多元一體的空間形態，這種空間形態格局，從共時性解析了大禹與文化認同之間的緊密關係。

圖 8.3.2　登封祖家莊大禹廟夏氏後裔歸祖揭幕

第四節　根於何處尋：傳說與心靈

英國學者彼得伯克從在《歐洲近代早期的大眾文化》一書中寫過，在 19 世紀早期，一批身著中產階級服飾的人闖入古老村落的農民和工匠家庭，急切的要求他們講述遠古時代的神話傳說，演唱迴蕩在遙遙盡頭的歌謠，這些中產階級將其搜集到的資料以自身所散發的戀舊情節闡釋為神秘、古典，他們成為反思自身的一個文化上的他者。支配這些行為背後的歷史話語是在歐洲工業革命之後，伴隨傳統的喪失，延伸至精神中的浪漫主義思潮，同民族主義的思潮共同促成了作為歐洲對傳統文化的重視。

在這一文化背景之下，使得以後的民間文學的收集和發展帶有了浪漫民族主義的意向和表達方式，為尋找出傳統和故根提供載體與依據。以德國浪漫派為例，最具代表的是海德堡派的阿爾尼姆、布倫塔諾，他們搜集了大量的民歌，及德國特有的民俗傳統，讚賞了德國民歌特有的風貌，作品編為《男孩的神奇號角》。格林兄弟受海德堡派影響，也著手整理搜集德國民歌故事。受當時思潮的影響，他們專注於自己的過去，構建自己民族光榮漫長的歷史和文化。他們通過系統地比較研究北歐的各個語言、不同的日爾曼語言，以及印歐語言，論證古代和現代語言在詞彙、語音、語法等方面的共同性及語言之間的親屬關係，從而學者們發現，德國乃至歐洲的過去不是孤立的，與古希臘、羅馬，甚至同印度和波斯的過去皆有關聯。

回看中國的非物質文化遺產保護，實際上同西方對民俗文化興起的關注具有了相似的目的。當代中國面臨著現代的文化定位與文化認同焦慮的情境，如高丙中所指，「中國已經是一個以科學技術為名，習慣用對與錯檢驗的現代文化為主體的社會。從積極方面說，這是一種已經比較現代的社會，從消極方面說，這是一個充認同焦慮的社會，」〔註33〕，同時，占主體的現代文化並不能夠成為國民自我認同的對象，個體主義思潮興起，使得任何一種思潮或者意識都能成為一些群體得以形成認同的基礎。於是，在這種焦慮的促使下，我們同西方國家一樣，向傳統索要文化上的共同認同，因而，借助非遺運動，從傳統文化和古老傳承中，尋找根源成為必有之意。以前被認為是落後、迷信的地方文化，成為人們重新凝視自我，並帶有共同記憶性質的資源。

〔註33〕高丙中：中國的非物質文化遺產保護與文化革命的終結〔J〕，開放時代，2013（05）。

比如以大禹傳說來說，幾乎每一個納入非物質文化遺產目錄的傳說資源地，都成為宗族尋根之地。在紹興公祭中，來自臺灣、韓國及中國內地的諸多省份的夏姓都會在公祭中祭祀，並出版了諸多關於夏姓譜系的刊物，依此，將大禹作為夏姓始祖的祖先（如圖 8.2.3）。再如登封的第二屆文化節中，其參與主體就是以夏、鮑二姓為主的宗親參與，申明作為夏禹後裔的身份的榮耀。從訪談來看，夏氏宗親這個群體，並沒有特別關心大禹的主體事蹟是怎麼樣，只是瞭解大禹作為夏朝的開創者，自身作為大禹的後裔和血脈是身份光榮的事情。在我看來，大禹傳說實際上在當代尋根思潮的推動下，為個體生命感的延伸提供了契機和依託，是一種身份認同的重新追溯。文化尋根一詞，「是全球化與現代化所激發的現象，本身就是多元現代性和動態現代性的應有之義」，〔註34〕在全球化和現代化的刺激下，不僅民族文化出現了斷裂及共同認同感的消失，作為個體性質的人，也成為刺激反應中的「無根無父」之人。這一點在 80 年代開始尋根文學創造中體現特別明顯，在諸多尋根話語中，尋找父親是一個重要的主題，如張承志的《黑駿馬》、《北方的河》等，作者所宣稱的自我身份是沒有父親的，或者說父親「把我媽給甩啦」等，其作品中的父親總是缺失的，但最後，經過種種建構，又覺得父親回來了，「我找到了父親——這就是他，黃河」，從父親的缺失到找到了父親，所謂尋根的意義也彰顯出來了，是一種文化主體的主動尋找。大禹在這場尋根之旅中，充當了丟失的父親的角色，在眾多的「歸里朝宗」儀式中，諸多後裔尋找到了一種文化血緣上的關聯。

小結　當代古史傳說資源的三種面相

在本章中，作者將大禹傳說的講述背景置放在了非物質文化遺產保護之下，即通過大禹傳說審視了非物質文化遺產運動中的諸多現象，也通過非遺，對作為資源的古史傳說的多層面認知進行了闡釋和反觀。

對於古史傳說本身來說，其時間上歷史感、遺產感等，都對地方文化產業和文化品牌、政府政績的塑造有重要的作用。爭奪名人故里並不少見。但是，當我們在非遺保護背景之下在看，在國家和政府主導的這場運動裏，通過地方精英的推動和介入，官—商—民—學「勁往一處使」，將傳說資源規範

〔註34〕韓少功、李建立：文學史中的尋根〔J〕，南方文壇，2007（4）。

在國家主流文化框架之內，並形成了一種傳說資源的標準化實踐。這一系列過程，可以說導向了非物質文化遺產保護的實質，即是重新從傳統中尋求文化認同和身份認同，「認祖歸宗」這種文化形式在存留古史人物的地方顯而易見，建立一種文化血緣關聯。至此，我們可以歸納，古史傳說資源指向了三種面相：第一種指向了國家及國家認同，紹興地區的大禹祭祀的符號轉變正是這個層次的體現。第二種指向了地方政府、精英和其他群體的共同需求，地方政府借助古史人物，地方精英規範古史人物的民間形態，向著主流意識靠攏，古史資源納入了地方文化之中，成為建構地方文化的重要資源。第三種指向了個體的身份認同。當然，將上古人物作為祖先，並不是在非物質文化遺產背景之下興起的，比如紹興地區姒姓家譜，將大禹作祖先並祭祀，已經有四百年多歷史了。

古史傳說作為重要的文化資源，彰顯出當代社會的人文需求和精神信仰需求的回歸。古史傳說作為敘事的源頭，自身具有敘事、儀式、信仰等多重意蘊，正如坎貝爾指出的，神話在當代社會中充當著「神秘性、物理宇宙觀、社會性和倫理性」等多重功能，因而完成古史傳說與當代社會的對接具有顯而易見的意義。大禹傳說在線性歷史和共性空間兩方面影響深遠，在其完成與當代社會的溝通銜接時，顯現出資源化、遺產化兩種時代路徑。這種時代路徑，在一定程度上忽略了神話自身在地方與國家、社會與個人、自然與人文等方面的主體性表達，但這一過程所表達、演繹的時代意義，對民眾生活世界、神話傳承等問題的意義，都需要時間來檢驗。

餘　韻

　　大禹治水傳說形成了三方面的價值，其一在於傳說本身包藏的意蘊，在很多不同的時代都存在大禹的書寫，怎樣從一個傳說的生命史窺見傳說生命生長的養分，以縷鏨清晰傳說自身的生長機制；其二，大禹傳說仍舊活躍在當下的生活世界，是否發生了意義上的轉變，通過對這一問題的追蹤，能夠解讀古史傳說的當下形態，闡釋對於當代人、社會與心靈的意義；其三，大禹治水傳說在民間或者地方社會講述中，有不同於權威和主流文化中的講述，在漫長的時期裏，大禹傳說或是積極地通過各種媒介進入廣闊的社會，或是被圈存於一個地域內部形成獨立的傳說圈，在由上至下的流動過程中，大禹傳說的形態發生了怎樣的扭轉，折射了怎樣的觀念，反映了區域內部民眾何種所思所想等等，這一時空流轉得以分析大傳統與小傳統之間的雙向互動。

　　當代的社會語境發生了變遷，在「治水社會」向「水利社會」〔註1〕類型轉變時期，依賴和控制似乎成為一根水做的繩子的兩極，兩相用力，於是，圍繞水及水所攜帶而來的歷史和社會間的張力場域成為研究者無法忽略的空間。與水息息相關的大禹治水傳說，幾經輾轉，傳繼千年，不斷散播，輻射廣延，

〔註1〕行龍、王銘銘等學者等都提到關於水利社會類型為題，「治水社會」來源於魏特夫在《東方專制主義》一書中所提到的在農業社會中，對水的治理和控制成為王權產生的重要條件。「水利社會」是對魏特夫理論重新思考，與水有關的社會類型，不僅僅是只有王權建立相關，實際具有多種多樣的形態，例如行龍等人對山西省水碑等碑刻的探索，不同地域圍繞水資源的權力、信仰等，形成不同於治水社會的社會類型，觀點源自：行龍：從治水社會到水利社會〔J〕，讀書，2005（8）；王銘銘：水利社會的類型〔J〕，讀書，2004（11）。

由此所產生的漣漪成為窺視歷史與社會變遷的一條線索。

通過上文的敘述，筆者大體完成了對大禹傳說的整體勾勒和闡釋。一個傳說憑藉涓滴意念，從萌生、到發展，再至延伸，終匯流成河，滲入人們的心靈。將大禹治水傳說重新納入「傳說」的視野，在我看來，是將整個大禹治水傳說的重新鍛造，整篇論文通過尋找一段段殘片，不斷拼湊起來一幅帶有歷史感與文化性的畫卷。對傳說來言，它既有形式上的自由，「敘述不受形式的限制，具有自由性和可變性」，﹝註2﹞同時，它並不是一個脫離總體意識形態和文化語境的孤立現象和獨立體裁，也受到大傳統、小傳統、書寫者、講述者等諸多變化著的因素的影響。可以說，從外在形態到內在結構模式，傳說之生與傳說之長始終處於不斷的調整變動中。

一、作為話語的傳說

對傳說的認知經歷一個由名詞性傳說到動詞性傳說轉變的過程，﹝註3﹞換言之，動詞性傳說實際上是對講述行為的關注，即為什麼要如此書寫該傳說的問題。在這個層次上，傳說已經不是單純的以文本形態存在，固定不變的文字敘事，而是作為「一種資源、一種話語而存在」。﹝註4﹞話語本身是一個語言學詞彙，指的是一種大於句子的語段，它有話語內容和話語形式共同組成。但福柯關於關於話語的解釋，則同權力、知識膠著在一起。福柯借引尼采的權力觀點，認為話語之中隱藏著支配性和決定性的力量，「福柯式的話語內核是一種建構主義，福柯認為人們的知識並非源於他們對客觀世界的觀察和經驗，而是源於科學家們所建構的科學話語，科學知識就是經由科學話語而被生產出來的」，﹝註5﹞由此表明，話語不僅表達對世界的認知，也建構了世界和社會關係，知識則源於話語和主體之間的建構關係上。在這個意義上，當我們再面向大禹傳說時，傳說作為話語的建構意義就體現出來了。

﹝註2﹞（日）柳田國男著，連湘譯：傳說論〔M﹞，北京：中國民間文藝出版社，1985。

﹝註3﹞陳泳超在《轉過身去的大娘娘》一書中，也有類似的探討。他認為，對堯舜傳說的文獻研究，仍然將落腳點關注在名詞性傳說，而在《大娘娘》一書中，則有了動詞性的概念。

﹝註4﹞王杰文表達過相似的觀點，他認為不再將傳說作為一個文類而看，而是將傳說作為一種話語和資源，這也符合國際對民間文化研究的潮流，王杰文：傳說的動力學批評〔J﹞，民間文化論壇，2014（04）。

﹝註5﹞周憲：從文學規訓到文化批判〔M﹞，上海：譯林出版社，2014。

從大禹傳說的神話形態到大禹神異傳說的形成來看,建構傳說的話語以「天下觀」中心,經過了三次大的轉變和重構。第一次轉變來源於神話向歷史的過渡,大禹治水傳說的原生形態是創世神話,內部隱含著宇宙秩序等神話的象徵性思維,洪水所象徵的是一種秩序和人性的搏鬥,水性本身就是人性的表達,治水就是將人性得以裝載於社會所需要的秩序內。第二次轉變來源於諸子思想家等圍繞傳說進行了各自理念上的演述,諸子對大禹傳說產生紛爭的原因在於各自內部執行和推崇了不同的理念,但是,總體的話語體系背景是人們對「天下」這一話語的追逐,並借大禹形成了統一的文化認同。

作為話語的傳說,不僅傳達意義,而且也創造意義,借助大禹的相關敘事,塑造了一種華夏共同體的文化認同景觀。如海特‧懷登在探討敘事和歷史之間的關係時指出,「敘事組合成了故事,沒有敘事就沒有歷史,這裡的歷史指的是歷史的真實」。「歷史真實區別與歷史事件,後者指的是實際發生過的孤立事件,前者則是經過作者篩選,並用一種虛構的制式或者概念裝置串聯起來的敘事對象」,〔註6〕某些斷裂的片段,在當時的時代氛圍下,通過歷史的想像彌補了原先缺失的空間,這種想像和重塑,將華夏民族的身份譜系歸於黃帝之下。

大禹傳說的第三次轉化來自於在讖緯觀影響下,大禹神異形象的生成。經過《帝王本紀》的二次集成,大禹神異傳說形態正式形成,神異傳說中蘊含著神聖的道德觀,並奠定了傳說的主流範式的意義,這種轉變反映了傳說中知識和權力的爭鬥。讖緯學術本是以方士為主的知識分子對世界認知的解釋,但卻被利用改造成塑造權力合法性和增強內部凝聚力的「符瑞」,「聖的王化」和「王的神化」同時發生,這一過程正是主流文化話語系統對知識的挪用和建構。

作為話語的大禹傳說,經過不斷建構,造成了大禹身份的固定化。無論是在傳說中,還是在中國文化體系內部,大禹始終是作為「角色」存在,而非單純的個體,個體身份與角色身份的區分來源於社會結構。布朗曾經指出,「在社會結構中,被認為是社會生活行動者的單個人即個人是最終組合,社會結構就是由相互聯繫的個人的配置組成」,〔註7〕個人處於社會的總體架構

〔註6〕（美）海特‧懷登著,董立河譯:形式的內容:敘事話語與歷史再現〔M〕,北京:文津出版社,2005。
〔註7〕（英）拉德克夫利-布朗著,夏建中譯:社會人類學方法〔M〕,北京:華夏出版社,2002。

之內，個人是相互聯繫的個人，單個個體生命對社會結構影響不大。而角色則不同，他是社會結構中的一個環節，可以說角色具有連續性和制度性。普羅普曾經對角色與社會功能做過研究和闡釋，在民間故事中，「故事中登場的人的數量和種類在故事的原文中是無限繁多而各各不同的，其固有的屬性、社會地位等等千差萬別，但都有著超越實體差異的、由情節意義所賦予的共同點，構成數量有限的、抽象的角色」，〔註8〕當一個個體成為角色時，就形成了「在其位謀其政」的意味，單純個體被推上特定的位置，則被賦予了這一位置的需求，存留這一位置所需的規範。大禹傳說形態幾經變遷，其形態經歷由神話話語到歷史話語，從各抒已見到殊途同歸，最終大禹傳說被建構為華夏文化認同的表徵之一。大禹傳說對文化認同的表達，發展到當代社會，仍以不同的形式存在於江、河、淮、漢流域，形成了多元一體的空間形態格局。

傳說作為話語進行社會建構，這一傳說內核在古史傳說中具有普遍性。這一普遍的建構性來源於中國文化中神話和傳說的功能被歷史替代，歷史充當了神聖敘事的功能。同時，由於歷史對於國家、民眾來說有正當性，所以後世對古史傳說不斷建構和講述。

二、大小傳統交融中的傳說

雷德菲爾德針對農民社會與文化開啟了「大傳統和小傳統」這一對概念，用以說明複雜社會中的不同層次的文化傳統。「大傳統指的是由社會中少數士紳、知識分子所代表的文化。小傳統則是指散落在村落中多數農民所代表的生活。」〔註9〕對於中國文化，前者如中國的儒家及正統經典的記載，後者如不識字的農民講述的口頭傳說。有學者也指出，大小傳統的理念不僅適合西方的研究，而且也十分洽和東方國情。如陳學霖關於哪吒城傳說所指出的：

> 我們先民不但早已自覺關注到大傳統與小傳統的而密切聯繫，而且自始即致力加強彼此的聯繫。中國古代的大傳統以禮樂為主，而禮樂很多便來自民間。孔子曾說「先進於禮樂，野人也；後進於

〔註8〕李揚：中國民間故事形態研究〔M〕，汕頭：汕頭大學出版社，2001。
〔註9〕（美）雷德菲爾德著，王瑩譯：農民社會與文化〔M〕，北京：中國社會科學出版社，2013。

禮樂，君子也。」野人可解作鄉土的農民，君子自然指城裏的士人。
古代又有禮失求諸野的諺語，說的就是大傳統滲透到民間的小傳
統，在那裡保存發揚。……民間小傳統的許多作品，如小說、戲曲、
變文等所謂俗文學，以思想內容而論，仍然脫不了大傳統的忠孝信
義，善惡報應等觀念的範疇。大傳統源源滲透於小傳統，小傳統是
大傳統在民間變相，兩者關係密切，交融頻仍，成為中國傳統文化
的主要創造力。〔註10〕

　　從上文各章的論述中可見，特別是在當代流傳的大禹傳說中，一方面顯
示了傳說對中國主流文化所標榜的「德」等價值觀念進行了民間性的轉化，
主流文化進入了一個「下流」的過程。另一方面，小傳統並非消極接受或者
抵抗大傳統的「向下流動」，而是具有包容性和開放性，對大傳統積極的創造
和吸收，納入自身的文化譜系內部。

　　大禹傳說中的大傳統主要是以官方歷史書寫為主要模型，可以說《夏本
紀》中的大禹治水傳說書寫，奠定了後來國家或者史官書寫歷史人物的模
式。他們以「德」作為標榜，並內在鑲嵌了一個過渡儀禮，這個過渡儀禮可
以是離開故地，可以是征戰等其他形式，總之在儀禮的過渡中成為了社會
屬性的人。

　　傳說中的小傳統，主要是民間流傳的口頭傳說。在登封地區的大禹治水傳
說民間傳說文本中，生成了口頭與文獻共生的二元模式屬性，這種傳說攜帶這
種傳說屬性的原由，來自於傳說這一體裁本身對於「真實性」的強調。在我看
來，傳說的真實性已經跨越了單純的「紀念碑」、「紀念物」等單純的客觀，還
有諸多如歷史心性的真實存在，如帶有權威性的文字、復刻和實踐性的儀式典
禮，或是個人性的心理狀況等都成為傳說的真實性存在淵源。傳說的真實性導
致了傳說始終徘徊在了講述者所認可的真實的多元性之間，因而也產生傳說轉
化時的有限性問題。浙江德清地區的大禹殺防風傳說，其相對於官僚模式所強
調的德性，該傳說內部更展示了人性——民間或者地方對德的弱化及作為人所
具有的特點。國家意志在賦予地方以道德意義時，地方往往以隱形的、後臺的
形式來表達對國家權力和異質的反叛，申明自身的道義。

　　在大小傳統的交融中，傳說的意義就顯現出來了。大禹傳說在國家層面
所塑造的傳說是官僚模式，而當這種傳說進入民間、或是在民間重新呈現

〔註10〕陳學霖：劉伯溫與哪吒城〔M〕，上海：三聯書店，2008。

的時候，傳說成為民眾得以品評國家意志的話語，這也是傳說能夠得以擴大和流傳的根源所在。傳說能夠適應所有立場，並成為表達自身願望的工具。對於人文學科來說，研究儘管沒有終點，但總是指向人的價值與人的意義。洪水神話中的「好人得報」、「善惡觀念」框範和規整著人之所以為人的價值判斷。在鄉土社會中，傳說置在地方性知識的內理中，既被地方歷史文化背景多環繞，又折藏了民眾精神、地方社會變遷的因子，因此具有歷史真實和文學虛構的合謀性質，對於長時段的傳說更是如此，在經歷了許多世代後，疊加了不同時代講述者的記憶，成為了一種不斷沉澱、層累的歷史文本。這些文本更接近於安德森所言的「想像的共同體」，「不是虛構的共同體，不是政客操縱人民的幻影，而是一種與歷史文化變遷相關，根植於人類深層意識的心理的建構」，〔註11〕因而傳說成為認識和理解民族和地域文化的一種途徑。

三、作為文化資源的古史傳說

面向當代社會，傳說作為文化遺產和文化資源的價值尤為突出。因歷史的久遠，古史傳說成為地方社會進行文化資本重組的資源之一。筆者所強調的文化遺產或者文化資源，永遠是在利益群體間爭辯、妥協和建構的過程。

神話傳說作為重要的文化資源，越來越受到國家和地方政府的重視，當代學者也對作為文化資源的神話投以關注，認知到神話對地方文化、區域社會、遺產旅遊的重要意義。坎貝爾通過追溯世界各地神話中的英雄故事，讓我們看到，神話不再是遠離現實的英雄傳奇，而是與社會息息相關、發現真實自我的途徑。大禹治水作為公認的且傳播範圍較廣的神話，是對神話資源進行利用和轉化的典型案例，河南登封、浙江紹興等地方社會對大禹神話當代轉化實踐的調查，彰顯出大禹神話轉化過程中的兩種形態：一是地方精英不斷按照正史文獻的記載對神話進行規範，形成了具有規範特性的資源化實踐形態；二是在非物質文化遺產保護的背景下，其在遺產化實踐中形成了以認同為核心的多元一體的遺產化形態格局。大禹治水神話在轉化過程中不斷昇華，完成向國家靠攏的標準化實踐。這一案例為神話資源的當代轉化提供思考。

〔註11〕（美）本尼迪克特·安德森著，吳叡人譯：想像的共同體〔M〕，上海：上海世紀出版社，2011。

　　神話和傳說作為資源或者原始素材，已經滲入到社會、個人和自我的範疇之內，但中國神話不同於歐洲神話，它多為口耳相傳或被傳世文獻記載，歐洲神話則擁有實質的文化遺留物，因此，中國的神話或者同神話相關的敘事，並未像歐洲神話那樣滲入到人們的日常生活。因而古代神話傳說資源的當代轉化並不能完全依賴西方的經驗，而應在時代背景和時代策略下，形成自己的實踐形態。大禹神話傳說作為眾所周知的神話，為探索神話資源的中國實踐提供了經驗借鑒。大禹傳說在不同地方，各自依託地方文化，將大禹傳說建構為具有地方文化特色的傳說資源。比如武漢地區的大禹神話園，借助石質的景觀，以新的載體重新建立起一條大禹治水敘事系統，這一景觀的產生，使得傳說資源在公共空間中發揮了重要作用。有學者指出，「當代人所關注的這些遺產具有一定的切身性，如黃帝與中國民族的歸宗認主需求、大禹治水與當代洪澇災害的預防和治理，及更深層次的人與自然的關係等等。人們在思考人生命運和社會際遇時，更傾向於從遠古和原初的深化遺產遺脈中獲取資源，這些資源的神聖來源和宏大的時空包容性，遠甚於其他形式的闡釋能力與認同程度。」〔註12〕

　　成為文化資源的古史傳說，跟隨而來的是對古史傳說資源的利用，即古史傳說的再建問題。古史傳說的再建來源於「神話的再建」概念，葉舒憲曾經指出，伴隨著 19 世紀西方理性的消亡，20 世紀成為一個神話全面復興的時代，「神話所內在的人類學文化基因，決定了神話即便遠離人類神話時代依舊神力無邊，不僅為人類提供了詩性智慧，也為人類提供了返歸自身的航向與能力」，〔註13〕神話能夠再建或者得以再建來源於神話自身所涵蓋的價值，「它從來不突出超越於自然萬物之上的人類主體，因而也不會陷入人類中心主義的自大狂之中」，〔註14〕正是因為這一價值，使得神話不斷在現世的生活世界中再建。古史傳說再建既能保持古史傳說意義的連續性，又能與當代社會文化保持良性的互動。在當代社會中，特別是與古代文明發源地或者中心地區相關的地區，口頭性質或者活態的古史傳說極為常見，如山西省洪洞的堯舜傳說，每年三月三和四月二十八，在山西汾河東西兩岸，都有一個「接姑姑迎娘娘」的「走親」習俗，傳說依託於儀式和節慶，

〔註12〕孫正國：當代語境下神話資源的「公共空間化」〔J〕，長江大學學報，2008（01）。
〔註13〕葉舒憲：神話如何重述？〔J〕，長江大學學報，2006（1）。
〔註14〕葉舒憲：神話如何重述？〔J〕，長江大學學報，2006（1）。

成為該洪洞地區地方性節慶活動的主要解釋性話語。但是，傳說是由多方力量共同組建的，官方文獻、民間、地方精英等都發揮重要作用，在非物資文化遺產的背景下，堯舜傳說成為國家層面的話語，在國家層面解決了原本存在的地方之間的矛盾。〔註15〕這一堯舜傳說的再建，實質上體現了一種傳統和現代的包容。

筆者想所補充的是，作為文化資源的古史傳說再建，不僅與涉及到的歷史、人物相關，也與古史傳說所發生的文化空間有關。通過再建，人、歷史和事件同時展現在該文化空間的舞臺之上，個人投向了集體記憶的洪流，也將自己安身立命的記憶匯合入了古史傳說的講述之中，兩相交融，懸掛起意義之網。

四、遺產時代的傳統文化命運：大禹傳說的後續研究

十餘年來，非物質文化遺產保護一直在如火如荼地進行。毫不誇張地說，傳統與民間文化進入了遺產時代，對傳統和民間文化的認知已從「追求本真性轉移到了建構性上來」，霍布斯鮑姆提出「被發明的傳統」，正是對具有流動性和建構性的傳統所做的回應。當「傳統是被建構的」成為共識後，我們繼續發問：傳統在被重新發現的過程中，其生發和展現出了怎樣的價值？誰擁有建構的主導權？傳統文化被建構的前後發生了怎樣的變化，建構的實質為何等等，這些問題指向的是遺產時代傳統文化的遭遇和反思。

「非物質文化遺產」研究主要有兩種趨勢：其一是形而上的理念研究。最初的非遺概念書寫是在西方話語之下的，不同話語體系存在一種跨語際的實踐。因此，正確理解非遺概念、特徵、內涵和價值等具有重要意義。此類研究眾多，有學者將這種研究概括為六點，即「非遺概念的由來和內涵」「非遺的特徵、價值和功能」「非遺的保護和利用」「非遺的傳承和傳承人研究」「非遺的保護和教育」以及「國外非遺保護的經驗」等，其趨勢特徵體現在對非遺理解的學科化與理念性。當然，這一趨勢無可厚非，有其學理上的必然性；其二是形而下的實踐研究，著眼於非遺在中國的本土化實踐。非遺概念的提出，讓原本進入民眾生活盲點的傳統文化重新回歸到人們的視線之內，「地方文化從原本生活文化的語境中抽離出來，被移植到『文化遺產』的語境之中，

〔註15〕鄒明華：「偽」歷史與「真」文化——山西洪洞的活態古史傳說〔J〕，文學評論，2008（5）。

為不同的力量所重新建構，使地方文化不可避免且確確實實地發生了變化」，〔註16〕從而形成了新型的文化形態。這一研究體現出對非遺理解的轉向，從單純的話語研究轉向了話語實踐，這種轉向預示著對非物質文化遺產的研究理念應該從純粹的學理研究轉向實際存在境況的研究，其研究方法必然要有田野的參與。田野的參與本身與民俗學的學科轉向息息相關。

回看學術史，民俗學的研究已經從對文化遺留物、文化事象的關注轉移到了具有整體性的生活世界，鍾敬文所提出的「民俗學是歷史的，更是當代的」，已經漸漸成為共識。從某種程度上說，對當代的凝視是由「傳統」這一民俗學科核心詞彙理解的轉變而帶來的。傳統並非歷史的靜止，而是動態的傳承。傳統兩字已經從時間流上的駐足停頓，回歸到空間裏的流連往復，具體時空中的傳統只有在民間大地上才能摸得清其骨骼脈絡。因而，對於大禹傳說的後續研究，也應該立足在當代，通過田野調查，展現當代大禹傳說的價值及意義。

〔註16〕劉曉春：文化本真性：從本質論到建構論〔J〕，民俗研究，2013（04）。

參考文獻

一、古典文獻

1. 李學勤主編，十三經注疏，北京大學出版社，1998 年版。
2. 中華書局編，新編諸子集成，中華書局，2011 年版。
3. （西漢）劉向，淮南子，河南大學出版社，2010 年版。
4. （晉）郭璞注，（清）郝懿行箋疏，沈海波校點，山海經，上海古籍出版社，2015 年版。
5. 高華平，王齊洲，張三夕譯注，韓非子，中華書局，2010 年版。
6. 方韜譯注，山海經，中華書局，2009 年版。
7. 王世舜注，尚書譯注，四川人民出版社，1982 年版。
8. 史記，（正義）張守節，中華書局，1982 年版。
9. 劉向集錄，戰國策，中州古籍出版社，2007 年版。
10. （清）崔述撰，考信錄，上海古籍出版社，1996 年版。
11. 吳林伯，《文心雕龍》義疏上冊，武漢大學出版社，2013 年版。
12. 越絕書，浙江古籍出版社，2003 年版。
13. （東漢）趙曄撰，吳越春秋，中華書局，1985 年版。
14. 冀昀主編，呂氏春秋，線裝書局，2007 年版。
15. 莊子：孫海通譯注，中華書局，2002 年版。
16. （晉）皇甫謐撰，逸周書，劉曉東校點，遼寧教育出版社，1997 年版。
17. 蕭統，文選，上海古籍出版社，1994 年版。

18. 洪興祖，楚辭補注，中華書局，2001 年版。

19. 方詩銘、王修齡，古本竹書紀年輯證，上海古籍出版社，1981 年版。

20. 太平廣記，北京，中華書局，1985 年版。

21. 太平御覽，北京，中華書局，1985 年版。

22.（明）宋濂撰，元史，中華書局，1976 年版。

23.（北魏）酈道元，水經注，嶽麓書社，1995 年版。

24. 李慧玲，呂友仁主譯，禮記，中州古籍出版社，2010 年版。

25. 江灝，錢宗武譯注，今古文尚書全譯修訂版，貴州人民出版社，2009 年版。

26. 黃暉，論衡校釋，中華書局，1990 年版。

27. 安居香山、中村璋八緝，緯書集成，上海古籍出版社，1994 年版。

28. 汪繼培輯，孫星衍輯，尸子，中華書局，1991 年版。

二、著作

1. 馬昌儀，中國神話學文論選粹，中國廣播電視出版社，1984 年版。

2. 袁柯，中國神話傳說，中國民間文藝出版社，1984 年版。

3. 張振犁，中原神話研究，上海社會科學院出版社，2009 年版。

4. 王琳，海峽兩岸大禹文化研究〔M〕，中國社會科學出版社，2006 年版。

5. 中國先秦史學會，禹城與大禹文化文集，中國文聯出版社，2007 年版。

6. 陳勤幟等編，大禹及夏文化研究，巴蜀書社，1993 年版。

7. 顧頡剛，古史辨自序上下冊，商務印書館，2017 年版。

8. 丁山，古代神話與民族，商務印書館，2005 年版。

9. 茅盾，神話研究，百花文藝出版社，1981 年版。

10. 苑利，二十世紀中國民俗學經典·神話卷，社會科學文獻出版社，2002 年版。

11. 王孝廉，中國的神話世界，時報文化出版公司，1992 年版。

12. 陳建憲，神祇與英雄，三聯書店，1994 年版。

13. 鍾偉今主編，防風神話研究，安徽文藝出版社，1996 年版。

14. 田兆元，神話與中國社會，上海人民出版社，1998 年版。

15. 孫作雲，中國古代神話傳說研究，河南大學出版社，2003 年版。

16. 孫作雲，美術考古與民俗研究，河南大學出版社，2003 年版。

17. 徐旭生，中國古史的傳說時代，文物出版社，1985 年版。

18. 陳建憲，中國洪水再殖型神話研究，陝西師範大學出版社，2009 年版。

19. 陳建憲，神話解讀，湖北教育出版社，1997 年版。

20. 謝選駿，神話與民族精神，山東文藝出版社，1987 年版。

21. 楊棟，夏禹神話研究，中華書局，2019 年版。

22. 伊利亞德，神聖的存在──比較宗教的典型，廣西師範大學出版社，2008 年版。

23. 范文瀾，中國通史簡編，人民出版社，1953 年版。

24. 吳小強，秦簡日書集釋，嶽麓書社，2000 年版。

25. 余欣，神道人心，中華書局，2012 年版。

26. 列維-布留爾：原始思維〔M〕，商務印書館，1981 年版。

27. 埃文思-普里查德，阿贊德人的巫術、神諭和魔法，商務印書館，2006 年版。

28. 周一謀，馬王堆醫學文化，文匯出版社，1994 年版。

29. 張光直，中國青銅時代，生活·讀書·新知三聯書店，1999 年版。

30. 艾蘭，水之道與德之端──中國早期哲學思想的本喻，上海人民出版社，2002 年版。

31. 朱曉海主編，新古典新義〔M〕，臺灣學生書局，2001 年版。

32. 大林太良，神話學入門，中國民間文藝出版社，1989 年版。

33. 弗雷澤，《舊約》中的民俗，復旦大學出版社，2010 年版。

34. 錢穆，古史地理論叢，三聯書店，2004 年版。

35. 呂思勉，先秦史，上海古籍出版社，2020 年版。

36. 姜彬，姜彬文集，上海社會科學院出版社，2007 年版。

37. 埃里克·夏普，比較宗教學史，上海人民出版社，1988 年版。

38. 高福進，太陽崇拜與太陽神話，上海人民出版社，2002 年版。

39. 呂思勉，中國民族史兩種，上海古籍出版社，2008 年版。

40. 陳夢家，殷虛卜辭綜述，科學出版社，1956 年版。

41. 王斯福，帝國的隱喻，江蘇人民出版社，2008 年版。

42. 斯科特，弱者的武器：農民反抗的日常形式，譯林出版社，2007 年版。

43. 許地山，道教的歷史，北京工業大學出版社，2007 年版。

44. 葛兆光，屈服史及其他：六朝隋唐道教的思想史研究，三聯出版社，2003年版。

45. 鍾敬文，民間文藝談藪，湖南人民出版社，1981 年版。

46. 鄧雲特，中國救荒史，商務印書館，2011 年版。

47. 平勢隆郎，從城市國家到中華——殷周、春秋及戰國，廣西師範大學出版社，2014 年版。

48. 沈長雲，趙國史稿，中華書局，2000 年版。

49. 吳訥，文章辨體序說，人民文學出版社，1998 年版。

50. 范熱內普，過渡禮儀，商務印書館，2010 年版。

51. 楊燕起、陳可青等編，歷代名家評《史記》，北京師範大學出版社，1986年版。

52. 葛蘭言，中國古代的節慶與歌謠，廣西師範大學出版社，2005 年版。

53. 謝維揚，中國早期國家，浙江人民出版社，1995 年版。

54. 陳剩勇，中國第一王朝的崛起，湖南人民出版社，2002 年版。

55. 許順湛，五帝時代研究，中州古籍出版社，2005 年版。

56. 裘錫圭，中國出土古文獻十講，復旦大學出版社，2004 年版。

57. 王暉，古史傳說時代新探，北京科學出版社，2009 年版。

58. 董琦，虞夏時期的中原，科學出版社，2000 年版。

59. 蕭兵，楚辭與神話，江蘇古籍出版社，1986 年版。

60. 周勳初，九歌新考，上海古籍出版社，1986 年版。

61. 鍾肇鵬，讖緯論略，遼寧教育出版社，1995 年版。

62. 楊利慧，女媧神話與信仰，中國社會科學出版社，1997 年版。

63. 顧頡剛，孟姜女故事研究集，商務印書館，2010 年版。

64. 柳田國男，傳說論，中國民間文藝出版社，1988 年版。

65. 連瑞枝，隱藏的祖先，三聯出版社，2007 年版。

66. 龐建春，水利傳說研究，北京師範大學博士論文未刊稿，2005 年版。

67. 陳學霖，劉伯溫與哪吒城，三聯出版社，2008 年版。

68. 納欽，口頭敘事與村落傳統，民族出版社，2004 年版。

69. 趙世瑜，小歷史與大歷史——區域社會史研究，三聯出版社，2006 年版。

70. 岳永逸，靈驗・磕頭・傳說：民眾信仰的陰面與陽面，三聯出版社，2010年版。

71. 維謝洛夫斯基，歷史詩學，百花文藝出版社，2003年版。

72. 韓震，歷史・理解・意義：歷史詮釋學，上海譯文出版社，2002年版。

73. 薩林斯，歷史之島，上海人民出版社，2003年版。

74. 許宏，何以中國——公元前2000年的中原圖景，三聯出版社，2015年版。

75. 張紫晨，中國古代傳說，吉林文史出版社，1986年版。

76. 林繼富，民間敘事與非物質文化遺產，中國社會出版社，2012年版。

77. 馬丁布伯，我與你，生活・讀書・新知三聯書店，2002年版。

78. 常松木主編，登封大禹神話傳說，河南文藝出版社，2014年版。

79. 鍾利戡、王清貴輯編，大禹史料彙集，巴蜀書社，1991年版。

80. 費孝通，中國士紳，生活・讀書・新知三聯書店，2009年版。

81. 余英時，士與中國文化，上海人民出版社，2003年版。

82. 馮時，中國天文學史，中國社會科學出版社，2001年版。

83. 劉起釪，古史續辨，中國社會科學出版社，1991年版。

84. 葛劍雄，統一與分裂中國歷史的啟示，商務印書館，2013年版。

85. 肯尼思・麥克利什主編，人類思想的主要觀點（下卷），新華出版社2004年版。

86. 鍾偉今，防風氏資料彙編，黑龍江人民出版社，1999年版。

87. 周作人，周作人民俗學論集，上海文藝出版社，1999年版。

88. 林炳僖，韓國神話歷史，南方日報出版社，2012年版。

89. 魏特夫，論東方專制主義，中國社會科學出版社，1989年版。

90. 何新，諸神起源，三聯書店出版社，1998年版。

91. 馬伯樂，書經中的神話，商務印書館，1939年版。

92. 涂爾幹，宗教生活的基本形式，上海人民出版社，2006年版。

93. 歐大偉，中國民眾思想史論，中央民族學院出版社，1995年版。

94. 普羅普，故事形態學，中華書局，2006年版。

95. 陳寅恪，馮友蘭中國哲學史上冊審查報告，上海古籍出版社，1980年版。

96. 杜德橋，妙善傳說，巨流圖書公司，1990年版。

97. 陳寅恪：馮友蘭中國哲學史上冊審查報告，上海古籍出版社，1980 年版。

98. 畢旭玲：中國 20 世紀前期傳說研究史，上海社會科學出版社，2019 年版。

三、論文

1. 徐旭生，1959 年夏豫西調查「夏墟」的初步報告，考古，1959（11）。

2. 鄒衡，試論夏文化，夏商考古學論文集，文物出版社，1986。

3. 李伯謙，二里頭類型的文化性質與族屬問題，文物，1986（06）。

4. 趙春青，新密新砦城址與夏啟之居，中原文物，2004（03）。

5. 許宏，發現最早的中國，中國社會科學報，2015 年 7 月 3 號刊。

6. 何順果、陳繼靜，神話、傳說與歷史，史學理論研究，2007（4）。

7. 杜勇，關於歷史上是否存在夏朝的問題，天津師範大學學報，2006（4）。

8. 陳淳，二里頭、夏與中國早期國家研究，復旦學報，2004（4）。

9. 沈雲長，夏朝是杜撰的嗎？——與陳淳先生商榷，河北師範大學學報，2005（3）。

10. 蘇秉琦，關於仰韶文化的若干問題，考古學報，1965（1）。

11. 夏正楷、張俊娜，黃河流域華夏文明起源與史前大洪水，北京論壇，2013。

12. 吳文祥、葛全勝，夏朝前夕洪水發生的可能性及大禹治水真相，第四紀研究，2005（06）。

13. 張雲，舅甥關係、貢賜關係、宗藩關係及供施關係，中國邊疆史研究，2007（3）。

14. 童恩正，中國北方與南方古代文明發展軌跡之異同，中國社會科學，1994（05）。

15. 潘光旦，論中國父權神話對舅權的抑制，新建設，第 3 卷第 5 期。

16. 曲楓，張光直薩滿教考古學理論的人類學思想來源述評，民族研究，2014（04）。

17. 王暉，夏禹為巫祝宗主之謎與名字巫術論，人文雜誌，2007（04）。

18. 程錫麟，互文性理論的概述，外國文學，1996（01）。

19. 秦龍、楊金保，從共同體視角看中國古代社會血緣的宗法性特徵，福建論壇，2009（02）。

20. 章偉文，河圖洛書的道教文化內涵，中國宗教，2007（11）。

21. 鄺向雄，論讖緯與道教的同源關係，前沿，2014（6）。

22. 劉琪、黃建波，卡里斯瑪理論的發展與反思，世界宗教文化，2010（04）。

23. 董楚平，《國語》防風氏箋證，歷史研究，1993（5）。

24. 蔣衛東，自然文化變遷與良渚文化興衰關係的思考，華夏考古，2003 年（2）。

25. 張靜，人、神和偶像：不同講述群體的木蘭及其傳說，民族文學研究，2014（2）。

26. 孟慧英，神話儀式學派的發生與發展，中央民族大學學報，2006 年版。

27. 賀賓，論民間倫理的特徵，中州學刊，2006（5）。

28. 肖群忠，生活倫理論，中國人民大學學報，2006（01）。

29. 溝口雄三、於時化，中國儒教的十個方面，孔子研究，1991（02）。

30. 劉曉春，文化本真性：從本質論到建構論，民俗研究，2013（04）。

31. 彭牧，實踐、文化政治學與美國民俗學的表演理論，民間文化論壇，2005（5）。

32. 韓少功、李建立，文學史中的尋根，南方文壇，2007（04）。

33. 高丙中，中國的非物質文化遺產保護與文化革命的中介，開放時代，2013（05）。

34. 陳志勤，非物質文化遺產的創造和民族國家認同，文化遺產，2010（02）。

35. 袁海燕，士紳、鄉紳與地方精英——關於精英群體研究的回顧，華中農業大學學報，2005（03）。

36. 潘晟，宋代的《禹貢》之學——從經學專著走向地理學，歷史研究，2009（03）。

37. 落孝高、羅超，論文化控制的作用機制及實現途徑，吉林省教育學院學報，2009（01）。

38. 葉舒憲，禹娶塗山的考古學考察，中原文物，2002（04）。

39. 顧頡剛，州與嶽的演變，史學集刊，1932（02）。

40. 謝維揚，禹會塗山之意義及早期國家形成過程的特點，蚌埠學院學報，2014（04）。

41. 鄒明華，古史傳說與華夏共同體的建構，中國人民大學學報，2010（03）。

42. 萬建中，傳說建構與村落記憶，南昌大學學報，2004（02）。

43. 周書燦，大禹傳說的興起與豐富擴大，呂梁學院學報，2011（01）。

44. 孫國江，大禹治水傳說的歷史地域化演變，天中學刊，2012（04）。

45. 鄒明華，專名與傳說的真實性問題，文學評論，2003（03）。

46. 徐旭生、蘇秉琦，論傳說材料的整理和傳說時代的研究，史學集刊，1947（05）。

47. 呂微，鯀、禹故事：口頭文本與權力話語，民間文化論壇，2001（01）。

48. 葉舒憲，大禹的熊旗解密，民族藝術，2008（01）。

49. 湯奪先、張莉曼，「大禹治水」文化內涵的人類學解析，中南民族大學學報，2011（03）。

50. 李岩，大禹治水與中國國家起源，學術論壇，2011（10）。

51. 王銘銘，水利社會的類型，讀書，2004（11）。

52. 行龍，從治水社會到水利社會，讀書，2005（08）。

53. 葉舒憲，大禹的熊旗解密，民族藝術，2008（01）。

54. 孫正國，當代語境下神話資源的「公共空間化」，長江大學學報，2008（01）。

55. 王杰文，直義與隱喻——「十八打鍋牛」傳說的分析，民俗研究，2008（03）。

56. 劉曉春，文化本真性：從本質論到建構論，民俗研究，2013（04）。

附錄1：地方大禹治水傳說情況

一、湖北

序　號	題　目	地　區	主　題	來　源
1	劈峽開江	宜昌	盆地洪水，過家門不入，智慧老人（魯班）、開峽	《中國民間故事·湖北卷》
2	大禹的傳說	宜昌	洪水來歷（雨神下棋遺忘），派大禹治水（大禹神君），全家淹死，玉皇封神，掌管風雨，民間祭拜（天地日月君親師）	《中國民間故事·湖北卷》
3	鎮水石	潛江、沔江，荊州	大禹過荊州治水，大禹借息壤，河伯授河圖，引水入江，河圖填穴鎮水	《湖北民間故事》
4	黃牛岩〔註1〕	宜昌	夏禹開江導水，斬惡龍，瑤姬授書，黃犢觸龍頭，黃牛廟	《湖北民間故事·宜昌卷》
5	灩澦草	宜昌	大禹與灩澦草的關係	《湖北民間故事·宜昌卷》
6	大禹斬玉龍	武漢	洪水來歷（東海龍子作惡），大禹執屠龍寶劍和天書鎖龍，惡龍不死悔改，斬龍，現有斬龍臺遺跡。	《湖北民間故事集》

〔註 1〕黃牛廟，原被稱為黃陵，坐落在三斗坪鎮。店內供奉神牛，傳該神牛曾助大禹治水。

7	龍脊石	雲陽	洪水來歷（蛟龍破壞），餘地派大禹降龍，化成龍脊石〔註2〕。	《湖北民間故事集》
8	禿尾巴龍	襄樊	大禹借禿尾巴龍治水	《湖北民間故事集》
9	禹王開三關	鄂北三關	玄龜負土堵水，禹王開路	《湖北民間故事集》
10	大禹神排化襄陽	襄陽	洪水泛濫，鯀盜玉皇息壤治水失敗被殺，大禹乘神排到襄陽，大禹鎮神排，導洪水。襄陽	《湖北民間故事集·襄陽卷》
11	金牛拱峽	宜昌	長江發洪水，大禹治水，老人託夢，尋找金牛，神女靈芝相助金牛拱峽。	《中國民間故事·湖北卷》

二、陝西

序　號	題　　目	地　區	主題與類型	來　源
1	禹女獻策	韓城市	大禹治水十三年未歸，大禹女兒乘仙鶴尋父，見大禹開山，獻策沿著岩石的縫隙擊破。	《龍門縣志》山西陝西地區的龍門開山資料甚多。山西有梳頭啟傳說
2	禹鑿龍門	韓城市	龍門山脊擋住黃河水，大禹看到父親鯀錯開河道的遺跡，決心開龍門。黃袍老人獻計，斬斷巨龍	《中國民間故事集成·陝西卷》河津龍門有《錯開河》傳說。也有禹鑿龍門。
3	鯉魚躍龍門	韓城	禹王言「魚龍本是同根生，躍上龍門便成龍」	《中國民間故事集成·陝西卷》
4	驪山禹王廟	臨潼	禹王顯靈發水，沖毀搜刮民眾的縣衙，縣官將搜集而來的錢財休憩一所禹王廟	《中國民間故事集成·陝西卷》一是禹王管水的信仰在民眾中甚多。二是，禹王廟的建立大多是官方如知府縣官等。

〔註2〕傳說有一條龍違反了龍宮的規矩，被貶到人間，龍在人間依舊興風作浪，玉皇知道後，派大禹拿神斧去懲罰龍。在激戰之際，龍將江水翻騰，導致洪水泛濫。大禹見此，就以神針釘住了巨龍，從此人間才風平浪靜。

三、四川

序號	題目	地區	主題和情節	來源
1	大禹治水	巴縣	共工觸不周山導致大洪水，大禹帶著穿山甲開山，制服了夔龍，娶塗山氏，卻三過家門而不入，洪水漫天之際，玉皇借神斧給大禹開山	《中國民間故事集成·四川卷》
2	黃龍助禹治水	都江堰	鯀盜青泥，被殺後剖胸出黃龍，禹續鯀治水，黃龍協助	《中國民間故事集成·四川卷》
3	大禹開夔門	成都市	禹續鯀治水，老人託夢，若娶其孫女則助大禹治水。徒孫兩人化成大龜幫助大禹治理洪水，用尾巴打通岩石，西海就慢慢變乾，形成了今天的四川盆地。	《中國民間故事集成·四川卷》
4	禹王戒酒	宜賓市	儀狄造酒，眾人醉，禹王歸來後，因醉酒誤事，因而戒酒	《中國民間故事集成·四川卷》
5	神女的傳說	巫山縣	十二條孽龍治水，大禹變成穿山甲穿山。得瑤姬授神書相助，並借神斧於大禹劈山	《四川民間故事》
6	資子治水	資中縣	資子助大禹治水，將蟒蛇殺掉	《四川民間故事》
7	大禹治水合時令	巴縣	大禹子承父業治水，疏通河道，制定了時令。	《四川民間故事》
8	石紐投胎	羌族	大禹是天上的神龍，其母感生受孕，投胎於石紐	《羌族口頭遺產集成》
9	刳兒坪出世		禹母在請泗溝尋食物，因產痛驚擾了女神俄司巴西，女神以神刀剖腹生禹，禹母休息的地方就是刳兒坪	《羌族口頭遺產集成》
10	石紐出世		火神水神打架，水神輸了發大洪水。天神派英雄下凡，恰好生下了兒子禹，並將大禹放在金鑼岩的水池中洗，大禹哭聲震驚天神木比塔。	《羌族口頭遺產集成》
11	塗山聯姻		大禹領導羌民將青岡樹燒成灰堵洪水。老人告訴大禹在塗山上才能看得清河流流向。塗山姑娘送給大禹一幅塗山祖傳的三江九水圖，兩人聯姻	《羌族口頭遺產集成》

12	九釘鎮龍		烏龍導致水患。大禹用九釘神耙釘住了烏龍	《羌族口頭遺產集成》
13	化豬拱山		塗山氏助禹治水，變成神豬，被大禹發現原形，最後跑到西涼國去了。	《羌族口頭遺產集成》

四、山西

序　號	題　目	地　區	主題類型	來　源
1	息壤堵水	臨猗〔註3〕縣	鯀派仙貓盜息壤，巨靈神追趕，灑下息壤處為秦嶺。鯀化為黃龍，擋住洪水，黃龍山。	《中國民間故事集成·山西卷》
2	夜訪漁婦	太原	禹遊晉陽湖，訪漁婦，漁婦用石頭打碎罎子告知方法。禹經三年，打開靈山口，水泄而出。	《中國民間故事集成·山西卷》異文2為太原的來歷
3	大禹神斧劈石門	陽城縣臨近豫	雨不止，洪水發。大禹劈開小崦山	《中國民間故事集成·山西卷》
4	禹王說	龍門村	疏通山河，鑿開龍門	《龍門村志》：船隻龍門山拉炭運客做生意，百業興旺，靈寶縣禹王廟會洽談生意。
5	錯開河		在此洞商量治水事宜	
6	禹王洞			
7	米湯庵		王母化身做米湯，燒米湯的地方為米湯庵	
8	梳頭啟		老嫗啟示大禹治水同梳頭	
9	傲蕩舟，羿善射		禹王開龍門，兩元大將為寒浞和后羿。	
10	功到自然成		鐵杵磨成針	
11	鑿通龍門引起風災		鑿開後引起風災，請了一個喇嘛，建了一對夫妻鎮風塔，袁天罡通風水，認為對陝西不利，於是毀了塔。	
12	艄公廟傳說		鑿開龍門後，水流急湍，禹王爺保佑，白髮老翁相助，建艄公廟	

〔註3〕臨猗說書主要流行於臨猗縣的城關、三管、楚侯、北景以及與臨猗接壤的運城、萬榮一帶。其源流無文字記載，根據藝人羅立娃（1862～1972）的孫子回憶，結合師承關係的推算，在清朝光緒初年就有活動。

13	大禹渡神柏		大禹治水休息時，神女託夢，打碎碗口，啟示	《山西民間故事集》芮城大禹渡〔註4〕
14	斧劈峽	壺口	孽龍致洪水，大禹向二郎神借斧頭，斬斷孽龍	《中國民間故事集成·山西卷》龍門峽，同韓城禹鑿門
15	孟門山龍王廟會	壺口	龍王作亂，大禹治水經過這裡，派人守住龍門	《中國民間故事集成·山西卷》

五、河南

序　號	題　目	流傳地區	主題與情節	來　源
1	石開得子	登封	大禹開軒轅關，化成黑熊，塗山氏發現，變成石頭。石裂生啟	《登封大禹神話傳說》啟母廠〔註5〕
2	大禹推山洩洪	登封	大禹開龍門，塗山姚（少室）攜啟，大禹化熊開山推掉山頭，見塗山姚恢復原形，熊掌留在山頭	《登封大禹神話傳說》少室山〔註6〕五指嶺〔註7〕
3	大禹借斧劈龍門	三門峽	孽龍壓在山下，尾巴禍害人間。大禹治水借二郎神神斧斬孽龍尾巴，劈開龍門，嵩山與伏牛山分開。	《登封大禹神話傳說》龍門〔註8〕
4	諸侯山治水	禹州	大禹制定疏通方案治水，開鑿河道，蜘蛛山改為諸侯山，汗水衝出的溝叫汗溝	《中國民間故事集成·河南卷》
5	河伯授圖	禹州	馮夷為河伯，傳黃河水情圖給大禹，后羿射河伯，大禹見，河伯授圖	《中國民間故事集成·河南卷》

〔註4〕禹門渡口位於山西，是山西通往甘肅、寧夏和陝西的主要渡口。據地方志記載，該地區有繁盛的貿易往來，成為重要的特產、牲畜交易集散地。

〔註5〕漢代石闕，叫「啟母闕」。闕的東北面，矗立著一塊幾丈高的大石頭，這塊石頭叫「啟母石」。

〔註6〕少姨廟。

〔註7〕五指嶺，又名「五枝嶺」，古稱「浮戲山」、「大方山」，位於新密、登、鞏等交界處，為新密山地主體，是羅水、氾水、賈魯河、黃水、綬水等河流的發源。

〔註8〕山西陝西也有龍門，曾有龍門觀，道教龍門派，洛陽的龍門石窟。

6	邙山的傳說	禹州	巨龍洪水，長庚星相助，神斧砍黃蟒	《河南民間故事集・禹州卷》
7	大禹鎖蛟	禹州	蛟龍化成孩童被老夫妻收養，整日在水裏洗澡。大禹將麵條化成鐵鍊鎖住蛟龍。直至石頭開花。	《河南民間故事集・禹州卷》
8	大禹開挖大河口	禹州	大禹嵩山巡察，別塗山開挖龍台山，塗山站立大河口〔註9〕望夫石，禹王廟祭祀。	《河南民間故事集・禹州卷》
9	石門溝	登封	夏啟承父開山泄水	《登封大禹神話傳說》石門溝〔註10〕
10	太室山與少室山	登封	鯀治水不利被殺，禹承父業疏濬，娶塗山，三過家門不入，化身黑熊。塗山氏化石生啟，涂山姚代姐撫養夏啟。	《登封大禹神話傳說》
11	啟母石	登封	大禹變熊開山，塗山化石頭，石開生啟	《登封大禹神話傳說》
12	白疙瘩廟的傳說	登封	武則天巡視嵩山，路遇廟宇，講述了大禹鎖蛟龍的傳說	《登封大禹神話傳說》
13	挪宮	登封	玉皇獎勵治水，魯班楊戩造御匾，匾太大，挪宮稱重複宮，又名崇福宮。	《登封大禹神話傳說》崇福宮〔註11〕
14	焦山斬甥	登封	外甥庚辰〔註12〕協助治水，怠慢導致蛟龍從火中逃走，將功折罪捉回蛟龍，得赦免	《登封大禹神話傳說》
15	火燒蛟河	登封	洪水來歷（黃河老龍的小舅子穎河蛟龍發洪水），大禹火燒蛟龍，蛟龍同兒子穎河小蛟逃走，穎河小蛟吞大禹老玉溪老人。	

〔註 9〕朝陽溝石窟大壩。

〔註10〕位於嵩山南麓。

〔註11〕公元前110年，西漢武帝劉徹率群臣禮登嵩山，聽到山谷中有三呼萬歲之聲，遂稱此山峰為萬歲峰，在峰下建萬歲觀。唐高宗（公元650～683年）時，因祈雨有驗，改萬歲觀為太乙觀。宋真宗（公元998～1022年）時將太乙觀更名崇福宮，對宮院大加整修。

〔註12〕《太平廣記》係引《戎幕閒談》，《李湯》云：「……庚辰之後，皆圖此形者，免淮濤風雨之難」。其前提是，庚辰曾降服「淮水怪」巫支祁。

16	照爺石	登封	洪水來歷（黃河老龍挑唆潁河蛟龍），塗山秉燭夜照	
17	崇伯點化	登封	大禹治水，老人託夢，玉皇相助	
18	定刑律治洪水	登封	大禹治水，庚辰，狂章，玉溪老人的兒子潁龍相助，制定賞功罰過之策。	
19	負黍廳對	登封	舜訪玉溪老人，玉溪薦文命，文命變堵為疏，同伯益，潁龍一同治水。	
20	玉溪垂釣	登封	玉溪潁河垂釣，薦崇伯鯀的兒子於舜	
21	借屍轉世	登封	老蛟龍作怪發洪水，下雨王借屍還魂。	
22	文命聆教	登封	下雨王借鯀兒子文命轉世，請教於被鯀貶黜的玉溪老人，玉璽老人和弟弟疊溪治理好局部的洪水。	
23	盜土治水	登封	鯀為天上壬癸宮的白龍神馬，龍王下雨致洪水，黑靈真君不管。鯀轉世為人，生兒文命後別親治水，神龜相告，盜息壤堵水，玉皇砍神龜一足，鯀治不聽玉溪相勸，治水不利被殺。三年不腐，腹出黃龍	
24	啟母還陽	登封	大禹治水時化熊，塗山氏變石頭生子。塗山氏還陽。	
25	上沃村和牛頭山	登封	大禹治水，蛟龍作惡，金牛相助，分潁河和伊河	《登封大禹神話傳說》
26	啟母冢	登封	大禹治水過家門不入，塗山氏亡後在嬤嬤家紀念其功績，紅白喜事焚香祭告，待客用的家什一應俱全。	

附錄 2：各地禹王廟情況

序　號	地理位置	年　代	廟宇及廟會情況	來源與記載
1	山西芮城	創建年代不詳，明萬曆年間移到村中。	西省芮城縣以南約 5 公里的古渡口——大禹渡，每年舉行廟會。	《芮城縣志》：清嘉慶年間重修，以禹稷行宮鎮河妖。
2	晉中溝北村	重修於明萬曆年 1597	每年五月初一，溝北村人們要到禹王廟祭祀，祈求風調雨順。碑文每年十月初十「雙十日」舉辦廟會，由八村輪流主辦。	《溝北村志》：坐落在禹王山之巔，廟前石碑記載：清咸豐丙辰年（1856），重修禹王廟和戲臺。
3	內蒙河口	光緒年間，始為財神廟，後改名為禹王廟。1953 年毀塑像。	其香火事宜由龍王廟的住持僧兼管。每至大年三十，龍王上的和尚都要到禹王廟上集體敬香。	《綏遠通志稿》：禹王廟內沒有專門的持僧
4	紹興嵊州	道光	修廟尊奉并祭祀治水功臣，自生於斯長於斯聚団於斯的綠開始。至今歷年已久，恐失前人之制，因此會集同志、盡心修葺。	民國《嵊縣志》：「禹王廟在縣北遊謝鄉禹糧山，禹治水畢功於此，後人立祠祀之。
5	安徽鳳臺	明代重修	／	《懷遠縣志》
6	河南盧氏	清	／	《登封縣志》：移建禹王廟碑記

7	河南浚縣	明萬曆年間，康熙遷至山頂陽明書院。光緒年間知縣重修	「禹王鎖蛟圖」。「文化大革命」期間又遭劫難 1985 年，禹王廟大殿重新修復，有禹王池。	《浚縣志》：道教宮觀
8	山西靈寶	據傳是明代。	每年有六次廟會，陝晉豫三省洽談生意，每會必有說書人。三月，八月最盛。靈寶全縣說書班都來此「賽書」。	《靈寶縣志》載：民國時期有碑記，散失。
9	武漢	南宋，元忽必烈重建，明、康熙年間重修	禹王廟香火甚盛，成為武漢祭祀大禹的場所，每逢水旱災荒，地方官吏和百姓都來祈禱。	《漢陽縣識》
10	甘肅臨夏	明建，清重修	禹王廟中有《禹王廟記》，《重修積石禹王廟記》，《重修禹王廟記》	清《河州志》
11	河南三門峽澠池縣	北宋開寶元年	禹王廟興國觀重修碑記	《澠池碑誌》
12	重慶湖廣會館	清乾隆二十四年（公元1759 年）建	禹王廟，在東水門內，即湖廣會館·	民國《巴縣志》
13	安徽塗山	唐以前	／	／
14	江蘇吳縣	清重修	在太湖中四個稱「昂」的小島上，建造了禹王廟。	清·蔡九齡·《重修禹王廟記》
15	湖北光化	明洪武	／	《光化縣志》：道教宮觀
16	江蘇紹興	南朝梁大同十一年	康熙撰「江淮河漢思明德，精一危微見道心」	《會稽三賦》
17	陝西省漢中市寧強縣	明嘉靖十六年（1537）知州王儒再建禹王廟。	二十四年(1545)知州蕭遇祥重修，有舒鵬翼《重修禹王廟碑記》。	《寧強縣志》
18	陝西韓城周原村	始建於元大德五年（1301）。	位於周原村，嘉慶年間的楹聯：「功蓋萬世導水千河澤華夏，德昭千秋鑿山萬嶺享庶民」	《韓城縣志》《韓城市文物志》，三秦出版社

19	陝西韓城史帶村	元代興建，青乾隆八年（1743）重修	位於史帶村，現存獻殿一座	
20	陝西韓城梁帶村	元代興建萬曆六年（1578）重修	位於梁帶村，現存正殿一座	
21	陝西龍門禹王廟	元世祖至元元年（1264）修建，1938年毀於戰火	已毀	
22	陝西合陽大禹廟	建立年代不詳，明代重建	／	（清）沈青崖《陝西通志》卷二十九，雍正文淵閣四庫全書本
23	陝西合陽大禹廟	合陽縣梁山頂	禹王廟已毀，僅存禹甸梁山的傳說	（清）席奉乾、孫景烈《合陽縣志》
24	陝西合陽禹母山	／	／	嘉靖《陝西通志》

後　記

　　看電影的時候，經常看到幾年之後的字幕，電影中的人物轉眼變換了人生，但想一下，在這幾年間，他們大都也是不斷重複的勞作、愈挫愈勇進而迎來傲骨的春天，這是一種來自人間的真實。

　　讀博士的時候，老劉老師一直告訴我，要思絲不斷，就是思考的那根線不能斷掉，我一直謹記在心，有時候被生活的小確幸拖走一會，但總會記起來。修改書稿時也常想起做論文階段的很多事情，比如和師姐、師妹在小樹林裏散步，師姐說那裡有她所有的美好記憶，比如自己一個人在操場跑步，比如臨畢業的倉促。

　　一轉眼畢業已多年，生活的環境、人生的角色都發生了變化，這個多年，不是電影中的一行字幕，而是確切的經歷。以前總問陳老師，做什麼題目、做什麼方向，陳老師說你要捫心自問，伴著年齡的增長、淺顯閱歷的增加，對陳老師的捫心自問有了自己的體會。

　　大禹治水傳說蘊藏著人性的影子，人性是一條河，時不時的會淹過堤岸，溢出來又折返回大河之中。在當代民間講述中，我常常感受到大地歌唱的自由。或許，民間敘事的魅力也在此，不然，為何我們一直在講故事呢！

　　家裏的馮星第小朋友正在長大，借本書祝福你以後的生活愈多寬容、愈多幸運！

2022 年初春

太原